El manuscrito
de piedra

Luis García Jambrina (Zamora, 1960) es profesor titular de Literatura Española en la Universidad de Salamanca. Es Doctor en Filología Hispánica y Experto en Guión de Ficción para Televisión y Cine. Ha publicado numerosos artículos y varios libros de ensayo sobre literatura y preparado antologías y ediciones de grandes poetas españoles. Entre otros, ha recibido el Premio Fray Luis de León de Ensayo en 1999 y el Premio de Relato Breve Fundación Gaceta Regional en 2006. Es crítico de poesía del suplemento *ABC de las Artes y las Letras*. Es autor de los libros de relatos *Oposiciones a la Morgue y otros ajustes de cuentas* (1995) y *Muertos S. A.* (2005). Sus cuentos han sido traducidos a varias lenguas y figuran en diversas antologías. *El manuscrito de piedra* es su primera novela.

El manuscrito
de piedra

LUIS GARCÍA JAMBRINA

punto de lectura

© 2008, José Luis García Jambrina
© De esta edición:
2009, Santillana Ediciones Generales, S.L.
Torrelaguna, 60. 28043 Madrid (España)
Teléfono 91 744 90 60
www.puntodelectura.com

ISBN: 978-84-663-2345-1
Depósito legal: B-2.181-2010
Impreso en España – Printed in Spain

© Cubierta: María Pérez-Aguilera

Primera edición: octubre 2009
Segunda edición: enero 2010

Impreso por Litografía Rosés, S.A.

Para Alba y Mercedes,
que siempre están ahí.

Todas las cosas fueron creadas a manera de contienda o batalla...

FERNANDO DE ROJAS
La Celestina

La mente no es una vasija que haya que llenar, sino un leño que hay que hacer arder para que avive el placer por la investigación y el amor por la verdad.

PLUTARCO

Por mucho que un médico conozca y sepa, inesperadamente se presenta un azar —como un cuervo blanco— y echa a perder todos los libros...

TEOFRASTO PARACELSO

Prólogo

(Salamanca, 20 de septiembre de 1497)

Aún no había amanecido, cuando fray Tomás de Santo Domingo se levantó del lecho en su celda del convento de San Esteban. Había pasado una mala noche, llena de pesadillas y sobresaltos que apenas le habían dejado dormir. Pero no era el cansancio lo que en ese momento le preocupaba, sino un profundo malestar, una aguda zozobra que lo llenaba de inquietud. Fray Tomás era catedrático de Prima de teología en el Estudio General salmantino. Había sucedido en la cátedra al obispo de la ciudad, Diego de Deza, dominico y teólogo como él, y la había convertido en uno de los principales baluartes de la Iglesia en Salamanca. Para este fraile de pequeña estatura, abdomen abultado, cara rugosa y redonda como una hogaza y manos pequeñas y femeninas, la cátedra era un púlpito desde el que defender con la elocuencia de su verbo la verdadera doctrina y clamar justicia contra los herejes, las brujas y los conversos judaizantes o *rejudaizantes,* como él los llamaba. Nada más subir a ella, se transformaba, como por milagro o arte de encantamiento, en un feroz defensor de la fe católica, en un guerrero provisto de un arsenal de palabras que lanzaba desde las almenas como si fueran venablos. Demasiado rígido e intransigente para unos, arrebatador y brillante para otros, sus lecciones no dejaban a nadie indiferente dentro de la Universidad. Ya hubiera nieve en las calles embarradas o soplara el temible cierzo de marzo, a sus clases, en el aula general de teología, solía acudir un gran número de estudiantes, siempre deseosos de escucharlo. Mientras unos lo vitoreaban y ensalzaban en voz alta, otros lo denigraban y criticaban entre dientes.

Y no eran pocos los que, al escucharlo, se extasiaban o, por el contrario, se escandalizaban. En más de una ocasión, las diatribas que sus palabras provocaban entre los asistentes habían terminado en reyerta o en un conato de linchamiento. Nadie que no lo conociera podía imaginarse, al verlo fuera de la cátedra, que ese hombrecillo rechoncho como un tonel y feo y desagradable como un sapo pudiera despertar semejante entusiasmo y originar tales tormentas. Era tanta la fama que había adquirido con sus lecciones que el Tribunal de la Inquisición de Valladolid lo había nombrado consultor del Santo Oficio.

Durante largo rato, fray Tomás estuvo paseando, pesaroso, por el claustro del convento, sumido en intrincadas meditaciones. En su interior, había algo que lo torturaba, algo en lo que ni él mismo se atrevía a hurgar. No podía estar quieto. Su alma estaba a merced del miedo y la congoja, y cualquier cosa le parecía un mal presagio. De repente, sintió deseos de orinar. Salió al huerto por una pequeña puerta que había en uno de los rincones del claustro. No tenía ganas de ir hasta las letrinas, que estaban al otro lado, junto a la tapia que daba al arroyo de Santo Domingo, al que iban a parar todas las aguas inmundas; así que decidió hacerlo sobre uno de los planteles de fray Antonio de Zamora, el herbolario de San Esteban. En él, éste había ido cultivando con esmero y entusiasmo las semillas que Cristóbal Colón había enviado al convento a la vuelta de sus dos primeros viajes a las Indias, como humilde señal de agradecimiento por el apoyo recibido en su día, por parte de los dominicos, para llevar a cabo sus aventurados proyectos. Se decía que había sido precisamente Diego de Deza, antiguo prior de San Esteban, el que, tras varias reuniones con el navegante, celebradas en la Sala de Profundis del convento y en la finca de Valcuevo, una propiedad que los frailes predicadores tenían a unas dos leguas de la ciudad, había convencido a los Reyes Católicos para que financiaran el viaje.

Fray Tomás despreciaba al hermano herbolario. No podía entender cómo un dominico dedicaba todo su esfuerzo al cultivo y conocimiento de las plantas, en lugar de consagrarse a la predicación y a los estudios de teología. El máximo empeño de fray Antonio, en ese momento, era hacer que unas semillas traídas de otro mundo arraigaran y dieran fruto en estos pagos; el suyo, glorificar a Dios, arrancando de raíz las malas hierbas de la herejía y combatiendo sin cesar al Maligno. Nada bueno podía venir, además, de tierras infieles. Era allí adonde, según él, había que trasplantar con urgencia la palabra de Dios, pues una fe que no prospera ni se propaga es una fe muerta.

Mientras orinaba, no pudo reprimir un suspiro de bienestar. Él, que tanto despreciaba las servidumbres y bajezas del cuerpo, no dejaba de experimentar un gran alivio cuando vaciaba su vejiga. «Estaría bien que con el alma pudiera hacerse otro tanto», pensó. Abrir la espita y, sin más preámbulos, evacuar la conciencia en cualquier sitio; dejarla limpia y libre de culpa y de remordimientos sin necesidad de confesión. Pero esa idea era una peligrosa herejía y la borró de inmediato de su mente. Lo cierto es que, en ocasiones, había pecados que no eran fáciles de explicar, lastres de los que no sabía cómo desprenderse, por más que quisiera.

Cuando volvió a entrar en el claustro, sintió que había llegado la hora de compartir sus temores y sus pecados con alguien. No con el prior del convento, claro está, sino con una persona de más confianza y mucha más preparación y autoridad. Sabía que el obispo, cuando estaba en Salamanca, iba a primera hora de la mañana a rezar a una de las capillas de la Iglesia Mayor. Si se daba prisa, aún podría alcanzarlo antes de que entrara en el templo. Él era el único que sabría comprenderlo y perdonarlo, y el único a quien su secreto iba a serle útil. Al fin y al cabo, Diego de Deza era su amigo y su maestro, y le debía muchos favores. Pero y si resultaba que... De todas formas, ya no podía esperar más. En ayunas y sin aguardar la compañía de ningún criado, se lanzó a la calle como alma que lleva el Diablo, aunque su intención fuera más bien huir de él.

Al salir, sintió el relente de la madrugada en los huesos. Se cubrió bien con el manto y, con paso ligero y decidido, se dirigió a la catedral. No era mucha la distancia que lo separaba del templo. Después de cruzar un pequeño puente sobre el arroyo de Santo Domingo y atravesar la calle de San Pablo, comenzó a subir, con gran pesadumbre, la cuesta de los Azotados. Hacia la mitad de la calle, se abría una de las puertas de la antigua muralla de la ciudad, la de San Sebastián; la traspasó con mucho sigilo, como si temiera encontrarse con alguien, y se internó en un dédalo de oscuras callejuelas.

A esa hora, entre dos luces, Salamanca tenía algo de tenebroso y espectral, como un gran monstruo dormido que, en cualquier instante, podía despertarse con mal genio. Si aguzaba el oído, podía oírlo respirar y aun llegar a oler su fétido aliento. De repente, tuvo la sensación de que alguien lo seguía, emboscado en las sombras. Fray Tomás miraba a un lado y a otro, sin dejar de caminar. Tenía prisa. Necesitaba confesarse, como fuera, y liberarse de esa tremenda carga que amenazaba con volverlo loco. El canto de una lechuza lo llenó de aprensión. A la altura del Colegio Mayor de San Bartolomé, apretó el paso, pues creyó ver una sombra que se movía por las paredes del edificio, como si fuera un reptil. Aún le faltaba atravesar un último grupo de casas a su izquierda. Deliberadamente, hacía ruido al pisar para sentirse menos solo, pero el eco de sus pasos a sus espaldas no hacía más que acrecentar su temor. Por fin, tras un recodo, pudo ver, al otro lado de la plaza del Azogue Viejo, la imagen tranquilizadora de la Iglesia Mayor.

Decidió probar suerte por la puerta del Azogue, pero estaba cerrada. De modo que tuvo que rodear la torre de campanas para dirigirse a la entrada principal. En su camino, estuvo a punto de caer en una zanja llena de agua y de tropezar con un sillar abandonado. Cuando al fin llegó al pórtico de la Penitencia, se detuvo un instante para recuperar el aliento. Respiraba con gran dificultad. Entre sus jadeos, creyó oír el ruido de unos pasos un poco más allá. Demasiado tarde para escapar; de las espesas sombras que envolvían la entrada, surgió de pronto una más negra que lo embistió hasta derribarlo. Desde el suelo, pudo ver con claridad cómo su agresor sacaba un arma de debajo de la capa y, sin mediar palabra, se la clavaba una y otra vez en el vientre, en el pecho y en los costados. Paralizado por el horror, no fue capaz de pedir auxilio. Mientras se desangraba, aún tuvo tiempo de pensar, con consternación, en lo que le estaba sucediendo. No le importaba tanto morir acuchillado a la entrada de la catedral como expirar sin haberse confesado, lastrado por una culpa y un secreto de los que ya no podría librarse por los siglos de los siglos.

—¡Confesión! —llegó a decir con el último suspiro.

Poco tiempo después, lo descubrió el sacristán. En un principio, pensó que se trataba de un mendigo que había madrugado para coger un buen sitio donde pordiosear y se había quedado dormido. Pero enseguida se dio cuenta de su error. El cuerpo estaba tendido sobre un gran charco de sangre. Tenía el brazo izquierdo doblado sobre el vientre, como si con la mano hubiera querido taponar alguna de sus heridas; el otro estaba extendido en dirección a la puerta, con el dedo índice señalando hacia el interior del templo. Al ver que se trataba de fray Tomás, el sacristán miró al cielo y se persignó. Luego, se agachó junto a él, con el fin de comprobar si todavía respiraba. El dominico tenía los ojos y la boca bien abiertos, fijados para siempre en un gesto de terror. Justo encima de la lengua, como si fuera una hostia, brillaba una moneda. Se acercó algo más y vio que era una pieza pequeña de vellón, muy poco valiosa; de modo que no la quiso tocar.

Capítulo 1

Un año más, tras unas cortas vacaciones de verano en su pueblo de origen, Fernando de Rojas volvía a Salamanca con el propósito de proseguir sus estudios. Antes de cruzar con su mula el puente romano, se detuvo un momento para contemplar la ciudad al otro lado del río. Casi enfrente, mirando un poco a la derecha, comenzaba la cuesta que, tras pasar por delante de la Cruz de los Ajusticiados y atravesar la puerta del Río, llevaba hasta la Iglesia Mayor o de Santa María de la Sede, en la que destacaba su original cimborrio coronado por una veleta con forma de gallo, símbolo de la Iglesia vigilante, que cuadraba muy bien con ese aire de fortaleza que tenía el edificio, gracias a sus almenas y a su torre mocha. Pero, a pesar de ser la catedral, no era tan grande como se esperaría de una ciudad de unos veinte mil vecinos, de los que cerca de siete mil eran estudiantes, y con una Universidad tan notoria como la de Salamanca, una de las más renombradas, junto con las de París y Bolonia, de toda la Cristiandad. Lo cierto es que había ya un proyecto para construir una nueva Iglesia Mayor, mucho más grande, esbelta y airosa, pero el obispo y el cabildo, que llevaba varias décadas intentando independizarse de la jurisdicción episcopal y contaba con el apoyo de una parte de los nobles salmantinos, no terminaban de ponerse de acuerdo sobre la ubicación más idónea para el templo y las obras apenas avanzaban.

No era ésa, de todas formas, la única disputa que tenía dividida a la ciudad. Aún no se había enfriado del todo el conflicto de los Bandos, que durante varios años había enfrentado a las grandes familias de la nobleza local y había puesto en peligro la continuidad del Estudio salmantino, cuando ya habían aflorado nuevas tensiones en otros ámbitos. Por un lado, estaban los que se aferraban con todas sus fuerzas a sus viejos privilegios; por otro, los que sólo pensaban en arrebatárselos y en añadir otros nuevos, sin ceder nada a cambio. Eran muchos, en fin, los que se resistían a salir de los tiempos oscuros, para entrar en una era de esplendor, la que supuestamente les ofrecía la nueva monarquía instaurada por los Reyes Isabel y Fernando, a los que el papa Alejandro VI acababa de conceder el título de Católicos. Era cierto que su llegada al poder había puesto fin al enfrentamiento entre el bando de San Benito, perteneciente a la parte más antigua de la ciudad, donde se ubicaban la Iglesia Mayor y la Universidad, y el de Santo Tomé, antes de San Martín, situado en la parte nueva, la que se extendía hacia el norte, pero su política estaba provocando nuevas disensiones. El hecho es que, a finales del siglo XV, Salamanca se había convertido en un hervidero de conflictos, lo que no quitaba para que estuviera comenzando a vivir también un momento de esplendor.

Desde el pretil almenado del puente, el mismo por el que antaño pasaba la Vía de la Plata y ahora la cañada real para el ganado trashumante, Rojas podía ver, a ambas orillas del Tormes, grupos de lavanderas, ajenas a las tribulaciones que vivían los demás. A simple vista, parecían las mismas que había contemplado la primera vez que llegó a Salamanca, once años antes, cuando era casi un niño. Parecía como si el tiempo, cansado ya de huir, se hubiera detenido en ellas y las hubiera convertido en presencias inmutables, mientras el mundo a su alrededor no cesaba de dar vueltas y de sufrir transformaciones.

También su propia vida había experimentado grandes cambios. Hijo de conversos desde hacía cuatro generaciones, había nacido el 30 de julio de 1473, en La Puebla de Montalbán, a unas seis leguas de Toledo, donde por un tiempo vivieron sus padres. Desde muy niño, tuvo conciencia de ser diferente, no sólo por pertenecer a una familia y a una casta que siempre estaba bajo sospecha, sino también por su temprana inclinación al estudio y por su insaciable curiosidad. Aprendió a leer y a escribir con un canónigo, al que de cuando en cuando ayudaba en algunas de las labores de su ministerio. Él fue también quien le enseñó los rudimentos de la gramática latina. Gracias a la influencia de unos parientes y a la carta de recomendación de un buen amigo del canónigo, había conseguido una beca en uno de los colegios de la Universidad de Salamanca, adonde fue a estudiar con apenas trece años.

En las Escuelas Menores, hizo los cursos obligatorios de la facultad de Artes. Allí amplió sus conocimientos de gramática, al tiempo que aprendía retórica y dialéctica y un poco de filosofía natural y moral, según las doctrinas de Aristóteles y sus comentaristas. También asistió a los cursos que, de vez en cuando, daba algún maestro de origen italiano sobre autores latinos. Y, a este respecto, recordaba con cierto regocijo la lectura de las comedias de Terencio, con las que se hizo muy aficionado al teatro; no en vano era el diálogo la forma de discurso que más le interesaba y apreciaba. Era tal su deseo de saber que acudía de incógnito a algunas otras clases de las Escuelas Mayores. En esa época, llegó a tener como maestro al siciliano Lucio Marineo, e, incluso, asistió a las últimas lecciones de gramática de Elio Antonio de Nebrija, antes de que éste abandonara la Universidad.

No obstante, las cosas estuvieron a punto de torcerse en octubre de 1488, cuando, apenas iniciado el segundo año de sus estudios, recibió una carta de su madre que iba a cambiar el rumbo de su vida. En ella, le contaba, de forma escueta y con letra temblorosa, que su padre, Hernando de Rojas, había sido detenido por la Inquisición acusado de judaizar. Cuando Fernando terminó de leer la misiva, tuvo la sensación de que la tierra que pisaba se abría bajo sus pies, dispuesta a tragárselo. Él sabía de sobra que su padre era inocente, pero bastaba cualquier delación para que la inmensa maquinaria inquisitorial se pusiera en marcha, y, una vez que ésta comenzaba a funcionar, era muy difícil detenerla, salvo que se contara con buenos apoyos dentro de la Iglesia y las mejores credenciales. No era ésa, desde luego, la primera vez que unos falsos testigos, por envidia, codicia o resentimiento, denunciaban a alguien de su familia al Santo Oficio. Hacía sólo tres años que cinco primos suyos habían sido condenados a sufrir la humillación pública de la *reconciliación*. De modo que se fue a hablar con el maestrescuela de la Universidad, del que sabía que le tenía en gran aprecio, para pedirle consejo y amparo.

Como resultado de sus gestiones, consiguió cartas de favor de fray Diego de Deza, ya por entonces preceptor del príncipe don Juan, del propio maestrescuela y de varios catedráticos del Estudio, y, a pesar de su corta edad, pidió comparecer como testigo de abono en el proceso que se seguía contra su padre, confinado en la cárcel secreta de la Inquisición en Toledo. En las aulas ya había demostrado con creces su gran capacidad para la oratoria, tanto en romance como en latín, pero el día de su intervención ante el Tribunal estuvo especialmente inspirado y persuasivo. Todavía recordaba, palabra por palabra, la defensa que había hecho del honor y la probidad de su padre. Había sido un discurso atrevido y muy arriesgado, es cierto, pero había que reconocer que la situación así lo requería, puesto que, para entonces, su padre, incapaz de soportar por más tiempo la implacable tortura a la que lo habían sometido, ya había confesado.

—Sabed —le dijo solemnemente el presidente del Santo Tribunal, antes de concederle el uso de la palabra— que vuestro padre ha reconocido su culpabilidad. ¿Tenéis vos alguna prueba relevante de la veracidad de su fe cristiana?

—Vuestra Ilustrísima, con buen criterio —comenzó a argüir—, me pide pruebas que puedan dar testimonio de la verdadera fe de mi padre, y, con la debida humildad, debo responder que la mejor prueba soy yo. Aquí tenéis varias cartas —añadió, tras una breve pausa dramática— que os hablarán, mucho mejor que mi lengua, de algunos de los méritos y virtudes que adornan mi persona. Si, como espero, estas misivas reciben el crédito debido a la calidad de aquellos que las firman, este Tribunal habrá de admitir que, en alguien de tan corta edad y experiencia como yo, los méritos y virtudes en ellas mencionados no pueden deberse más que al buen ejemplo y a la intachable herencia de mis padres. Y, si es verdad que, como sostiene con frecuencia el alto Tribunal de la Inquisición, los pecados y las faltas de los padres pueden recaer sobre los hijos, es justo que las virtudes de éstos puedan revertir también, al menos en ciertos casos, sobre sus padres; de tal manera que, cuando el honor o el buen nombre de una persona se viere en entredicho, puedan las prendas de sus hijos obrar a su favor, como garantes de su buen linaje y comportamiento.

Fue tal el poder de convicción de sus palabras que los miembros del Tribunal tuvieron que deliberar durante largo tiempo. Al final, se vieron obligados a adoptar una solución salomónica. El reo, naturalmente, fue declarado culpable y condenado a la hoguera, pero, dadas las circunstancias, se dejó la sentencia en suspensión, algo, desde luego, infrecuente en las decisiones del Santo Oficio.

—Vos y nadie más que vos —le advirtieron, una vez hecha pública la sentencia— sois ahora, verdaderamente, el garante de la vida y el honor de vuestro padre. Y, desde este mismo momento y hasta el final de sus días, quedáis a nuestra disposición, para todo aquello que podamos demandaros en beneficio de la fe católica. Ahora, podéis iros a Salamanca, para continuar con vuestros estudios.

Y así lo hizo, contento por haber salvado *in extremis* la vida de su padre, e intranquilo por haber sellado un pacto del que alguna vez podría arrepentirse. Por otra parte, las noticias del resultado del proceso arribaron pronto a la Universidad y le granjearon la simpatía de todos y, en especial, de Diego de Deza, que veía en él a un futuro colaborador.

—Tú, hijo mío, llegarás muy lejos —le auguró—, siempre y cuando no te desvíes del camino trazado.

Con el tiempo, el asunto de su padre parecía haberse olvidado, y su familia vivía sin sobresaltos en La Puebla de Montalbán, adonde se había trasladado de manera definitiva, por considerar que esa pequeña población era algo más segura, para un converso, que la ciudad de Toledo.

Una vez terminados los tres años preceptivos en las Escuelas Menores, Fernando de Rojas ingresó en el Colegio Mayor de San Bartolomé por recomendación, pues no sólo no era de limpio linaje —como exigía, en principio, el estatuto de limpieza de sangre, si bien éste se observaba de una manera laxa—, sino que aún no había cumplido la edad reglamentaria. Entre otros privilegios, este Colegio tenía los de impartir docencia dentro de su recinto y disponer de una excelente biblioteca propia con importantes manuscritos. Aconsejado por sus protectores, se había visto inclinado a los estudios de Leyes, que, en ese momento, eran los más necesarios para la Corona y los que ofrecían un porvenir más ventajoso. Pero su curiosidad no tenía límites y, por su cuenta y riesgo, había llegado a cursar también teología, medicina y, sobre todo, astrología, que abarcaba tanto la astronomía esférica como la teoría de los planetas, la aritmética y la geometría, la cosmografía, la geografía y la astrología judiciaria. También le fascinaba todo lo que tenía que ver con la botánica y la farmacia, y, en especial, con el poder curativo de las plantas. Por eso, conocía bien la obra de Dioscórides acerca de los remedios medicinales y de los venenos y sus prevenciones, de la que había un bello códice, en su lengua griega original, en la biblioteca del Colegio. Para él, como para su venerado Aristóteles, lo más bello y deseable de este mundo era aprender. Y, a este propósito, ningún lugar mejor que la Universidad de Salamanca, *alma mater* o madre nutricia de todas las ciencias.

Mientras cruzaba el puente, pensó que ya no podría prolongar por mucho tiempo esa privilegiada situación. El obispo le había dicho, antes de partir para pasar sus breves vacaciones de verano en La Puebla de Montalbán, que con su inteligencia y su formación podría aspirar a los más altos cargos en la monarquía que en ese tiempo se estaba forjando, y lo había instado a que terminara de una vez sus estudios y obtuviera el grado de bachiller en Leyes. Si por él fuera, se quedaría para siempre en la Universidad, dedicado al cultivo de las más diversas disciplinas, pero sabía que eso era imposible. Hacía ya mucho tiempo que otros habían decidido por él.

Cuando llegó al otro lado del río, se detuvo ante el toro de piedra que había a la entrada del puente y recordó lo que le sucedió al poco tiempo de llegar a Salamanca por primera vez. Una tarde de finales de octubre, en ese mismo sitio, se encontró con varios estudiantes de mayor edad. Tras saludarse, uno de ellos le dijo que, si acercaba la oreja al toro, oiría gran ruido dentro de él. Rojas, en su inocencia, así lo hizo. Y el otro, en cuanto vio que tenía la cabeza junto a la piedra, le dio una sonora calabazada contra el animal y le advirtió:

—Aprende, necio, que un estudiante de Salamanca un punto ha de saber más que el Diablo.

Con lo que todos, salvo el pobre Rojas, que a punto estuvo de perder el sentido, empezaron a reír a carcajadas. Luego, supo que era una burla que los estudiantes más antiguos solían hacer a los nuevos o recién matriculados. La mayoría de éstos la sufrían con indiferencia y resignación, mas, para él, fue como si de repente lo hubieran sacado del limbo en el que hasta entonces había estado. Así que tomó buena nota de la lección. En adelante, avivaría más el ojo y se fijaría bien en las cosas. Pero, a pesar de los muchos años transcurridos, todavía le quedaba mucho por aprender.

Aunque el verano acababa de concluir, el calor aún se dejaba notar a esa hora de la mañana. Bajo unos chopos que había junto al río, vio a un pequeño grupo de estudiantes sentados sobre la hierba, en torno a un hombre de más edad que les leía en voz alta unos papeles, haciendo gestos y cambiando de tono, según los lances de la obra y los sentimientos de los personajes. De cuando en cuando, alguno interrumpía la lectura con un comentario jocoso, mientras los demás protestaban o le daban algún gorrazo para que se callara. El que leía, por su parte, los miraba con fingido disgusto, pues sabía que los tenía a todos cautivados con su lectura, aunque se empeñaran en disimularlo. De buena gana, Rojas habría bajado a solazarse un rato con ellos, a dejarse seducir por las palabras del escrito, mientras gozaba de la brisa y del eterno murmullo del río y de los árboles, pero tenía prisa por conocer las nuevas de la ciudad. Por el camino, había oído de boca de unos arrieros con los que se había cruzado unos rumores que le habían provocado cierta intranquilidad. Así que tomó las riendas de la mula con la que había hecho el viaje y se dispuso a adentrarse en la ciudad.

Capítulo 2

Después de tantos años, el Colegio Mayor de San Bartolomé se había convertido en su verdadera casa. Además de un lugar de estudio, era su refugio frente a las asechanzas del mundo en una época tan conflictiva y cambiante como aquélla. Fundado por don Diego de Anaya y Maldonado en 1401, algunos años antes de que el Estudio General se independizara totalmente del cabildo catedralicio y lograra mayor autonomía, era el primer colegio mayor de España y el principal prototipo de los que se fundaron después. No se trataba de una simple residencia para estudiantes sin medios de fortuna, sino de un centro educativo en toda regla, con bastantes recursos y una cierta autonomía con respecto a la Universidad. No en vano de allí procedían muchos de los cargos administrativos y eclesiásticos del momento, por lo que era frecuente oír este comentario: *Todo el mundo está lleno de bartolomicos.* La fachada del Colegio, eso sí, era más bien humilde, con más ladrillo que piedra, y carente de gracia. A cambio de la enseñanza y el sustento y de todos los privilegios que la pertenencia a San Bartolomé llevaba aparejados, los colegiales estaban obligados a llevar una vida casi monástica, consagrada totalmente al estudio y al ejercicio de la virtud, con algunos actos comunitarios, como la misa diaria, la comida en el refectorio y la participación en las llamadas *conclusiones* o discusiones de carácter académico.

Rojas dejó la mula en la caballeriza y, con la pesada maleta en la mano, fue a saludar a dos estudiantes que había visto en el patio, cerca de la entrada.

—Dichosos los ojos, Fernando. ¿Cómo estás? —le preguntó, nada más verlo, uno de ellos.

Se trataba de un mocetón de pelo rubicundo y mirada despierta. Varios años menor que Rojas, era uno de los seis fámulos que compaginaban sus estudios con las labores de criado en el Colegio. Había llegado a finales del año anterior, pero ya aventajaba en los estudios a todos los colegiales de su edad.

—Me imagino que no tan bien como tú, querido Hilario, aunque te noto más pálido y delgado, seguro que te has pasado las vacaciones entre libros. ¿Qué fue de tu barriga, esa que parecía un odre lleno de vino a punto de reventar?

—Veo que no has cambiado —comentó el aludido entre risas—. ¿Y tus padres y tus hermanos?

—Quedaron bien, gracias a Dios.

—Sobre todo desde que te perdieron de vista.

—En eso, Hilario, llevas razón. Me temo que soy demasiado taciturno para ellos.

—¡Taciturno, tú! ¿Desde cuándo?

—Desde el mismo día en que nací, e, incluso, desde antes de venir al mundo —respondió Rojas enigmático—. Y este joven que te acompaña, ¿no vas a presentármelo? —le preguntó para cambiar de tema.

—Se llama Francisco y acaba de instalarse en el Colegio. Ahí donde lo ves, sabe más latín que un licenciado.

—Tampoco es eso mucho decir en los tiempos que corren, puesto que en el Estudio son muy pocos los que se expresan bien en latín; la mayoría barbarizan más que hablan, y lo peor es que ninguno se avergüenza de ello. Bienvenido, en cualquier caso, a este templo de la diosa Sabiduría —le dijo al nuevo, que lo contemplaba con gran admiración, como si le hubieran hablado maravillas de él.

—Es, para mí, un privilegio conoceros —saludó el joven con entusiasmo.

—Veo que, en estas últimas semanas, habéis estado vendimiando —observó Rojas.

—De sol a sol. Pero ¿en qué lo notáis? ¿Tanto huelo a mosto? —le preguntó sorprendido.

—Sólo hace falta fijarse en vuestras manos, o mirar vuestra piel, quemada por el sol.

—Tú siempre tan observador —terció Hilario—. Por cierto, el obispo te aguarda en su palacio. Ha dicho que es muy urgente.

—¿A mí?

—Así es. Te necesitan. No he logrado averiguar para qué.

—¿Es verdad lo que se rumorea por ahí?

—No sé lo que habrás oído, pero las cosas andan un tanto revueltas en el Estudio. Ayer mataron a fray Tomás.

—¡Luego era cierto! —exclamó Rojas.

—Ocurrió en las puertas mismas de la catedral. ¡Una tragedia! Pero anda, vete, que Su Ilustrísima te aguarda con impaciencia. Luego podremos charlar, si te parece, largo y tendido.

Antes de acudir a la cita con el obispo, Rojas mudó sus ropas de viaje, llenas de polvo del camino, por su habitual indumentaria de colegial de San Bartolomé, en la que destacaban el manto de paño pardo y la beca del mismo color terminada en faldón y rosca; con ésta, solían sus compañeros cubrirse la cabeza, pero él prefería hacerlo con un sombrero de ala ancha. En los pies, se calzó, por fin, unos borceguíes de cordobán negro y sin adornos. Aunque no se le tenía por presuntuoso, le gustaba llevar un atuendo que le daba cierta prestancia y lo distinguía de la mayor parte de los estudiantes, que vestían el consabido manteo, loba y bonete de cuatro picos. De talla más bien alta y complexión tirando a fuerte, Rojas no pasaba nunca inadvertido. Tenía un rostro de facciones regulares, la dentadura perfecta y la tez blanquecina, en vivo contraste con el color negro de los ojos y del pelo. Por lo general, andaba muy deprisa, aunque sin exagerar la zancada, y con la mirada ausente, como si estuviera abstraído en sus pensamientos. No obstante, cuando prestaba atención, no se le escapaba ningún detalle.

El palacio estaba enfrente de la fachada occidental de la Iglesia Mayor, muy cerca del Colegio de San Bartolomé. Aunque se trataba, como es lógico, de un edificio notable, no era muy grande ni lujoso, ya que los obispos no acostumbraban a residir mucho tiempo en su sede, que, por lo general, era atendida por un vicario administrador. Cuando se dio a conocer en la puerta, un criado lo acompañó a las habitaciones privadas del prelado y le pidió que aguardara en una antecámara. La puerta interior estaba entreabierta y, desde el rincón en el que se encontraba, Rojas podía verlo departir animadamente con uno de sus secretarios.

Diego de Deza era un hombre corpulento, de nariz recta, frente despejada y mirada despierta y penetrante. Su edad rondaba los cincuenta y cinco años y, en los mentideros de la ciudad, se decía que era de familia conversa, pero ninguno de sus enemigos había logrado probarlo. Entre otras cosas, había sido prior del convento de San Esteban y catedrático de Prima de teología en la Universidad. Aunque hacía ostentación de modales suaves y una actitud aparentemente dialogante y flexible, no dudaba en recurrir a la intriga para conseguir sus propósitos, pues era tan inteligente como ambicioso. El prestigio alcanzado en la Universidad lo había llevado a convertirse en el preceptor del heredero de los Reyes Católicos, el príncipe don Juan. Ésta había sido su principal dedicación durante casi una década, hasta que, como premio por sus buenos servicios, fue nombrado obispo de Salamanca en 1494, si bien no había tomado posesión de su sede hasta mayo de 1497, después de asistir en Burgos a la boda del príncipe don Juan con doña Margarita de Austria. De todas formas, era deseo de los Reyes que Deza siguiera siendo, de alguna manera, tutor del Príncipe, a quien quería verdaderamente como a un hijo, con el fin de que, de cuando en cuando, éste pudiera beneficiarse de la excelencia de la ciudad y de su Estudio. El obispo, por su parte, en los pocos meses que llevaba al frente de su cargo, había convocado un sínodo diocesano y había vuelto a impulsar el proyecto de construir una nueva catedral, junto a la ya existente.

Por fin, vio salir al secretario, portando un enorme cartapacio. Rojas se levantó y se dirigió hacia la puerta. Iba a pedir permiso para entrar, cuando el obispo le ordenó:

—Entrad, mi querido amigo, y cerrad bien la puerta. Os ruego que me perdonéis por haberos hecho esperar. No sabéis cuánto me alegra veros de nuevo por Salamanca.

—Yo también tenía muchas ganas de volver a ver a Vuestra Ilustrísima —empezó a decir Rojas, al tiempo que se arrodillaba para besarle el anillo.

—Levantaos, por favor, y tomad asiento cerca de mí, tengo que hablaros de cosas importantes y confidenciales. Supongo que ya tenéis noticia de la terrible muerte de fray Tomás, al que Dios, Nuestro Señor, tenga en su Gloria.

—Había oído rumores por el camino y acaban de confirmármelo ahora en el Colegio, pero sin entrar en detalles.

—Lo mataron cruelmente —comenzó a informarle—, en la entrada principal de la Iglesia Mayor, con una espada o una daga.

—¿Se sabe ya quién lo hizo? ¿Hay algún sospechoso?

—Todavía no. Como siempre, se ha hecho público un edicto en el que se insta a todo aquel que sepa algo a denunciarlo, so pena de ser considerado cómplice.

—¿Y se ha encontrado algún indicio? —preguntó Rojas con cierta impaciencia, mientras el obispo buscaba algo en una gaveta de su escritorio.

—Mirad esto —le dijo, mostrándole lo que acababa de sacar del cajón.

Rojas comprobó que se trataba de una moneda de vellón, con más cobre que plata y, por lo tanto, de muy escaso valor.

—Estaba dentro de la boca de fray Tomás —le informó, por fin, el obispo—, justo encima de la lengua, como si se tratara de una sagrada forma. ¡Un sacrilegio horrible!

—¿Cree Vuestra Ilustrísima —inquirió Rojas— que esa moneda así dispuesta quiere decir algo?

—Sólo a una mente perversa se le puede ocurrir hacer algo así. En todo caso, mi querido amigo, ésa es una de las cosas que tendréis que averiguar vos.

—¡¿Yo?! —preguntó Rojas con sincero asombro.

—No sé de qué os sorprendéis —se adelantó a decir el obispo—. Ya habéis dado, en otras ocasiones, sobradas muestras de vuestra extraordinaria inteligencia. ¿No fuisteis vos quien descubrió al ladrón del cáliz de la capilla del Estudio? ¿Y no se produjo gracias a vos la detención de los que robaron el arca donde se guardaban algunos documentos importantes de la Universidad?

Aludía a dos de los casos en los que Rojas había ayudado al maestrescuela a encontrar a los autores de varios robos misteriosos ocurridos en el seno de la Universidad; en ambos, se había granjeado la estima de algunos miembros del claustro y la envidia de no pocos.

—Pero aquello fueron chiquilladas, comparadas con esto —protestó tímidamente Rojas—. Lo hice sólo por juego, para ejercitar mi inteligencia. Esto es mucho más serio.

—Naturalmente que lo es —afirmó el obispo, levantando un poco la voz—. Por eso, estoy recurriendo a una persona excepcional.

—Pero yo no estoy preparado —replicó Rojas sin falsa modestia—, y no tengo ninguna autoridad.

—En eso os equivocáis —lo cortó tajante el obispo—, ya que acabáis de ser nombrado *familiar supernumerario* del Santo Oficio, con atribuciones para investigar este caso y sin la obligación de dar cuenta de vuestras indagaciones al *comisario inquisitorial* de Salamanca, lo que quiere decir que hablaréis de ello sólo conmigo o con el inquisidor de Valladolid, si éste os lo demanda.

—¡¿Yo, familiar de la Inquisición?! —exclamó Rojas con estupor—. ¿Acaso Vuestra Ilustrísima ha olvidado que soy converso?

—Precisamente, este cargo —le explicó con naturalidad— presupone un reconocimiento definitivo de limpieza de sangre, para vos y para toda vuestra familia, además de otros privilegios anejos al mismo, como el de poder ir armado. Sin embargo, si lo rechazáis —advirtió—, pondréis en entredicho vuestra condición de cristiano y la de vuestros padres.

—Pero si todo el mundo sabe que...

—¡Dejaos ya de excusas! —lo interrumpió—. La Iglesia y la Corona os necesitan, y vos estáis en deuda con la Inquisición, no lo olvidéis. La vida y el buen crédito de vuestro padre dependen de vuestro leal comportamiento, vos mismo lo dijisteis. Tanto el nombramiento como vuestras indagaciones se mantendrán, por lo demás, en secreto. Lo único que se os pide es que apliquéis vuestra inteligencia y vuestros métodos para descubrir a unos criminales. El Santo Tribunal y el brazo secular ya harán luego lo que tengan que hacer. Como sabéis, el cargo de *familiar* de la Inquisición no implica honorarios, pero sí muchas otras ventajas. Ni que decir tiene que, para vos, éste puede ser un primer paso hacia puestos mucho más honorables, una vez terminéis vuestros estudios, claro está. Por mi parte, sabré también recompensaros, no lo dudéis.

—Pero ¿qué se supone que debo hacer? —preguntó Rojas, preocupado por lo que se le venía encima.

—Imaginaos que sois un perro sabueso —comenzó a decir el obispo—. ¿No es así como vos mismo os describisteis una vez? Lo único que tenéis que hacer es olfatear la presa y seguir su rastro hasta la madriguera para darle caza, al homicida y a sus posibles inductores y cómplices. Pero habréis de moveros, eso sí, con la debida discreción.

—En fin, si es ése vuestro deseo... —concedió Rojas, arrepentido de haberse ufanado, en su día, de sus éxitos como *perro sabueso*.

—No esperaba menos de vos. Ahora, escuchadme con atención. Dentro de dos días viene a Salamanca el príncipe don Juan, que lleva ya algún tiempo convaleciente de una enfermedad y no ha podido acompañar a sus padres a Valencia de Alcántara, para asistir a la boda de su hermana Isabel, como era su voluntad. No quiero que piense, bajo ningún concepto, que ésta es una ciudad insegura y, menos aún, que un crimen como éste puede quedar impune. Mi principal deseo, conforme con el de sus padres, es que a partir de ahora el Príncipe resida aquí todo el tiempo posible, lo que, sin duda, redundará en grandes beneficios y privilegios para Salamanca y su Universidad. Por el momento, se alojará en este palacio y mi principal deseo es que su descanso no se vea turbado por nada. ¿Entendéis ahora mi preocupación y mis desvelos?

—Lo comprendo muy bien —admitió Rojas, ya resignado a hacerse cargo de su misión, qué otra cosa podía hacer—. En cuanto a fray Tomás, tan sólo querría pedirle una cosa a Vuestra Ilustrísima. Me gustaría examinar cuanto antes su cadáver.

—¡¿Su cadáver?! Por el amor de Dios, ¿qué pretendéis?

—Averiguar cómo murió.

—Nadie os ha pedido que averigüéis *cómo* murió, sino *quién* lo mató.

—Pero un examen atento del cadáver podría revelarme muchas cosas e incluso darme algunas pruebas...

—¿Pruebas? —lo interrumpió el obispo algo irritado—. Nosotros no necesitamos pruebas, y vos lo sabéis muy bien. Decidme quiénes son los criminales, que ya la Inquisición se encargará de hacer notorio el delito.

—Así y todo —insistió Rojas—, pienso que es mucho lo que el cadáver de fray Tomás tiene que ofrecerme. Los antiguos decían que los muertos hablan; tan sólo hay que saber escucharlos. Sin duda, Vuestra Ilustrísima conoce el dicho: *Los que dan consejos ciertos a los vivos son los muertos.*

—Si no os conociera a vos desde hace años —bromeó el obispo—, pensaría que sois nigromante. ¿No tendréis intención de abrirlo para hurgar en sus vísceras, verdad?

—No será necesario —aseguró Rojas.

—¿Y qué sabéis vos de anatomía?

—Lo que he leído en Galeno y Avicena y lo que he aprendido en algunas clases.

—Ya os he dicho, en más de una ocasión, que ese deseo tan exagerado de saber puede resultar pecaminoso. Si todo el tiempo y el talento que habéis derrochado en aprender todas esas cosas lo hubierais empleado en estudiar Cánones y Leyes, ahora seríais el secretario de Sus Majestades, y no ese converso apellidado Zapata. En fin, si tan importante es, hablad con el prior de San Esteban y decidle que yo os he autorizado a examinar el cadáver. Sé muy bien que esto no le va a gustar nada, pero no tendrá más remedio que complaceros. ¿Alguna otra cosa?

—¿Puedo llevarme la moneda?

—Consideradla un adelanto de vuestra paga —bromeó el obispo, que se sentía más tranquilo desde que había visto a Rojas predispuesto a realizar el trabajo que le había encomendado—. Aquí tenéis también una carta de mi puño y letra para que se os abran todas las puertas y se os reciba como es debido. Y pedidle a mi secretario cualquier cosa que podáis necesitar.

—Por ahora, me conformo con vuestra bendición.

—Sabéis que la tenéis. Contad también con mi confianza y mi protección. Y venid a verme cuando averigüéis algo de interés. Ahora marchaos, aún tengo muchos asuntos de que ocuparme. No sé si sabéis que un obispo, cuando está en su sede, no descansa; por eso, la mayoría prefieren vivir lejos de ella.

Capítulo 3

Fernando de Rojas estaba convencido de que los buenos años de estudiante se habían terminado ya para él. Había llegado la hora de salir a la palestra y de comprometerse con una causa, aunque ésta no fuera precisamente la suya. Pero de nada servía lamentarse. Sabía muy bien que, en cierto modo, no era dueño de su vida y menos aún de sus actos. No había más remedio, pues, que ponerse en marcha; así que dirigió sus pasos al lugar del crimen. Por algún lado había que empezar, y ése era el que más cerca estaba, además, del palacio del obispo. Desde el momento en que se dio cuenta de que no tenía otra opción que colaborar, intentaba con todas sus fuerzas ver el lado bueno del asunto. Naturalmente, éste podría ser un gran reto para su inteligencia, una especie de examen con el que poner a prueba sus métodos y aptitudes, y granjearse, de paso, el favor de personas influyentes. Estaba convencido, de todas formas, de que la resolución del caso no iba a ser fácil, pero, si al final lograba salir con bien del enredo, al menos podría demostrarle al obispo que sus conocimientos no eran inútiles. Tal vez, entonces, le permitieran volver de nuevo a sus estudios, sin ningún tipo de traba.

Lo primero que hizo fue ir a ver a quien había encontrado el cadáver. Preguntó por él en la sacristía y le dijeron que estaba en la torre de campanas. Mientras se dirigía hacia allí, observó que éstas estaban sonando con el toque de difunto reservado para los catedráticos de la Universidad, ligeramente distinto al de los otros mortales.

—¿Podríais bajar un momento? Tengo que hablar con vos —gritó Rojas desde la escalera, cuando dejó de tocar.

—¿Y quién sois? —preguntó el sacristán con recelo.

—Me envía Su Ilustrísima para que os interrogue sobre la muerte de fray Tomás.

—Ya les dije al deán, al obispo y al maestrescuela todo lo que vi.

—Así y todo, necesito hablar con vos —insistió Rojas, con un tono más imperioso.

Por fin, lo oyó bajar por las empinadas escaleras. Cuando llegó abajo, vio que era de corta estatura y cojeaba de la pierna derecha, lo que no le impedía moverse con gran agilidad por los recovecos de la torre de campanas. Desde un principio, le pareció un individuo torvo y esquinado, como persona acostumbrada a vivir entre canónigos y dignidades eclesiásticas.

—Quisiera haceros unas preguntas —le informó Rojas—. Ya sé lo que le habéis contado al obispo, pero hay detalles que, aunque parezcan sin importancia, podrían ayudarnos a descubrir con más presteza al culpable. En primer lugar, quisiera saber el lugar exacto en el que hallasteis el cadáver. ¿Tenéis la bondad de acompañarme?

—Aún me queda mucha tarea por hacer —intentó resistirse—. Esta tarde es el entierro, como ya sabréis.

—Será sólo un momento, y os recompensaré bien.

El sacristán se puso en marcha a regañadientes. No parecía muy convencido de las intenciones del bartolomico. Sentía la desconfianza propia de las personas sin estudios ante alguien que sí los tiene y podría querer engañarle.

—Estaba aquí —dijo cuando salieron—, delante de la puerta, sobre un charco de sangre. Aún quedan restos. Un criado ha intentado limpiarla, pero parece que una parte se ha empapado en la piedra.

Inesperadamente, Rojas se puso a gatas, para ver si descubría algo en la zona próxima a la mancha de sangre, cosa harto improbable a esas alturas. Pero tenía que ser metódico. El sacristán lo miraba con asombro. Había oído decir que algunos estudiantes se volvían locos de tanto leer y cavilar, y el bartolomico podía ser uno de ellos. Lo que no podía entender era qué pintaba ahí, ni por qué motivo lo había enviado el obispo.

—Aparte de la moneda, ¿encontrasteis algo que os llamara la atención?

—No, señor —contestó, sin disimular que estaba un poco ofendido por la pregunta.

—Por cierto, ¿cómo supisteis que estaba muerto?

—En primer lugar, porque no rebullía. Luego, me acerqué a él y comprobé que no respiraba.

—¿Tocasteis en algún momento el cuerpo? ¿Visteis si estaba frío?

—Apenas lo rocé, pero me pareció que estaba algo caliente todavía.

Rojas se tendió en el suelo, cerca de los restos de sangre, con cuidado de no estropear su manto.

—¿Podríais indicarme cómo estaba colocado exactamente?

El sacristán ya no daba crédito a lo que veían sus ojos. Ahora ya no le cabía duda de que el bartolomico estaba loco.

—¿Lo encontrasteis boca abajo o boca arriba? —insistió Rojas.

—Estaba boca arriba, aunque un poco encogido —contestó al fin.

—¿De espaldas o de cara a la puerta?

—De cara, de cara —contestó, algo irritado por tanta pregunta.

—¿Así? —continuó Rojas.

—Más o menos —confirmó con desgana—, aunque con las piernas un poco dobladas y vueltas a la derecha.

—¿Y los brazos?

—Uno lo tenía sobre la barriga y el otro, el derecho, tendido en el suelo, con la mano así —añadió, cerrando todos los dedos de la suya, menos el índice—, como si señalara hacia la puerta.

—Así pues, lo mataron justo cuando se disponía a entrar en el templo; de modo que tuvo que ser alguien que estaba oculto entre las sombras del pórtico o tal vez en este rincón de aquí.

Se trataba del que hacía la fachada principal con la torre de campanas, muy cerca de la puerta. Sin duda, era un buen sitio para esconderse al amparo de la noche, en el caso de que alguien hubiera planeado matar a fray Tomás. Pero, si era así, entonces Rojas no entendía por qué no lo había hecho antes, en alguna calleja oscura o en algún paraje que fuera más seguro para el criminal. A no ser que, por la razón que fuera, quisieran acuchillarlo precisamente ahí, a las puertas mismas de la catedral, esto es, en lugar sagrado. Si a ello se añadía lo de la moneda sobre la lengua, podía pensarse que todo eso tenía algún significado. Rojas estaba seguro de que, si lograba averiguarlo, no tardaría en descubrir al que lo había hecho.

—¿Qué podría buscar a esas horas fray Tomás en la Iglesia Mayor? —le preguntó de pronto al sacristán.

—Tan pronto, el único que suele venir por aquí, aparte de un servidor, es Su Ilustrísima, pero hace varios días que ya no viene. Hasta entonces, acudía todas las mañanas, a primera hora, a rezar a la capilla de Santa Bárbara, donde se celebran los exámenes de grado. Según me ha dicho uno de sus sirvientes —añadió con tono de misterio—, ahora prefiere hacerlo en la del palacio.

—¿Cabe, no obstante, la posibilidad de que fray Tomás, ignorante de este cambio en las costumbres del obispo, hubiera venido a verlo?

—Eso tendríais que preguntárselo vos mismo a Su Ilustrísima —dijo con cierto retintín.

—¿Habéis notado algo extraño últimamente en la catedral?

—¿Algo extraño, decís?

—Cualquier cosa que os haya llamado la atención.

—Tan sólo puedo deciros que hay alguna inquietud a causa del proyecto de la nueva catedral.

—¿A qué os referís?

—A que el emplazamiento elegido por el cabildo no sólo supone la destrucción del templo actual y de todo su claustro, sino también la de una parte del palacio del obispo, por lo que éste amenaza con paralizar las obras y poner el caso en manos de los Reyes y de sus arquitectos.

—¿Y fray Tomás tenía algo que ver con todo esto?

—Que yo sepa, nada. Él, desde luego, se mantenía al margen de este asunto, pero todo el mundo sabe que sus relaciones con el cabildo no eran precisamente buenas. Sin embargo —añadió, como el que no quiere la cosa—, era muy amigo del obispo.

—Y vos, ¿qué pensáis de todo esto?

—Lo que piense un ignorante como yo poco importa.

—¿Habéis visto últimamente por la catedral a alguna persona que haya despertado vuestro interés?

—Por aquí pasa mucha gente, no podría deciros —contestó con desgana—. Y, ahora, si me disculpáis, debo volver a mi tarea.

—Tomad, por favor, estas monedas —le dijo Rojas—, por el tiempo que os he robado y por mantener en secreto nuestra conversación. Tal vez volvamos a vernos.

El sacristán cogió las monedas sin decir nada, después de haber comprobado que nadie los veía. Rojas aún permaneció un rato por allí, con la vana esperanza de encontrar alguna huella del homicida. Mientras buscaba, le dio la sensación de que alguien lo espiaba desde una de las ventanas del palacio del obispo. Cuando volvieron a oírse las campanas, decidió que ya había llegado la hora de ir a examinar el cadáver.

Capítulo 4

En el interior del convento de San Esteban, había una gran agitación con motivo de la preparación de las honras fúnebres de fray Tomás. El entierro iba a tener lugar esa misma tarde, y todo era un ir y venir de frailes y criados, a los que se sumaban, de cuando en cuando, algunos enviados del obispado y de la Universidad. La mayor parte de los dominicos tenía el semblante serio y amargado, como si la muerte de fray Tomás hubiera supuesto una gran desgracia para la orden; otros, sobre todo los jóvenes, se mostraban más bien compungidos y medrosos. El único que parecía tranquilo, en medio de la tormenta, era el hermano herbolario. Hacía ya un buen rato que el portero le había dicho a Rojas que aguardara en una pequeña sala a que el prior viniera a recibirlo, pues en ese momento estaba ocupado con las exequias, y, desde una de las ventanas, podía ver al herbolario trabajando en su plantel, ajeno a todo. Era un anciano de pelo blanco, con la piel curtida por el sol, la mirada viva y el semblante alegre; su cuerpo era más bien enjuto, no muy alto y algo cargado de espaldas. Al final, Rojas no pudo contenerse y se animó a entrar en el huerto, con el fin de ver de cerca las plantas.

—Perdonadme el atrevimiento de venir a molestaros —comenzó a decir Rojas mientras se acercaba—. Me precio de saber algo de botánica, pero nunca había visto ninguna de estas especies.

—Es natural que así sea; todas ellas proceden de las Indias. Las semillas nos han sido enviadas por el navegante Cristóbal Colón, a la vuelta de sus andanzas.

—Y, decidme, ¿qué tal se os están dando?

—No creo que este clima tan terrible de Salamanca sea el más propicio para ellas, pero soy bastante terco y he conseguido que algunas fructifiquen.

—¡Pues yo diría que no tienen mal aspecto! —exclamó Rojas, admirado por tanta novedad.

—Esta de aquí —le informó el fraile, mientras escarbaba un poco en la tierra— tiene una raíz muy sabrosa, a pesar de su aspecto. Yo la he probado y le auguro un gran porvenir entre nosotros. Si consigo domesticarla, pediré permiso a la orden para hacer una plantación en la hacienda que tenemos en Valcuevo, al lado del río.

El herbolario parecía muy contento por haber encontrado a alguien con quien poder hablar a gusto de sus logros y sus aficiones.

—¿Y esta de hojas tan grandes? —preguntó Rojas, sorprendido por la forma y el tamaño de la planta.

—Los indios, al parecer, la llaman *tabaco,* y tiene un uso medicinal. Una vez cortadas las hojas, las dejan secar y, cuando alcanzan su punto, las enrollan bien prietas; luego les prenden fuego por uno de los lados, mientras, por el opuesto, aspiran el humo. Según me han dicho, tiene un efecto narcótico y relajante. Aún no he tenido ocasión de probarla, pero, si es así, pienso tomarla todos los días, antes de irme a dormir.

—¿Y no teméis que vuestros hermanos os censuren o incluso os denuncien al Santo Oficio? He oído que en Sevilla la Inquisición ha encarcelado a uno de los compañeros de Colón, acusado de brujería, por exhalar el humo de unas hojas. Al parecer, los inquisidores, que son muy fantasiosos, lo han considerado demoníaco, pues dicen que sólo el Maligno puede hacer que alguien eche humo por la boca. ¿No os parece ridículo?

—Amén de aberrante. Fijaos que aún no ha llegado aquí y ya la llaman *la hierba del demonio,* los muy necios. Y es que de los inquisidores cualquier cosa se puede esperar. Si lo sabré yo, que soy dominico. Están tan obsesionados con la salud de nuestra alma y la pureza de nuestra fe que acabarán por prohibirnos hasta dormir la siesta, para que no tengamos sueños impuros. No obstante, a mí no me asustan. Por suerte, en el convento, no pueden prescindir de mí. Yo soy el que les prepara las medicinas y los ungüentos, cuando el cuerpo no les funciona bien o les causa algún disgusto.

—Sería para mí un placer seguir hablando con vos de las virtudes de vuestras plantas, pero ahora debo dejaros, tengo que ver al prior.

—Estará en la capilla rezando por fray Tomás, que Dios lo tenga en su Gloria. A él, por cierto, no le gustaban nada mis plantas, pero eso no es motivo para matarlo, ¿no creéis? —añadió con una sonrisa irónica.

—Eso depende de cómo se portara con ellas. Seguro que, para él, eran sólo unas malas hierbas que había que exterminar.

—Se ve que lo conocíais bien —confirmó el herbolario riendo de buena gana—. Venid a verme siempre que queráis. Tengo puestas a secar varias hojas de tabaco, y he recabado instrucciones exactas para prepararlo.

—Vendré a veros, no lo dudéis. Mi nombre es Fernando de Rojas.

—El mío, fray Antonio de Zamora, para serviros.

La breve conversación con el herbolario lo había llenado de optimismo y le había hecho olvidarse, por un momento, de lo que había ido a hacer allí. Desde el umbral, el portero le hacía gestos ostensibles con ambas manos para que se apresurara. En el claustro, lo aguardaba ya el prior. Era alto y huesudo, con la piel apergaminada y los ojos hundidos en las órbitas, como si miraran desde el fondo de un pozo.

—Os ruego me perdonéis —se disculpó Rojas—. He estado hablando un rato con el herbolario, y se me ha ido el santo al cielo. Las plantas son una de mis debilidades...

—Espero que no sea ése el motivo de vuestra inoportuna visita —lo interrumpió el prior con cierta sequedad.

—Por supuesto que no. El obispo me ha encargado que descubra a los culpables de la muerte de fray Tomás. Si queréis, puedo mostraros una carta de su puño y letra donde...

—No es necesario —lo interrumpió de forma brusca—. Decidme, ¿qué es exactamente lo que queréis?

—De momento, me gustaría examinar su cadáver.

—¿Y no os parece demasiado tarde para eso?

Estaba claro que el prior no estaba muy de acuerdo con los deseos de Rojas, y no se molestaba en disimularlo; no obstante, no podía hacer nada para impedirlo.

—En fin, si el obispo así lo ha dispuesto —continuó—, no seré yo quien se oponga, pero no acabo de entender qué es lo que pretendéis con esto.

—Tan sólo busco rastros o indicios que me conduzcan al homicida.

—¿Y no sería mejor buscarlos en otra parte, recolectar testigos, detener a algún sospechoso?

—De eso se ocupa ya el maestrescuela, que, como sabéis, es el encargado de administrar la justicia en el ámbito de la Universidad, sin perjuicio de que, si fuera menester, puedan intervenir los alcaldes y justicias de la ciudad. Mi cometido ahora es hacer las pesquisas oportunas para aclarar los hechos y las circunstancias de la muerte, con el fin de descubrir...

—Ya veo que tenéis respuesta para todo —comentó con resignación—; tened la bondad de acompañarme.

El cadáver de fray Tomás estaba instalado sobre un túmulo en una de las capillas de la iglesia del convento, rodeado de numerosos cirios, hachas y velones y acompañado por un grupo de hermanos que iban alternando los cantos de difunto con las oraciones por su alma. La escena resultaba sobrecogedora y contrastaba, de forma notable, con la que Rojas acababa de disfrutar en el huerto con el herbolario.

—Os ruego —comenzó a decirles el prior— que hagamos una pequeña pausa en nuestras oraciones. Vosotros seis —añadió, dirigiéndose a un pequeño grupo— quedaos aquí. Los demás podéis seguir con vuestras tareas pendientes.

Aunque ninguno lo exteriorizara, la mayor parte de ellos recibió con alivio las palabras del prior. El ambiente de la capilla era tan tenebroso y estaba tan cargado que, a buen seguro, muchos aprovecharían para respirar aire limpio, con el pretexto de ir a las letrinas o de hacer algo en el huerto.

—Tenéis que trasladar el cuerpo de fray Tomás —ordenó a los que se quedaron— al Panteón de los Teólogos, para que este hombre, enviado por el obispo, pueda examinar sus heridas. Y cuidad de que, en todo momento, se guarde el debido decoro.

Lo transportaron entre cuatro frailes, en una pequeña mesa con andas y un cirio en cada esquina. Delante, iba un hermano con una cruz y, detrás, otro con un incensario, seguido de Rojas. El Panteón de los Teólogos se encontraba en un extremo del muro oriental del claustro. Desde hacía más de un siglo, se enterraba allí a los maestros de teología y de otras cátedras del Estudio y a aquellos hermanos que, según la comunidad, se habían distinguido por sus virtudes.

—Con vuestro permiso —les informó Rojas, una vez depositada la mesa en el centro de la sala—, debo quitarle el hábito para examinar bien las heridas.

—¿Estáis seguro de que esto que vais a hacer es propio de un cristiano? —le preguntó el fraile que portaba la cruz.

—No os quepa ninguna duda; tengo, como bien sabéis, la aprobación del obispo.

Los seis frailes se habían quedado alrededor de la mesa, cada uno en su posición, como si estuvieran velando al difunto. Todos estaban con la cabeza gacha y la mirada perdida en las lápidas del suelo.

—No deberíais sentir vergüenza de ver desnudo a vuestro hermano —comenzó a decir Rojas; sus palabras resonaban en la bóveda de la cámara de tal manera que parecía una voz de ultratumba—. Es verdad que ni al sol ni a la muerte se les debe mirar fijamente, pero un cadáver desnudo no tiene nada de vergonzante ni de misterioso. Un cadáver es como un libro. Para leerlo, lo primero que hay que hacer es abrirlo o desvelarlo —y, al decir esto, terminó de desvestir al difunto—, y, luego, intentar descifrar su alfabeto.

Mientras hablaba, no dejaba de examinar el cuerpo del fraile. En la piel lívida del torso, destacaban los ojales de las heridas. Contó mentalmente hasta doce cuchilladas, todas ellas profundas y algunas sobre órganos vitales. Por la forma y tamaño de las hendiduras, dedujo que se las habían hecho con una daga bien afilada. Sobre una de ellas, vino a posarse una mosca, atraída por el espectáculo. Rojas la espantó suavemente con la mano para no llamar la atención de los frailes.

—A veces —continuó diciendo, con el fin de mantenerlos distraídos—, es necesario leer también entre líneas. Os contaré un secreto. Un médico experimentado puede llegar a saber más de una persona con sólo examinar su cadáver que alguien que haya convivido con él toda su vida. Pero no es éste el caso, no os alarméis. Ahora lo único que importa es examinar sus heridas y ver si descubro alguna cosa de interés.

En ese instante, volvió la mosca para posarse sobre una de las mejillas del difunto. Rojas se acercó a ella con la intención de atraparla haciendo un hueco con la mano. Solía jugar a ello desde niño y había adquirido bastante práctica. «Un momento, ¿qué es esto? —dijo, de repente, para sí—. Parece un pequeño corte superficial». En la mejilla izquierda, podía verse, en efecto, una herida poco profunda. Era apenas un rasguño horizontal de unos tres dedos de largo que, en un primer vistazo, no había percibido, tal vez a causa de las muchas arrugas que surcaban su cara.

Con la ayuda de uno de los frailes, le dio la vuelta al cadáver para examinar su espalda, donde no encontró nada de interés. Iba a pedir que le ayudaran a colocarlo de nuevo en la posición de decúbito supino, cuando descubrió algo que llamó su atención. Tanto en la cara interna de las nalgas como en el inicio de los muslos se veían algunas escoceduras y cardenales. Con disimulo, examinó luego el ano, y pudo observar pequeñas cicatrices en la membrana mucosa del orificio y en la piel que lo rodeaba. Naturalmente, esas lesiones no tenían nada que ver con su muerte, pero le habría gustado observarlas con calma, algo que no podía hacer delante de los frailes, que ya habían comenzado a impacientarse y a sentirse violentos. Tampoco podía pedirles que lo dejaran a solas con el cadáver. En cualquier caso, no habría servido de nada, pues en ese instante apareció el prior.

—¿Podemos dejar ya a nuestro hermano descansar en paz? —le preguntó a Rojas.

—Os ruego, una vez más, que me perdonéis. Estaba a punto de concluir.

—¿Y qué tal? ¿Habéis encontrado algo?

—No mucho, la verdad.

—¿Esperabais acaso descubrir la firma del homicida sobre la piel de fray Tomás? —comentó el prior con sarcasmo—. ¿O tal vez una inscripción que dijera «Me lo hizo fulano», como si fuera la marca de un alfarero?

En ese momento, Rojas no pudo evitar dar un respingo, como si de repente hubiera caído en la cuenta de algo en lo que antes no había reparado. Las palabras del prior le habían sugerido la idea de que el pequeño rasguño en la cara, al igual que la moneda de vellón en la boca, podía ser una señal del homicida, tal vez una especie de marca para entendidos. De todas formas, era pronto para hacer conjeturas. Así que decidió reprimir su entusiasmo.

—¿Se os ofrece alguna cosa más? —le preguntó el prior, algo escamado.

—¿Podría lavarme las manos en algún sitio? —pidió con toda naturalidad.

—Fray Ambrosio —le ordenó al fraile del crucifijo—, acompañadlo un momento al huerto, para que se lave y pueda irse. Luego, volved a la capilla, para proseguir las honras fúnebres. Yo llevaré la cruz.

—Tan sólo una pregunta, antes de marcharme —volvió a la carga Rojas—. ¿Sabéis vos si fray Tomás tenía algún enemigo?

—Todos los buenos cristianos —comenzó a explicar el prior— tenemos un enemigo: es el Maligno, y puede adoptar las formas más diversas e inesperadas, según la persona a la que quiera tentar y condenar.

—Ya entiendo —apuntó Rojas con un dejo de ironía—. Ah, se me olvidaba pediros una última cosa. ¿Podría preguntar a vuestros frailes si observaron algo raro en el comportamiento de fray Tomás los días previos a su muerte?

—Si supieran algo, ya me lo habrían dicho a mí, y yo, sin duda, os lo habría contado a vos —respondió el prior con cierto retintín.

—Siempre y cuando —replicó Rojas— no os lo hubieran declarado bajo secreto de confesión, ¿no es así?

—¡Apartaos de mi vista! —gritó el prior encolerizado—. No solamente sois un entrometido, sino también un insolente. Me quejaré de vos a Su Ilustrísima.

—Estáis en vuestro derecho. Y, por cierto, muchas gracias. Sin pretenderlo, me habéis sido de gran ayuda.

—Me alegro mucho por vos —añadió el prior con rabia.

Acostumbrado como estaba a mandar, siempre quería decir la última palabra.

Capítulo 5

Su encontronazo con el prior le había dejado una sensación agridulce. Por un lado, éste le había brindado sin querer algo a lo que agarrarse, un posible rastro; por otro, era evidente que ya no le iba a permitir hacer más indagaciones en el interior del convento. Por el camino, fray Ambrosio se había negado a contestar a cualquier tipo de pregunta. En el pasillo que comunicaba con la portería, se habían cruzado con un grupo de frailes que se dirigía a la capilla y Rojas pudo notar que todos lo miraban con desconfianza y recelo, como si ya se hubiera corrido la voz de que se había colado un indeseable en el recinto.

El pozo estaba nada más entrar en el huerto, debajo de una parra. Mientras Rojas extraía un lienzo de uno de sus bolsillos interiores, el fraile sacó un cubo lleno de agua y la echó en una pila de piedra que había junto a una pared.

—Muchas gracias, sois muy amable —le dijo Rojas.

Cuando se estaba terminando de lavar, se acercó el herbolario, que, durante el tiempo transcurrido, parecía no haberse separado de su plantel. Llevaba en la mano derecha una pequeña azada y tenía la frente cubierta de sudor.

—¿Todavía estáis aquí? —le preguntó a Rojas a modo de saludo.

—Lo cierto es que ya me iba.

—El prior le ha ordenado que abandone el convento —precisó, por su parte, fray Ambrosio.

—Seguro que tenéis muchas cosas que hacer —le dijo a éste fray Antonio—; andad presto. Yo lo acompaño a la salida, no tengáis cuidado.

—Lo dejo entonces en vuestras manos. Y cuidaos mucho de hablar con él, es un embaucador —añadió cuando ya salía por la puerta.

—¿Qué le habéis hecho al prior? —le preguntó fray Antonio a Rojas con una sonrisa irónica.

—Me temo que no me tiene demasiada simpatía —reconoció éste.

—No se lo tengáis en cuenta; es muy celoso de la seguridad de su rebaño.

—Razón de más para que me ayude a cazar al lobo que sacrificó a una de sus ovejas, o al menos para que no me ponga más dificultades.

—Seguramente, lo que más le preocupa ahora es que el resto del redil se sienta tranquilo y que ningún extraño venga a perturbar la paz de este convento, por muy buenas que sean sus intenciones.

—De nada vale cerrar los ojos ante aquello que nos desagrada, querido amigo. Quien haya acabado con la vida de fray Tomás puede volver a matar, y, cuanto antes lo descubramos, menos oportunidades tendrá de hacerlo.

—Como ya imaginaréis, yo vivo ajeno a todo lo que no sean mis plantas, pero si en algo pudiera serviros...

—No quisiera abusar de vuestra confianza ni pediros nada que pudiera poneros en un aprieto, pero me gustaría echarle un vistazo a la celda de fray Tomás. ¿Podríais acompañarme, ahora que todos se encuentran ocupados con las exequias fúnebres y la preparación del entierro?

—Si lo hago, romperé mi voto de obediencia —le explicó fray Antonio—, y podría perder la confianza no sólo del prior, sino de toda la comunidad. Pero, teniendo en cuenta la gravedad del asunto —añadió enseguida con ironía—, no creo que Dios me lo tenga en cuenta.

—En ese caso, no perdamos más tiempo.

Por suerte, la celda de fray Tomás estaba bastante alejada de la iglesia y del claustro, en la segunda planta de uno de los edificios del convento, que era la parte reservada para los maestros de teología. Para llegar allí, tuvieron que recorrer un complicado laberinto de escaleras y húmedos pasillos llenos de recodos y rincones oscuros por los que alguien ajeno al lugar no se atrevería a aventurarse.

—Aquí es —le informó, por fin, el fraile delante de una de las puertas—. Adelante, podéis entrar, en los conventos no tenemos cerraduras ni cerrojos.

La puerta no ofreció, en efecto, ninguna resistencia. La celda era más bien pequeña y estaba atestada de libros y manuscritos, de tal modo que era muy difícil dar un paso sin tropezarse con alguno. Fuera de eso, tan sólo había una cama, una mesa, dos sillas, un arca y un crucifijo. La mayor parte de los volúmenes eran de teología o de cánones, y, entre ellos, no faltaban algunos manuales para uso de inquisidores, como una copia manuscrita del *Directorium inquisitorum,* de Nicolau Eimeric, o un ejemplar impreso del *Malleus maleficarum (El martillo de las brujas),* de Heinrich Kramer y Jacobus Sprenger, todos ellos dominicos. No obstante, también los había de otras disciplinas. A Rojas le sorprendió encontrar, sobre todo, algunas obras de matemáticas y astrología, varias de ellas prohibidas por el Santo Oficio, y así se lo hizo notar al fraile.

—Por lo que sé —le explicó éste—, fray Tomás era versado en muchas ciencias; me imagino que para combatirlas mejor desde su púlpito universitario y como consejero de la Inquisición.

Acuciado por la curiosidad, Rojas comenzó a hojear algunas de ellas. La mayoría mostraban líneas subrayadas y anotaciones en los márgenes, lo que demostraba que habían sido leídas a conciencia. Las notas, eso sí, parecían estar escritas en clave, pues no lograba descifrarlas. En un rincón de la mesa, debajo de unos cartapacios, encontró una copia manuscrita del *Tratado de Astrología* de don Enrique de Aragón o de Villena, que Rojas conocía bien, pues hacía tiempo que había mandado que se lo copiaran, para sus estudios. Al moverlo, cayó al suelo un papel doblado. Lo recogió con cuidado y leyó su contenido. Eran tan sólo dos líneas anónimas:

Dejad la cátedra de una vez, si no queréis
que en el convento se sepa lo vuestro.

En ese instante, se oyó ruido al otro lado de la puerta.

—Tenemos visita —susurró el fraile.

Los dos hombres permanecieron inmóviles y en silencio, mientras observaban cómo, tras un momento de vacilación, alguien abría la puerta con extremo cuidado. Poco a poco, se fue haciendo visible, en medio del umbral, la figura de un mancebo de no más de diecisiete o dieciocho años que, nada más descubrir que había alguien dentro de la celda, salió corriendo.

—¿Quién era?, ¿un novicio? —preguntó Rojas.

—Era un mozo de frailes, el criado de fray Tomás —aclaró.

—Vayamos tras él, tal vez sepa algo.

—Espera, Andrés —gritó fray Antonio en medio del pasillo—, no vamos a hacerte nada. Si no paras —añadió con más firmeza—, le diré al prior que te hemos cogido robando.

Tan pronto escuchó estas palabras, el mozo se detuvo y comenzó a darse la vuelta. Parecía muy asustado.

—Ven, acércate sin miedo —le dijo, persuasivo, fray Antonio—. Sé que eres un buen muchacho y que, seguramente, no pretendías hacer nada malo. Este hombre viene de parte del señor obispo para esclarecer la muerte de fray Tomás. Ten la bondad de hablar con él en la celda. Yo esperaré fuera, en el recodo del pasillo, por si viniera alguien.

Una vez solos, Rojas le indicó con la mano que se sentara sobre el lecho, mientras él lo hacía en una de las sillas, de espaldas a la ventana. Sabía por experiencia que el secreto de un buen interrogatorio era poder examinar las emociones en el rostro del interrogado e impedir que éste pudiera hacer lo propio, y, para ello, nada mejor que ponerse a contraluz.

—Escucha, Andrés. Te llamas Andrés, ¿verdad? —el muchacho asintió—. Tan sólo quiero hablar un momento contigo.

—¿Conmigo? —preguntó, haciéndose de nuevas—. Yo no sé nada.

—¿Cómo puedes decir que no sabes nada si aún no te he dicho de qué vamos a hablar?

—Supongo que de la muerte de fray Tomás —balbuceó el muchacho, mientras se persignaba.

—¿Y qué es eso que no sabes de fray Tomás, vamos a ver?

El mozo se dio cuenta de inmediato de que la pregunta de Rojas era capciosa.

—¿Que qué es... lo que no sé? —titubeó—. No os comprendo.

—Yo, en cambio, empiezo a comprender que quieres ocultarme algo.

—No, señor —protestó el muchacho—, yo sólo había venido a comprobar si había alguien aquí, me pareció oír ruido al cruzar el pasillo.

—Veo que no me he explicado bien —comenzó a decir Rojas, intentando mantener la calma—. Yo estoy aquí para tratar de averiguar quién mató a fray Tomás y, para ello, necesito saber algunas cosas sobre él: cómo vivía, con quién se relacionaba... Por eso, quiero que me cuentes todo lo que sepas.

—Yo soy inocente —se exculpó, con cara de no haber roto nunca un plato—. Yo no he hecho nada malo. Sólo soy un criado que hace todo lo que le ordenan.

—¿Te pidió alguien que vinieras aquí?

—No, señor.

—¿Entonces?

—Ya os he dicho que me pareció oír ruido.

Ante la obstinación del muchacho, decidió dar un giro a sus preguntas, para ver si así volvía a sorprenderlo:

—Dejemos eso ahora. ¿Hace mucho tiempo que servías a fray Tomás?

—Hará cerca de dos años.

—¿Y habías notado algo raro en él últimamente?

—¿A qué os referís?

—Me refiero a si percibiste algún comportamiento extraño o que estuviera más preocupado que de costumbre.

—En los últimos días, se le veía muy inquieto.

—¿Tienes idea de por qué?

—No, señor, a mí no me contaba nada.

—¿Habías visto alguna vez este papel? —le preguntó Rojas, mostrándole la nota que acababa de encontrar.

—No, señor, nunca —respondió el criado con firmeza.

—¿Y algún otro similar?

—Tampoco.

—¿Acompañaste alguna vez a fray Tomás fuera del convento? —preguntó de inmediato, para no darle respiro.

—Nunca.

—¿Recibía visitas cuando estaba aquí?

—De cuando en cuando, venía a verlo un estudiante —respondió el mozo tras una pausa—. Fray Tomás me dijo que era uno de sus discípulos en la Universidad, el que le ayudaba a preparar sus escritos. Cada vez que lo visitaba, me pedía que no los molestara y se encerraba con él durante varias horas.

—¿Sabes cómo se llama o dónde se aloja ese estudiante?

—No, señor. Alguna vez les oí algo acerca de un mesón que hay cabe el río, donde, al parecer, se pasaba la mayor parte del día, durante el verano.

—¿Podrías describirlo?

—Siempre lo vi de lejos y con la cabeza cubierta, pero estoy seguro de que era mayor que yo y también algo más alto y corpulento. No creo que sea trigo limpio —se atrevió a decir de repente el muchacho.

—¿Por qué lo dices?

—No lo sé, son cosas que uno siente.

Las palabras del mozo de frailes le dieron que pensar. Se daba cuenta de que, si quería conseguir algo, no debería seguir apelando a su memoria ni a su honestidad, sino a su corazón, puesto que de la abundancia del corazón habla la boca.

—¿Y cómo era su relación con fray Tomás? —inquirió.

—No podría deciros con certeza —comenzó a decir el muchacho—, pero se veía a la legua que ese estudiante le tenía sorbido el seso, como si le hubiera quitado la voluntad. Y eso a fray Tomás no parecía importarle mucho, por lo menos al principio. Lo único que quería era estar con él el mayor tiempo posible. Las cosas cambiaron hace cosa de una semana. Desde el otro lado de la puerta, les oí discutir más de una vez. Y a fray Tomás se le veía receloso y a disgusto. De todas formas, era incapaz de romper su relación con él, como si tuviera miedo a que el otro pudiera ir con el cuento.

—¿Insinúas que entre ellos había alguna relación... nefanda o pecaminosa?

—¿Qué queréis decir? —preguntó, sorprendido.

—¿Y qué pretendes decir tú?

El criado se dio cuenta de que había vuelto a caer en la trampa. Para Rojas, era evidente que lo traicionaban sus ganas de hablar, su necesidad de desahogarse y contarlo todo de una vez.

—¿Yo, señor? Yo sólo sé que ellos...

—¿Ellos, qué? Venga, dilo.

—No me lo hagáis decir —suplicó.

—Si no lo haces de buen grado —empezó a decir con tono amenazador—, haré que te prendan y te torturen hasta que lo confieses.

—¡Está bien! —gritó el mozo—. Vos me habéis obligado. ¿Queréis saber lo que el estudiante y él hacían en esta cámara? Ellos... ellos... —parecía que no acababa de encontrar la palabra.

—¿Quieres decir que practicaban la sodomía? —preguntó Rojas sin poder esperar más.

—¡Sí, por el amor de Dios, sí! —reconoció por fin el muchacho—. Eso es lo que hacían.

—¿Los viste tú alguna vez?

—Verlos, no los vi, no, señor.

—Entonces, ¿cómo puedes estar seguro de que lo hacían? —Rojas se había dado cuenta de que el mozo se había ruborizado—. A no ser que tú también... —se aventuró a decir.

—No, yo no —protestó el muchacho con desesperación.

—Por eso, estate tranquilo. A mí no me interesan nada tus pecados. Yo no soy fraile ni clérigo ni tengo por costumbre meterme en la vida ajena, pero quiero que sepas, eso sí, que todo lo que me cuentes en esta celda es como si se lo dijeras a tu confesor. Será un secreto entre nosotros. Ahora bien —le advirtió con claridad, silabeando casi las palabras—, si tú no me dices todo lo que sabes y yo descubro por mi cuenta eso que tanto te empeñas en ocultarme, ya no estaré obligado contigo por ningún compromiso de silencio y podré revelarlo todo.

Ante esa amenaza, el criado se desmoronó y comenzó a llorar. Ya no podía resistir más. Tenía que librarse, como fuera, de su terrible secreto.

—Llora, llora todo lo que se te antoje —lo animó Rojas con suavidad—. El llanto limpia y purifica, y así podrás desahogarte un poco conmigo.

Entre lamentos, sollozos e hipidos, Andrés fue revelando todo lo que Rojas ya se había imaginado: la debilidad de fray Tomás y el abuso al que había sometido a su joven criado, que, si bien, en un principio, no tuvo más remedio que aceptarlo con resignación, pasado el tiempo acabó haciéndolo de buen grado, ya que, a falta de otra familia, se había ido encariñando con él. Como pago por su silencio y sus servicios, fray Tomás le había regalado algunas calzas y camisas y le había enseñado a leer y escribir, de lo que se sentía muy orgulloso. Pero la aparición repentina del estudiante había destruido, en un momento, lo que tanto sudor y sufrimiento le había costado. No obstante, él jamás habría intentado matar al fraile por esa traición; a su edad, ya sabía que el amor era ciego y soplaba donde quería, cuando quería y de la manera que más se le antojaba. Al otro, sí, al otro lo habría acuchillado de muy buena gana, en caso de haberse atrevido y de haber tenido la oportunidad de hacerlo, cosa que, por desgracia, no ocurrió.

—¿Crees tú que fue el estudiante el que lo mató? —le preguntó, por último, Rojas, después de oír su relato.

—No podría jurarlo ante una Biblia —declaró el muchacho, más tranquilo— ni me atrevería a decirlo delante de un tribunal, pero estoy seguro de que algo tuvo que ver en ello.

Capítulo 6

La misa de funeral por el alma de fray Tomás de Santo Domingo estaba a punto de empezar. Rojas apenas había tenido tiempo de comer algo en la cocina del Colegio y de echar una cabezada en su celda. Llevaba sólo unas horas en la ciudad, pero tenía la sensación de que ya habían pasado varios días. Después de interrogar al criado, había completado el registro de la celda, mientras el herbolario permanecía de guardia en el pasillo. Había mirado bien entre los libros y papeles, revisado los escritos del fraile, inspeccionado su arca, la cama y el resto de sus pertenencias, pero no había encontrado nada revelador, nada, al menos, que tuviera que ver con el estudiante o su pecado nefando, o que aclarara el significado de la moneda o del anónimo. Sobre la mesa había visto varios papeles que indicaban que fray Tomás estaba preparando un informe o una lección contra ciertas doctrinas heréticas relacionadas con el sacramento de la confesión. Acababa de empezar a leerlo, cuando fray Antonio le indicó, un tanto azorado, que debían marcharse, pues comenzaban a detectarse algunos movimientos en los pasillos que conducían a las celdas de los frailes; así que dejó todo como estaba. Pero, antes de abandonar el convento por una de las tapias del huerto, le pidió al herbolario que tomara buena nota de lo que allí sucediera en adelante y, sobre todo, que vigilara al criado.

Tras la brevísima siesta, le habría gustado ir a dar una vuelta por el Tormes para hacer un repaso de todo lo que había ocurrido, pero no tenía tiempo. No podía perderse las exequias. Rojas tenía la convicción de que a muchos homicidas les gustaba volver al lugar del crimen e, in-

59

cluso, asistir al entierro de sus víctimas. Y dado que, en esta ocasión, la misa de funeral de fray Tomás iba a celebrarse justo en el mismo sitio en el que lo habían matado, era más que probable que apareciera por allí el criminal; de modo que tenía que estar muy atento.

Según era costumbre, el encargado de organizar los funerales había sido el decano de los catedráticos o primicerio. A él le correspondía, entre otras cosas, abrir el arca de doble cerrojo en la que se guardaban las hachas de cera amarilla, de libra y media cada una, que debían distribuirse entre los compañeros del difunto. En circunstancias normales, la misa habría tenido lugar en la iglesia del convento, pero el obispo había exigido que se celebrara en la catedral, para gran disgusto del cabildo; así que hubo que trasladar el cuerpo a la Iglesia Mayor. Como era preceptivo, lo sacaron en andas los miembros más antiguos de la facultad de teología, que, en su mayor parte, eran dominicos; y los demás lo acompañaron en procesión hasta el templo, con velas encendidas y cantando el *miserere,* mientras, a un lado y otro de las calles, la gente se arrodillaba y se persignaba a su paso.

La misa iba a ser oficiada por el obispo, asistido por el prior de San Esteban, a quien el papel de segundón no parecía agradarle demasiado (el deán, como cabía esperar, había declinado el honor), y a ella había acudido una buena parte del claustro de la Universidad. Según los Estatutos, todos los doctores y maestros estaban obligados a asistir al entierro, so pena de una multa de cuatro reales para sufragios. El coro, por otra parte, estaba enteramente ocupado por los dominicos. A Rojas le habían reservado un sitio cerca de la entrada principal. El prelado hizo un emotivo elogio de fray Tomás; recordó su actividad como catedrático de teología y como predicador, alabó sus lecciones y sus escritos y enumeró las muchas virtudes que lo adornaban. Nadie dudaba, tras escucharlo, de que a fray Tomás le estaba reservado un lugar preeminente en el Paraíso.

Desde su asiento, Rojas trataba de espiar las reacciones en los rostros de los asistentes. La mayoría no reflejaban nada; de hecho, una buena parte dormitaba o parecía pensar en otros asuntos más terrenales. Cuando, en el coro, los dominicos comenzaron a cantar el oficio de difuntos, Rojas abandonó su sitio para echar un vistazo al exterior. Había tantos curiosos y devotos de fray Tomás deseosos de asistir a la ceremonia que el templo se había quedado demasiado pequeño, y habían tenido que dejar las puertas abiertas para que los menos afortunados pudieran seguirla desde la calle. Muchos de los allí congregados iban vestidos de jerga blanca en señal de luto, según era costumbre en Castilla. También se veían grupos de curiosos, de esos que nunca faltan en este tipo de acontecimientos, pero la mayoría eran estudiantes. Subido sobre una columna, un exaltado clamaba, a voz en grito, contra los matadores de fray Tomás y exigía justicia. Al final, tuvieron que intervenir los alguaciles para imponer silencio e impedir que la cosa llegara a mayores.

Aún no se había aplacado el ánimo del alborotador, cuando se produjo un pequeño tumulto en una de las entradas al templo. Desde donde se encontraba, Rojas no era capaz de ver bien lo que ocurría, pero, a juzgar por las reacciones de la gente, podía intuirlo. Al parecer, alguien quería entrar como fuera por la puerta del Azogue; sin embargo, la muchedumbre no parecía dispuesta a permitírselo. Rojas pensó que podría tratarse del sospechoso e intentó acercarse a la entrada. Por desgracia, cuando llegó, el otro ya había comenzado la huida. Aunque no podía distinguirlo, adivinaba su recorrido por los movimientos que su paso producía en la multitud. La plaza estaba tan atestada que se hacía muy difícil la persecución. Cada vez que intentaba avanzar un poco, se formaba una especie de oleaje a su alrededor que amenazaba con derribarlo.

—Tened cuidado, bartolomico, ¿quién os creéis que sois? —le recriminó un hombre al que había empujado.

—Dejadme paso, tengo una encomienda que cumplir —rogaba Rojas, inútilmente.

Era como un remolino de gente dispuesta a tragarlo y sepultarlo en el fondo. Por suerte, su cabeza sobresalía por encima de casi todos y podía respirar. Después de dar algún traspié y sufrir varios empellones, logró salir, por fin, a una zona más despejada, ya al final de la fachada norte de la catedral. Fue entonces cuando alcanzó a ver cómo el perseguido se metía por una de las calles que había detrás del ábside. Con una mano se recogió el manto y empezó a correr tras él, pero, al llegar al comienzo de la calle, el otro ya había doblado la esquina por el otro lado. Y lo mismo volvió a ocurrir tan pronto Rojas alcanzó ese extremo. Debía darse más prisa, si no quería perderlo, pues ya se había hecho de noche. Con el fin de despistarlo, el sospechoso parecía estar corriendo en zigzag. Así que Rojas calculó su próxima trayectoria e intentó atajarlo cortando por una callejuela transversal. Fue inútil; cuando quiso alcanzar el otro lado, el perseguido ya había tirado por otra calle. De repente, dejó de oír el ruido de sus pasos.

—Ya te tengo —exclamó Rojas, al ver que se trataba de un callejón sin salida.

No obstante, una vez llegó al final del mismo, se encontró con que no había nadie. Miró hacia un lado y hacia otro, dio una vuelta completa a su alrededor, pero no halló ni rastro del sospechoso.

—No es posible —masculló Rojas—. No puede haberse desvanecido.

Desolado, se sentó en un poyo que había junto a una puerta, para recuperar el aliento y ver si se le ocurría algo. Intentó consolarse pensando que era muy difícil perseguir a alguien por esas calles tan laberínticas. Al igual que ocurría en otras partes de la ciudad, las casas estaban dispuestas, sin orden ni concierto, en torno a una iglesia —y había más de cincuenta dentro de las murallas—, formando una especie de corral, del que salía luego una calle que se comunicaba con alguna de las puertas de acceso a Salamanca o con la plaza de San Martín, donde estaban la Casa del Concejo y el mercado principal, que a su vez era como un gran corral del común. No era raro, además, que entre las casas, la mayoría de una sola planta, hubiera también pequeños huertos y cortinales labrados, así como cobertizos para el ganado, lo que dificultaba mucho el tránsito.

De pronto, oyó a lo lejos el chillido agudo de una bandada de vencejos que parecían burlarse de él; recordó entonces que, en su tierra, al vencejo lo llamaban el pájaro del Diablo. El cielo se había encapotado y amenazaba con tormenta. Así que se levantó para volver a la catedral. Caminaba despacio, apesadumbrado, entre las primeras sombras de la noche. Todo parecía indicar que su intuición había sido cierta; el homicida había vuelto al lugar del crimen para saborear su triunfo, y él había estado a punto de atraparlo, pero, al final de la jornada, regresaba con las manos vacías. El otro, mientras tanto, podría huir de la ciudad o, peor aún, volver a matar, si ése era su deseo.

Cuando llegó a la Iglesia Mayor, la misa ya había terminado y el cortejo fúnebre se disponía a iniciar el regreso a San Esteban, donde iba a tener lugar el sepelio. Justo en ese momento, comenzó a llover, al principio de forma suave, para arreciar enseguida, hasta hacer que los cirios se apagaran y que la última parte del recorrido fuera un tanto caótica. Los primeros relámpagos tampoco se hicieron esperar. Rojas, que había conseguido refugiarse bajo el pórtico del convento, pensó que la ira de Dios se había desatado con toda su fuerza, no sabía bien si contra la víctima o contra su verdugo; o tal vez contra él, por no haber hecho bien su trabajo. Era ya noche cerrada cuando los hermanos de fray Tomás comenzaron a cantar el *miserere* en el claustro de procesiones.

Capítulo 7

El día amaneció luminoso y soleado, como si el cielo hubiera querido disipar todas las sombras y huellas de la víspera. Fray Tomás yacía ya bajo una losa en el Panteón de los Teólogos, y, con él, también su secreto. A pesar del cansancio, Rojas había madrugado para intentar poner en orden sus ideas. No era mucho lo que de momento tenía, pero sí lo suficiente como para ponerse a pensar, con la mano en la mejilla. Por lo que sabía, a fray Tomás lo habían matado de madrugada, cuando se disponía a entrar en la catedral, probablemente con la intención de ver al obispo, del que era buen amigo, si bien ignoraba que, desde hacía varios días, éste había dejado de acudir a la capilla de Santa Bárbara, como era su costumbre. Sin duda, el fraile tenía gran urgencia por hablar con el prelado, pues, si no, habría aguardado a una hora más prudente, y en un lugar más discreto, para verlo. Asimismo, parecía evidente que su agresor, si es que se trataba de uno sólo, lo aguardaba escondido junto a la puerta del templo, lo que indicaba que se trataba de una muerte premeditada.

Aparte del hallazgo de la moneda en la boca de fray Tomás, el examen del cadáver había revelado una marca en la mejilla izquierda. También había encontrado un anónimo en el que se amenazaba a la víctima con hacer público algún secreto, si no renunciaba a su cátedra. La conversación con el criado había puesto al descubierto, por último, algunas sombras en la vida de fray Tomás, como sus relaciones pecaminosas con el estudiante y con el propio sirviente. Éste le había brindado, además, un posible sospechoso, al que por desgracia no había podido atrapar cuando lo encontró rondando por el lugar del crimen. Si de algo había abundancia en Salamanca era de estudiantes, lo cual no facilitaba mucho las cosas. ¿Tendría, en cualquier caso, algo que ver el estudiante con la misteriosa amenaza y, por lo tanto, con la muerte de fray Tomás? ¿Y qué era eso que el dominico no quería que se supiera en el convento? ¿Se trataría de su pecado nefando? En cuanto a la cátedra en cuestión, lo único que Rojas sabía era que el fraile había sucedido en ella a Diego de Deza. En estas reflexiones andaba cuando recibió la visita de fray Antonio, el herbolario.

—¡Qué sorpresa, querido amigo! Vos, por aquí —le dijo Rojas—. Entrad, por favor.

—Espero no ser inoportuno. Os traigo un pequeño regalo —le dijo el fraile mostrándole un zurrón— que espero logre calmar un poco vuestras ansias y distraeros de vuestras preocupaciones. Son las hojas de tabaco de que os hablé.

—¿Las habéis probado?

—Ayer noche no conseguía dormirme, a causa de todo el ajetreo del entierro, y no quise esperar más. Os aseguro que son efectivas. Al principio, tuve problemas con el humo, que me molestaba en los ojos y me hacía toser, pero enseguida logré habituarme. Esta mañana me he entretenido en enrollar algunas hojas más y creo que no me han quedado mal del todo. A ver qué os parecen.

Rojas estaba impresionado, no sólo por la habilidad del fraile para el trabajo manual, sino también por su espíritu abierto y deseoso de probar cosas nuevas. Al parecer, el razonamiento del herbolario era simple y efectivo: si Dios había creado esa bendita planta y los indios la utilizaban con fruición desde no se sabía cuándo, ésta no podía ser mala.

—Tomad —le dijo el fraile, mientras le alargaba uno de los rollos de hojas de tabaco—, prendedle fuego en una punta con esa vela y, al mismo tiempo, inhalad fuerte por el otro lado hasta llenar bien los pulmones. Luego, expulsad el humo despacio, para que vaya formando volutas.

Rojas no estaba muy convencido de que ése fuera el momento más oportuno para probar cosas nuevas, pero tampoco quería defraudar a fray Antonio. Así que lo intentó. Lo hizo de forma tan impetuosa que el humo le entró mal y le dio un fuerte ataque de tos.

—Tranquilo, tranquilo, no pasa nada. Eso es normal al principio, ya os lo dije. Ahora, haced como yo.

Fray Antonio chupó con fuerza, hasta que la otra punta se convirtió en una brasa. Rojas trató de imitarlo.

—Eso es, eso es —lo animó el fraile, después de expulsar el humo—. Aspirad lentamente hasta sentir cómo os entra y os inunda bien por dentro. Notaréis que os provoca una sensación ligeramente placentera y una especie de mareo en la cabeza. Ahora poneos cómodo y disfrutad.

Rojas se arrellanó bien en la silla e intentó seguir los consejos de fray Antonio. Comenzaba, en efecto, a sentirse relajado, como si sus preocupaciones hubieran quedado lejos.

—¿Os dais cuenta —volvió a decir el herbolario— de que a lo mejor somos los primeros habitantes de la Cristiandad que han tomado el humo de estas benditas hojas?

—Es muy posible —admitió el colegial—, pues, según he oído, el navegante del que hablamos ayer fue a parar a los calabozos de la Inquisición por haberlas probado en el barco, de vuelta a casa, y luego ya no tuvo otra oportunidad.

—Si a nosotros nos sorprenden, lo más probable es que nos quemen en la hoguera, junto con toda la plantación, un castigo muy apropiado, si bien se mira, pues moriríamos haciendo justo aquello por lo que nos habrían condenado, aspirar humo. Pero, hasta que llegue la hora de penar, conviene aprovechar bien el momento. Estoy seguro —añadió, tras un suspiro— de que habrá un día en que cualquiera podrá disfrutar libremente de este pequeño placer.

—Mucho me temo que siempre habrá inquisidores que lo prohíban —comentó Rojas, mientras contemplaba, melancólico, las volutas de humo.

—Yo no sé qué manía le ha dado ahora a la Iglesia de perseguirlo todo, como si lo poco bueno que hay en este mundo fuera obra de Satanás. Al final, van a hacer su figura tan atractiva que nos vamos a quedar sin feligreses.

Rojas permaneció un rato callado. A pesar del mareo y de la sensación de placidez, le rondaba por la cabeza una pregunta que no se decidía a plantear; no quería romper el clima de sosiego que se había creado. Veía a su amigo a través de una espesa nube de humo, y ello le provocaba una ligera sensación de irrealidad. Por fin, se atrevió:

—¿Qué opináis de fray Tomás?

—Ya veo que ni el tabaco consigue distraeros de vuestras preocupaciones. En fin —dijo el herbolario con resignación—, trataré de complaceros. Yo creo que fray Tomás era un gran orador, aunque un teólogo mediocre y una persona muy poco tolerante con los demás. ¿Estáis satisfecho?

—¿Sabéis si hubo algún problema con su cátedra?

—Nada fuera de lo ordinario, amigo mío. La cátedra de Prima de teología, que, como sabéis, es una de las más codiciadas de la Universidad, ha sido un feudo de los dominicos desde que la obtuvo, por primera vez, Lope de Barrientos, en 1416, y así seguirá siéndolo, me temo, por muchos años. En todo este tiempo, tan sólo ha habido una excepción: precisamente, el antecesor de Diego de Deza, Pedro Martínez de Osma, más conocido como Pedro de Osma, gran teólogo, muy erudito y antiguo colegial de San Bartolomé, que accedió a ella en 1463 y que, durante todo este siglo, ha sido el único catedrático perteneciente al clero secular. Pero, al cabo de los años, consiguieron arrebatársela. Primero, recurrieron a la argucia de jubilarlo antes de tiempo, basándose en no sé qué cláusula de los Estatutos, pero él se negó a aceptarlo y continuó dando sus lecciones hasta el 30 de abril de 1479, fecha en la que tuvo que partir hacia Alcalá de Henares para comparecer ante una Junta de Teólogos, pues había sido denunciado por algunos de sus compañeros del Estudio. ¿El motivo? Impartir supuestas doctrinas heréticas acerca de las indulgencias y de la confesión. Los denunciantes contaban, además, con un precedente, pues ya se le había abierto un proceso inquisitorial en Zaragoza por el mismo motivo. El caso es que, en los últimos años, Pedro de Osma había comenzado a pronunciarse de viva voz y por escrito contra lo que él creía que eran errores de la Iglesia acerca de la jurisdicción y el magisterio eclesiásticos, del pecado mortal y de la penitencia. Sobre ésta, afirmaba que la confesión auricular era simplemente una institución humana y no un sacramento ordenado por Jesucristo, lo que provocó gran escándalo, como podéis imaginar. Pero todo esto habría quedado en mera anécdota si no hubiera publicado su *Tractatus de confessione,* salido de la imprenta segoviana de Juan Párix en 1475, y del que lo más probable es que no haya quedado ni rastro después del proceso. Como supongo sabréis, este tipógrafo alemán fue el primer impresor que se instaló en nuestro reino, por iniciativa del obispo de Segovia, Juan Arias Dávila, persona muy instruida y, según dicen, de origen converso.

»Aunque nadie podía preverlo por entonces, lo cierto es que, gracias a la imprenta, el *Tractatus de confessione* se difundió rápidamente por todas partes y provocó muchas polémicas y discusiones entre los teólogos, lo que hizo que las autoridades eclesiásticas de algunas ciudades se alarmaran. En Segovia, mientras tanto, comenzaron a oírse voces contra el obispo por haber permitido la publicación del *Tractatus,* y, al parecer, ésta pudo ser la causa de que el impresor Juan Párix se decidiera a abandonar definitivamente la ciudad para instalarse en Toulouse, donde, sin duda, gozaría de mayor libertad y respeto por su trabajo. Unos meses después de la aparición del libro, acudió a Salamanca el teólogo dominico Juan López con la intención de disputar públicamente con Pedro de Osma y tratar de contrarrestar así la influencia de sus doctrinas, pero éste no aceptó la discusión, pues sabía de sobra que lo suyo no era la oratoria, sino la palabra escrita y, a ser posible, puesta en letras de molde. Al final, todo quedó en un intercambio de insultos entre los detractores y defensores de sus doctrinas. De todas formas, Juan López no se rindió e intentó combatirlo con sus propias armas publicando, en 1477, una réplica al *Tractatus* titulada *Defensorium fidei Christi contra garrulos preceptores,* que apenas tuvo repercusión. Más eficaces fueron las refutaciones de Pedro Jiménez de Préjano recogidas en su libro *Confutatorium errorum contra claves ecclesiae,* de 1478. Pero fueron los inquisidores de Aragón los que iniciaron ese mismo año, en Zaragoza, el primer proceso contra Pedro de Osma. Ése fue precisamente el momento elegido por algunos teólogos de Salamanca para denunciar a su compañero ante las altas instancias de la Iglesia, ya que, en el reino de Castilla, el primer Tribunal de la Inquisición no se creó hasta 1480.

—¿Se sabe quiénes lo denunciaron?

—Sin duda, dos de los que lo hicieron fueron el franciscano Pedro de Caloca, que había concurrido con Pedro de Osma a la oposición a la cátedra, y el dominico Pedro de Ocaña, que había disputado con él unas *conclusiones* sobre la esencia y paternidad de Dios en las que acabó haciendo el ridículo. Contra ellos había escrito, además, una especie de sátira lucianesca titulada *Respuesta a algunos disparates de dos verbosistas de esta época,* a los que llamaba «Licet loca» y «O caña», que, como ya podéis imaginaros, no les había sentado nada bien. Pero, detrás de las denuncias y acusaciones, estaban, no lo dudéis, la mano oculta de fray Diego de Deza, que aspiraba a conseguir de inmediato una cátedra que ya había ocupado, de forma interina, durante las ausencias de Pedro de Osma, y la de fray Tomás de Santo Domingo, que también soñaba con sentarse algún día en ese pequeño trono.

»El caso es que el arzobispo de Toledo convocó una Junta de Teólogos en Alcalá de Henares para examinar la cuestión. Entre los miembros de la misma, se encontraban fray Tomás y el propio Diego de Deza, que, si bien en algún momento habló de forma condescendiente en favor del procesado, por detrás hizo todo tipo de maniobras para que fuera declarado culpable y despojado definitivamente de su cátedra. Al final del proceso, que se prolongó durante varios meses y estuvo lleno de vicisitudes, las proposiciones de Pedro de Osma fueron condenadas y calificadas de falsas, erróneas, heréticas y escandalosas. No obstante, la sentencia, promulgada en mayo de 1479, fue bastante benévola, dada la avanzada edad del culpado y la seguridad de que éste se retractaría. Entre otras cosas, se le dio un mes de plazo para que se presentara en Alcalá de Henares e hiciera pública abjuración de sus errores, cosa que hizo a regañadientes y con el único fin de evitar males mayores. Para ello, se organizó una gran procesión, en medio de la cual iba Pedro de Osma, con mucha obediencia y un hacha de cera en la mano, terminada la cual subió al púlpito del monasterio de San Francisco y abjuró de sus doctrinas de forma clara y según las fórmulas de rigor.

»La sentencia ordenaba también, claro está, dar al fuego todos los ejemplares que se encontraran del libro y de las defensas y las conclusiones que se hubieran escrito sobre el mismo, para que no quedara ningún rastro de sus errores. Y así se hizo en Salamanca, unos días después, ante la puerta de las Escuelas Mayores, tras una misa en la capilla de San Jerónimo a la que acudieron muchos doctores, maestros y estudiantes de la Universidad. En cuanto a sus ideas, reunidas en nueve proposiciones, fueron condenadas, de forma explícita, por el papa Sixto IV, el mismo que un año antes había autorizado a nuestros Reyes a establecer la Inquisición contra los falsos conversos. Ya sabéis eso que dicen por ahí de que se empieza por los falsos conversos y se acaba con los verdaderos cristianos. Asimismo, se prohibió a Pedro de Osma entrar en Salamanca y en sus términos, en torno a media legua, durante el plazo de un año.

»Al final, tuvo que afincarse en Alba de Tormes, donde tenía algunos amigos y donde murió varios meses después, el 16 de abril de 1480, a causa de las graves dolencias y enfermedades que le provocó su condena y, sobre todo, su obligada retractación. Por expreso deseo del cabildo (no olvidéis que Pedro de Osma había sido racionero de la catedral desde 1471), fue enterrado en la Iglesia Mayor, lo que generó un agrio enfrentamiento con la Universidad. Mientras tanto, Diego de Deza había comenzado ya a ocupar su cátedra, que para él no fue más que una catapulta para escalar enseguida a un puesto más alto. Cuando, algunos años después, la abandonó para hacerse cargo de la educación del príncipe don Juan, dejó nombrado heredero o sucesor. Y ahí es donde entra fray Tomás de Santo Domingo, para quien la oposición fue también un mero trámite. Lo más seguro es que, en este caso, tuvieran que recurrir al soborno y a la compra de votos entre los estudiantes que acudieron a oír las lecciones, cosa harto frecuente, por otro lado, en estos trances. Como veterano que sois en la Universidad, ya habréis podido comprobar que el hecho de que los catedráticos se elijan por votación entre los estudiantes no sólo no ha impedido las injusticias, sino que más bien ha generado una gran corrupción. A esta oposición se presentó también un discípulo de Pedro de Osma, y su principal defensor en el proceso de Alcalá, Fernando de Roa, que ya era catedrático de Filosofía Moral, pero que, con sus antecedentes y credenciales, no tuvo la menor oportunidad, a pesar de poseer más méritos y ser mucho mejor teólogo que fray Tomás, y así lo pusieron de manifiesto, con sus protestas, muchos de los asistentes a la oposición. Al final, los dominicos seguirían ocupando la cátedra de Prima de teología.

—¿Pensáis entonces que su muerte puede ser una venganza por todo aquello?

—Pudiera ser, aunque, si os soy sincero, no creo que sea ése el verdadero motivo. Tiene que haber algo más. Ya sé que la venganza, para que sea eficaz, requiere tiempo y sangre fría, pero han pasado demasiados años desde aquello.

—De todas formas, eso explicaría el gran interés del obispo en conocer cuanto antes el nombre de los que mataron a fray Tomás.

—Es posible que él también se sienta amenazado de alguna manera.

—Por lo que sé, ha dejado de acudir temprano a la capilla de Santa Bárbara, como era su costumbre.

—Lo que, en efecto, podría interpretarse como una medida de precaución.

—Si es así, no comprendo por qué no me ha dicho nada.

—A lo mejor, no quiere que eso se conozca o tal vez desee que lo averigüéis vos por vuestra cuenta. También cabe la posibilidad de que se resista a creerlo del todo.

—Contadme algo más sobre Pedro de Osma —le pidió Rojas, muy intrigado—. Hasta la fecha, apenas había oído hablar de él.

—Y es natural que sea así. Recordad que una de sus obras fue prohibida y quemada hace casi veinte años en un auto de fe; sus doctrinas heréticas, condenadas; y sus principales discípulos, perseguidos y amenazados desde entonces por la Inquisición. Pero al menos deberíais saber que Pedro Martínez de Osma estudió aquí, en el Colegio de San Bartolomé, donde ingresó, si no recuerdo mal, en 1444 y donde sin duda aún queda gente que lo recuerda con admiración, aunque ninguno se atreva a proclamarlo públicamente. En el Estudio, fue discípulo de Alfonso Fernández de Madrigal, el Tostado, y, antes de ser catedrático de Prima de teología, lo fue de Filosofía Moral entre 1457 y 1463. Pero lo más importante es que, gracias a Pedro de Osma, que había asimilado muy bien las doctrinas de su maestro, comenzaron a soplar nuevos aires en la enseñanza de la teología a partir de 1470. Se trataba de corregir los defectos de la teología anterior, a la que consideraban excesivamente dialéctica y especulativa, y sustituirla por una exégesis de los Textos Sagrados en la que se tuviera en cuenta no sólo el estudio de las lenguas en las que originariamente fueron escritos, sino también la autoridad interpretativa de los Santos Padres. Pero lo más importante de esta nueva teología, querido Rojas, era que tomaba al hombre, que no en vano había sido creado a imagen y semejanza de Dios, como base y centro de toda reflexión, otorgándole así una gran dignidad espiritual.

—¿Conocisteis vos a Pedro de Osma?

—Llegué a escucharlo alguna vez. No era lo que se dice un buen orador, pero sus argumentos tenían un gran poder de convicción. Y, equivocado o no, era un excelente teólogo. Probablemente, en Castilla, fuera uno de los primeros que intuyó el gran poder que iba a tener la imprenta para la difusión de las ideas. De ahí que, con motivo del *Tratado de confesión,* se trasladara, durante algún tiempo, a Segovia, donde ya se había publicado otro libro suyo. Se ve que esta vez quería seguir de cerca el proceso de impresión. Quién sabe lo que un hombre como él podría haber hecho en un reino más libre y tolerante que el nuestro.

—¿Y qué me decís de sus discípulos?

—Sin duda, su predilecto era Fernando de Roa; él es, de alguna manera, su continuador y heredero espiritual.

—¿Tanto como para matar por ello?

—Me cuesta mucho trabajo creerlo, pero tal vez no pueda decirse lo mismo de la gente que lo rodea.

—¿Qué queréis decir?

—Se dice que tiene muchos seguidores y que cuenta con el apoyo de una parte de los comerciantes y artesanos de la ciudad, también de algunos nobles, los más descontentos con la Corona. De hecho, se rumorea que le interesa más la política que la filosofía o la teología.

—También la teología es una forma de hacer política, ¿no creéis?

—Por supuesto que sí; de ahí que algunas de sus cátedras estén tan disputadas. En cuanto a Roa, he oído comentar que en sus clases explica la *Política* de Aristóteles, según la edición de Bruni, y que, basándose en ella, cuestiona el poder de la monarquía y su carácter hereditario. Hay quien dice, por cierto, con muy mala intención, que para ello se vale de los comentarios y glosas que sobre la obra aristotélica dejó escritos su maestro Pedro de Osma.

—¿Y cómo es que un hermano herbolario sabe todas estas cosas?

—Porque uno ha sido teólogo antes que herbolario.

—¿De veras? —preguntó Rojas, fingiendo incredulidad.

—Aquí donde me veis, hubo un tiempo en que yo también pensé hacerme maestro de teología, pero al final decidí dedicarme a tareas más humildes, como recoger y clasificar hierbas, cultivar un huerto y, últimamente, tratar de introducir nuevas semillas de allende los mares.

—Pero eso no debería ser incompatible con la teología.

—La verdad es que soy demasiado díscolo como para aceptar determinadas imposiciones y demasiado cobarde como para decir en público lo que pienso. Y, sobre todas las cosas, me descorazonaba ver cómo, al cabo del tiempo, los más valiosos tenían que abandonar la Universidad; unos, por haber sido vilmente despojados de su cátedra, como le pasó al propio Pedro de Osma; otros, para no ser perseguidos y encarcelados, como el gran astrólogo y cosmógrafo judío Abraham Zacut, que, tras tener noticia del decreto de expulsión, se marchó a Portugal para formar parte de la junta de matemáticos del rey Juan II (aquí no le dejaron, en su día, ser colegial de San Bartolomé); o, simplemente, por no haber encontrado un ambiente favorable para sus estudios, como Antonio de Nebrija, que dejó su cátedra de Gramática para acudir a la pequeña corte de estudiosos que, en Zalamea de la Serena, había logrado reunir don Juan de Zúñiga, Gran Maestre de la Orden de Alcántara. Por lo que se ve, amigo Rojas, hay mucha gente por aquí empeñada en que sigamos viviendo en la oscuridad.

—La verdad es que no os falta razón —comentó Rojas, muy afectado por las palabras de fray Antonio, pues le habían hecho pensar en sus propias claudicaciones.

—Pero no nos pongamos tristes ni menos aún trascendentes, y apuremos los últimos restos de nuestras hojas de tabaco.

—Antes de que se me olvide, ¿podríais hacerme un último favor?

—Si está en mi mano —concedió el fraile.

—¿Podríais pasaros de nuevo por la celda de fray Tomás y *tomar prestados* los papeles que había sobre la mesa?

—Veréis —se puso serio de repente—. Lo he hecho esta misma mañana, pero ya no estaban. Precisamente, quería decíroslo.

—¿Y a qué esperabais?

—Pensaba hacerlo enseguida, pero no habéis parado de hacerme preguntas.

—¿Imagináis quién puede haberlo hecho?

—¿Es que no sabéis hacer otra cosa que preguntar? Supongo que habrá sido alguien que no quiere que se sepan cuáles eran las preocupaciones de fray Tomás en sus últimos días.

—Tal vez estuviera asesorando en algún proceso de la Inquisición, ¿no creéis?

—Pudiera ser —admitió el fraile.

—Lo que indicaría que, de alguna forma, algunas doctrinas de Pedro de Osma siguen vivas.

—Ya os dije que era un hombre muy querido y admirado.

—Y también muy odiado, por lo que parece, por culpa de sus ideas. Por cierto, ¿qué pensáis vos de sus doctrinas sobre la confesión?

—¿Por qué os preocupa eso ahora? ¿Aún no habéis terminado de pecar y ya estáis pensando en confesaros? Disfrutad primero de la paz que nos brindan estas benditas hojas. Y, si al final necesitáis que os impongan alguna penitencia —bromeó—, no se os ocurra decirle a vuestro confesor que he sido yo quien os ha inducido a pecar. Bastante mala fama tengo ya.

En ese momento, comenzaron a oírse unos golpes imperiosos en la puerta.

—¿Lo veis? Ya están aquí los *familiares* del Santo Tribunal —dijo entre risas el fraile.

—Fernando, ¿estás ahí? ¿Te encuentras bien? —gritó alguien al otro lado de la puerta—. Veo que sale mucho humo de tu celda.

—No es nada, estoy bien —se apresuró a decir Rojas, que había reconocido la voz de Hilario—. Tan sólo estoy quemando algunos papeles.

—Si tanto te gusta quemar papeles —le replicó su amigo en tono de broma—, deberías hacerte miembro del Santo Oficio.

—Lo haré cuando no me queden cosas que quemar en esta celda. Vete a tus cosas y no te preocupes por mí.

—Será mejor que me vaya —dijo el herbolario—. No quiero haceros perder más tiempo ni causaros ningún problema.

—Al contrario, me estáis siendo de gran ayuda, y también vuestras hojas de tabaco, aunque no lo creáis. Me he dado cuenta de que, además de darme sosiego, me ayudan a pensar, como si el humo contribuyera a ordenar mis pensamientos y a aislarme del mundo por unos instantes.

—En ese caso, tendremos que repetirlo. Ya sabéis dónde me tenéis —añadió el fraile a modo de despedida.

—No tardaremos en vernos —prometió Rojas.

Capítulo 8

Salamanca era una de las ciudades que los Reyes Católicos habían entregado a su hijo, el príncipe don Juan, como dote matrimonial por su boda con Margarita de Austria. Para ello, tuvieron que ser desglosadas de la Real Corona e incorporadas a su patrimonio personal; de esta forma, el heredero, que contaba por entonces diecinueve años, se convirtió no sólo en Príncipe de Asturias y de Gerona, sino también en Señor de Alcaraz, Almazán, Baeza, Cáceres, Écija, Logroño, Loja, Oviedo, Ronda, Toro, Trujillo, Úbeda y, claro está, Salamanca, entre otras ciudades y villas. El conjunto de todos esos lugares constituía el señorío que le competía administrar, lo que, por otro lado, formaba parte de su preparación como futuro rey.

Alentado por el que fuera su preceptor, Diego de Deza, el Príncipe miraba siempre por Salamanca, así como por el prestigio y los privilegios de su célebre Estudio, con el fin de que nadie se los arrebatara. Desde su pequeña corte en Almazán, había tenido ya que mediar, en alguna ocasión, entre el Concejo y la Universidad a causa de los frecuentes altercados provocados por los estudiantes. También había mostrado, por escrito, su preocupación por la suciedad de las calles, donde no era raro ver a los cerdos campando a sus anchas, y la falta de pavimento en las mismas. Y, ante la falta de respuesta por parte del Concejo, hacía apenas unos meses que había dado orden de adecentar y empedrar algunas calles, indicando que los gastos recayeran directamente sobre los propios vecinos, lo que no había sentado nada bien a muchos de los afectados, entre ellos a los miembros del cabildo catedralicio, que poseían muchas casas en distintos lugares de la ciudad.

Luego estaba el asunto de la mancebía, causa de algunas discordias y motivo de gran descontento para muchos. Al parecer, el Príncipe había ordenado, a petición del obispo, que se cerraran los lupanares cercanos a las Escuelas y se concentrara a las mujeres públicas en una gran Casa de la Mancebía, fuera de las murallas de la ciudad. En un principio, don Juan había dado licencia a un ballestero del ejército real, García de Albarrategui, para edificarla y administrarla, pero el Concejo no estaba de acuerdo y mandó una queja a los Reyes. Ante el agravio evidente para Salamanca, éstos dictaron una provisión para que se sacara la mancebía a pública subasta y se concediera a censo perpetuo al mejor postor, con la obligación, eso sí, de indemnizar a García de Albarrategui con diez mil maravedís, por los gastos realizados, y al Concejo con una renta de quince mil anuales. Esto trajo consigo el cierre de los burdeles que se hallaban en el centro de la ciudad y la ruina para aquellos que, de una manera u otra, se ganaban la vida con el placer ajeno. De la noche a la mañana, se quedaron sin oficio ni beneficio más de un centenar de mundarias, rufianes y alcahuetas.

Pero no fueron éstos los únicos afectados por la nueva mancebía. Ésta había sido construida en el arrabal, allende el puente, en un lugar llamado Los Barreros, donde se celebraban las ferias, y no muy lejos del cementerio de los judíos, lo que constituía una grave ofensa para todos aquellos que se habían convertido recientemente, con motivo del decreto de expulsión, o que, como tales, permanecían ocultos en la ciudad. Según algunos, el Príncipe había elegido aquel sitio con toda la intención. No en vano se había hecho célebre, en Castilla, por su odio a los judíos y conversos y por su cruel fanatismo. Estaba tan obsesionado por la limpieza de sangre de sus sirvientes que el principal requisito para formar parte de su séquito y servidumbre era ser cristiano viejo. Incluso, se rumoreaba que, en cierta ocasión, había arrojado al fuego a uno de sus criados, tras descubrir que era pariente directo de conversos.

Al fin y al cabo, había nacido en 1478, el mismo año en que sus padres, gracias a una bula del papa Sixto IV, habían implantado en Castilla el Tribunal del Santo Oficio de la Inquisición, con el objeto de perseguir los delitos contra la fe y, muy especialmente, a aquellos conversos que seguían practicando en secreto la religión judía. De hecho, uno de los pasatiempos preferidos del Príncipe, durante su infancia, era jugar a inquisidores y confesos con otros niños de la corte. Y sobre ello se contaban curiosas historias. En cierta ocasión, le tocó en suerte ser penitenciado a uno de los pajes del Príncipe, primogénito del poderoso secretario de los Reyes, el converso Fernando Álvarez de Toledo Zapata. Según parece, una vez leída la sentencia, los que hacían de inquisidores lo hicieron desnudar para llevarlo a la hoguera. Y lo hubieran quemado vivo si no llega a ser por la intervención de uno de los pajes de más edad, que tuvo a bien despertar a la Reina de su siesta. Ésta, ante la gravedad del asunto, bajó en camisa y sin chapines y se dirigió a toda prisa al trascorral. Entró justo en el instante en el que iban a dar muerte al relajado. Pero los niños estaban tan absortos en el juego que no se dieron cuenta de la llegada de Su Alteza. Doña Isabel se enfadó tanto que se fue directamente a donde se encontraba el Príncipe y le arreó un bofetón delante de todos; después, liberó a los presos y se los llevó consigo cubiertos con unas capas.

De todas formas, la Reina tampoco le iba a la zaga a la hora de tratar a algunos conversos. Todo el mundo sabía en la ciudad, pues fue motivo de numerosas chanzas, que, en cierta ocasión, el Colegio de San Bartolomé quiso expulsar a un estudiante de origen converso que tenía soliviantados a sus compañeros con su arrogancia, pero éste, que estaba emparentado con personas muy poderosas y nobles, se negaba a marcharse. Desde el Colegio, apelaron a la Reina, y su inmediata contestación fue dar orden de que lo tiraran por la ventana, si no quería salir por la puerta. Y vaya si salió.

De carácter débil y constitución enfermiza, la voluntad del Príncipe tan sólo daba para satisfacer sus muchos caprichos y urdir todo tipo de crueldades. Fernando de Rojas lo sabía muy bien, puesto que Diego de Deza lo había llevado consigo varias veces a la corte, con la intención de que sirviera de ejemplo y acicate a su pupilo. Pero todo había sido inútil. Y no es que el Príncipe fuera estulto o demente. Al contrario, su capacidad de raciocinio y su entendimiento eran muy notables entonces, por no hablar de su excelente formación, muy superior a la de cualquier varón de la época. Pero su carácter despótico y caprichoso y su comportamiento mezquino e infantil dejaban mucho que desear. No obstante, Diego de Deza quería a don Juan como a un hijo y estaba siempre dispuesto a perdonarle todos sus desmanes, incluida su afición a las mancebías. Por otra parte, esperaba que su reciente boda con la princesa Margarita lo hubiera sosegado un poco.

Por desgracia, en los últimos meses se habían recrudecido algunos de sus males y achaques. Precisamente, un rebrote de su enfermedad le había brindado al obispo la ocasión que necesitaba para que el Príncipe visitara Salamanca, y ésta pudiera ofrecerle su hospitalidad. Tras un período de convalecencia en Medina del Campo, don Juan había tenido que abandonar sus propósitos de acompañar a los Reyes a Valencia de Alcántara, cerca de la frontera portuguesa, donde su hermana, la infanta Isabel, iba a casarse con Manuel I, rey de Portugal, tras haber enviudado seis años antes del príncipe don Alfonso, hijo del anterior rey. El viaje se había aplazado varias veces, en espera de que don Juan llegara a restablecerse, pero la fecha acordada se echaba encima y ya no se había podido diferir más. Mientras los Reyes, las infantas y el grueso de la corte proseguían su recorrido hacia Valencia de Alcántara, una reducida comitiva acompañaba al Príncipe y a su esposa a Salamanca, donde Deza pensaba acogerlos como se merecían y prodigarles todo tipo de atenciones y cuidados en su palacio.

Hacía apenas una semana que se había recibido la noticia de su llegada, y la ciudad terminaba como podía los preparativos para su recepción. Era mucho, desde luego, lo que Salamanca y el obispo se jugaban en esa visita. Habían pasado diez años desde su última estancia, y, sin duda, el prelado quería aprovechar la coyuntura para convencerlo de que se quedara durante algún tiempo en la ciudad; y, si todo se hacía como era debido, quién sabía si al final accedería a trasladar su pequeña corte a Salamanca. De esta forma, podrían estrecharse aún más los lazos entre la Corona y la Universidad en un momento tan importante como ése. Todo iba a depender de lo bien que el Príncipe se encontrara en los próximos días.

El obispo había hecho partícipes de sus esperanzas al Concejo y al Estudio General, así como a algunas de las familias más poderosas de la población. Era el momento, según él, de olvidar pequeñas rencillas e incidentes triviales y mirar al futuro de cara. Todo lo que hicieran por el bienestar del Príncipe y su séquito les reportaría un gran beneficio más adelante. De ahí que muchos de los que, en su día, se habían mostrado reticentes con las ordenanzas del Príncipe se presentaran ahora dispuestos a empedrar y adecentar las calles a toda prisa, con el fin de mejorar un poco el aspecto y la higiene de la ciudad.

En los últimos meses, además, se había desatado una especie de competición entre las ciudades que formaban parte del señorío del Príncipe para ver cuál de ellas conseguía su favor y, por tanto, un patrocinio más eficaz; de ahí el esmero y la largueza de las solemnidades que se preparaban en su honor, con mayor motivo en una ciudad que era considerada por algunos la Atenas castellana, por ser la nueva cuna del saber. Todo esto explicaba, en fin, la gran agitación que había en algunas de las calles por las que Rojas pasaba. En cualquier caso, eran otros los asuntos que a él le daban vueltas en la cabeza. Desde que fray Antonio le había hablado de Pedro de Osma, no había dejado de pensar en su triste destino. Necesitaba leer, como fuera, su famoso tratado sobre la confesión, y no sólo por si podía arrojar alguna luz sobre la muerte de fray Tomás, algo que, en su fuero interno, no deseaba; también había otros motivos más personales. Dado su origen converso, la confesión le interesaba de una manera especial. Pero lo que más lo obsesionaba era la cuestión de las indulgencias. No hacía mucho, había disputado sobre ello en unas *conclusiones* en el Colegio de San Bartolomé, y se había dado cuenta de que sus posiciones se estaban acercando peligrosamente a la herejía. Mientras se dirigía a la calle de los Serranos, cerca de las Escuelas, volvió a pensar en tan espinoso asunto sin llegar a ningún resultado, como una noria que subiera en sus cangilones la misma agua una y otra vez.

En su mayor parte, la calle de los Serranos, llamada así en recuerdo de los repobladores que en su día vinieron de las montañas de Asturias y León, estaba ocupada por los mercaderes y roperos a los que acudían los estudiantes, cuando llegaban a Salamanca, para comprar o reponer sus hatos y ajuares, y después, antes de irse, para deshacerse de ellos al precio que fuera. De modo que, aquí y allá, podían verse tiendas con camas, mesas, sillas, arcones, atriles, tinajas, esteras, mantas, candeleros, candados y toda suerte de ropas y utensilios propios de la vida estudiantil. Al fin, se detuvo delante de una puerta. Se trataba de la entrada a una tienda en la que tanto los maestros como los estudiantes solían surtirse de códices, legajos y libros impresos. El lugar estaba atendido por Jacinto López, que vivía con su hija en el piso de arriba. Aparentemente, era una tienda más, pero su verdadero negocio era la compraventa de obras prohibidas. Si alguien en Salamanca quería adquirir o vender algún libro condenado por el Santo Oficio, no tenía más remedio que acudir allí. En tal circunstancia, el dueño mandaba bajar a su hija para que vigilara la puerta, mientras él se internaba en una cámara que tenía al fondo, a modo de trastienda. Según Rojas sabía por experiencia, no había libro que éste no pudiera conseguir, siempre y cuando el cliente tuviera solvencia para pagarlo. Y si a algún ingenuo se le ocurría protestar por el precio, le contestaba de forma invariable:

—Es mucho lo que arriesgo, como bien sabéis.

En efecto, cualquiera podía imaginar que, si aquel negocio llegaba a oídos del Santo Oficio, su dueño no tardaría en ser procesado y arrojado a la hoguera, junto con toda su mercancía, pero el caso es que nadie lo había denunciado hasta el momento. Algunos pensaban que tenía contactos entre los miembros de la Inquisición y que éstos hacían con él la vista gorda, a condición de que, de vez en cuando, les facilitara los nombres de algunos de sus clientes, no todos, claro está, pues si no se acabaría el negocio. Incluso, se decía que eran algunos miembros corruptos de la Inquisición los que le facilitaban los libros para su venta, a cambio de un buen porcentaje en los beneficios; de ahí los precios. Por lo demás, era evidente que ningún cliente en su sano juicio iba a ir a denunciarlo; unos, porque no querían quedarse sin el único proveedor de ese tipo de obras; otros, porque no querían correr el riesgo de que su nombre saliera a relucir en el proceso.

A pesar de todos estos rumores, no era la primera vez que Rojas se dejaba caer por allí, sólo que, en otras ocasiones, había ido en busca de libros más veniales o menos peligrosos. Al fin, se decidió a empujar la puerta. Como había previsto, a esa hora de la tarde no había nadie en la tienda. El espacio estaba lleno de mesas y de estanterías repletas de cartapacios, manuscritos y libros impresos, y resultaba muy difícil moverse entre ellas. A Rojas le gustaba mucho respirar aquel aire que olía a tinta, a vitela, a papel, a pergamino y, sobre todo, a polvo acumulado; para algunos, el olor de la sabiduría.

—Me alegra veros de nuevo por aquí —lo saludó el librero desde su escritorio.

Tenía algo más de cincuenta años; de rostro cetrino y nariz abultada, el poco pelo que poseía se le acumulaba en la nuca y encima de las orejas. Pero lo que más llamaba la atención de los clientes solía ser su bizquera. Se decía que, gracias a ese defecto o ventaja, según se mire, era capaz de leer dos libros a la vez, uno con cada ojo, y sin mezclar las razones ni los argumentos, cosa difícil de probar. Lo que sí estaba claro era que no se le escapaba nada de lo que sucedía en la tienda.

—Lo mismo os digo, maestro Jacinto —le dijo Rojas.

Naturalmente, no era acreedor a ese tratamiento; los estudiantes lo llamaban así porque lo sabía todo sobre su oficio y podía enmendarle la plana a más de un catedrático, lo que en algunos casos no tenía gran mérito. El librero, al ver que el otro titubeaba y no terminaba de decidirse a pedir lo que quería, le preguntó:

—¿Puedo hacer algo por vos?

—Veréis —comenzó Rojas, aclarándose un poco la voz—. Busco un ejemplar del *Tractatus de confessione,* de Pedro de Osma.

—Eso son palabras mayores, mi querido amigo —se apresuró a decir el hombre con tono enigmático.

—¿Quiere eso decir que no podéis conseguir un ejemplar?

—Jamás me oiréis decir eso. En materia de libros, no hay nada que yo no pueda lograr. Tan sólo afirmo que es una obra tan escasa como peligrosa.

—¿Como cuánto de *peligrosa*? —quiso saber Rojas.

El maestro Jacinto se acercó a él y escribió una cifra de varios guarismos en la gruesa capa de polvo que cubría uno de los volúmenes. Cuando se aseguró de que su cliente la había leído, la borró con el dorso de la mano. El precio era tan desorbitado que Rojas dio un respingo, incapaz de disimular su sorpresa.

—Supongo que no tendré que recordaros los peligros que afronto en este negocio —lo atajó el librero antes de que comenzara a hablar, subrayando sus palabras con gestos ostentosos.

—Creedme, no tenía la intención de protestar ni, menos aún, de regatear con vos. Fue tan sólo una reacción de sorpresa.

—Me alegra que sea así. De todas formas, os diré que hay cosas cuyo precio depende no sólo de los riesgos que uno corre en la transacción, que en este caso son muchos, sino también de su rareza o escasez, lo que hace que su valor sea incalculable o, en todo caso, muy difícil de tasar; de modo que cualquier precio que se pida es poco.

—Está bien —lo interrumpió Rojas, disgustado con el rumbo que había tomado la conversación—. ¿Para cuándo podríais conseguírmelo?

—¿El libro? Eso depende —comenzó a decir con cierta reticencia— del momento en que vos podáis traerme lo que cuesta.

—¿Os parece bien ahora? —le preguntó Rojas sacando del interior de su ropa una bolsa llena de monedas.

—¡Por supuesto que sí, querido amigo! —exclamó Jacinto, tras un momento de vacilación—. Os confieso que ahora sois vos el que me ha sorprendido a mí. Esperadme, no tardaré.

Antes de sumirse en la oscuridad de la trastienda, le dio un grito a su hija, al pasar por la escalera, para que bajara cuanto antes. Ésta no tardó en hacerlo. Tendría poco más de veinte años y, vista de cerca, resultaba

hermosa, a pesar de su aspecto un tanto sucio y desastra-
do, impuesto sin duda por Jacinto para no llamar la atención, pues era sabido que a los serranos no les gustaba
nada ostentar. Mientras esperaba al dueño, recordó que,
en cierta ocasión, le habían contado que la muchacha, en
realidad, no era su hija, sino una barragana. Si era así,
pensó Rojas, había que reconocer que el maestro Jacinto
tenía buen gusto y sabía emplear bien su fortuna. Seguramente, por las noches la obligaba a lavarse y a ponerse sus
mejores galas sólo para él, como si fuera su más preciado
tesoro. Y algunos días se contentaría con verla para no
gastarla.

—Tomad —dijo de repente el librero, saliendo de la
trastienda—, aquí lo tenéis, el *Tratado de confesión* del maestro Pedro de Osma. ¿Sabéis que yo estuve presente el día
que lo quemaron en el claustro de las Escuelas Mayores?
Se habían pasado varios días buscando ejemplares por
toda la ciudad; al final, lograron reunir tantos que la pira
llegaba casi hasta los tejados, cosa que, debo confesaros,
me alegró mucho, pues cuantos menos quedaran por ahí,
más alto sería luego su precio. Se dice que, desde su im-
plantación en Castilla, la Inquisición ha quemado ya más
de cien mil libros heréticos.

Rojas no podía creer lo que estaba oyendo. El ci-
nismo del librero lo impresionó de tal manera que a punto estuvo de abandonar la tienda sin el ejemplar, pero pudieron más el deseo y la curiosidad de leerlo. Era un
volumen en cuarto de no demasiada extensión e impreso
en papel grueso de pasta de trapos, tosco y sin filigrana.
Nadie hubiera podido imaginar, con sólo hojearlo, que
ese libro había provocado ya un proceso, una condena y
un auto de fe, además de la desgracia para su autor y, po-
siblemente, para algunos otros. Esperaba que, al menos,
su contenido mereciera la pena.

—Coged de ahí lo que os debo —le dijo al librero
alargándole la bolsa—, me fío de vos.

—En estos casos —sentenció Jacinto, con un dejo de ironía—, no hay más remedio que fiarnos el uno del otro.

Cuando terminó de contar las monedas, le devolvió la bolsa visiblemente menguada. El libro se había comido la mayor parte de lo que el secretario del obispo le había asignado para todos sus gastos; y lo peor de todo era que éste iba a ser muy difícil de justificar.

—Que su lectura os sea provechosa —le dijo el hombre a modo de despedida—, y no olvidéis guardarlo bajo siete llaves.

La visita a la covachuela del maestro Jacinto le había dejado una sensación muy desagradable, como si acabara de ser cómplice de un oscuro delito. Era terriblemente irónico, pensó, que si uno quería leer un libro prohibido no tuviera más remedio que negociar con una sanguijuela como aquélla. Mientras caminaba, apretaba con fuerza el libro contra su pecho. Después sintió cómo un sudor frío le bajaba por la nuca, las manos le temblaban y el corazón le latía con fuerza. Cuando, al fin, llegó al Colegio de San Bartolomé, se encerró en su celda y comenzó a leer: *Decem sex sunt conditiones necessariae, ut magistri dicunt, ad hoc ut confiteatur et absolvatur a sacerdote...* *(Dieciséis son las condiciones necesarias, según dicen los maestros, para confesarse y ser absuelto por un sacerdote...)*

Capítulo 9

Después de terminar la lectura del libro de Pedro de Osma, se acercó al refectorio, donde sus compañeros del Colegio ya habían empezado a comer; lo hacían con displicencia y celeridad, como si alimentarse fuera, para ellos, algo enojoso, una molestia que los distraía de sus estudios. En la mesa de los maestros, sin embargo, había gran animación; le pareció entender que estaban discutiendo sobre la inminente llegada del Príncipe a Salamanca y lo que esto podría suponer para el futuro de la ciudad.

—¿Dónde te habías metido? —le preguntó, de pronto, su amigo Hilario, que era uno de los encargados de servir las mesas—. Pasé hace un rato por tu celda para avisarte de que era la hora del almuerzo.

—Lo siento —se disculpó Rojas—. Estaba tan absorto en la lectura que no te he oído.

—Recuerda que no sólo de libros vive el hombre sabio; también tienes que comer de vez en cuando, si no quieres que tu cuerpo se debilite.

—Me recuerdas a mi madre, no sé qué haría sin tus consejos —le replicó Rojas con ironía.

—¿Y qué tal van tus asuntos?

—Muy bien. ¿Por qué lo preguntas?

—Te noto algo distante y distraído.

—Será el mucho leer y el poco dormir.

—En ese caso, déjame que te ponga doble ración de lentejas con tocino.

—Con una será suficiente, ya sabes que no me gusta sentir la barriga llena, pues embota el espíritu y produce gases.

—Será como dices —concedió el otro.

Tras la comida, Rojas decidió ir a dar un paseo por el Tormes. La lectura del *Tratado de confesión* lo había dejado pesaroso y meditativo. No había visto en él ninguna opinión contraria a la fe cristiana, sino el legítimo deseo de corregir algunos errores o desmanes relativos a una materia tan delicada como la penitencia y la confesión. Sin duda, en otro tiempo, habrían hecho santo a Pedro de Osma, pero tuvo la mala suerte de publicar su libro en un momento en el que cualquier desvío comenzaba a considerarse un delito contra la fe.

Cuando salía del Colegio, vio a una mujer esperando junto a la puerta. Iba cubierta con un manto y una toca que le tapaba casi todo el rostro.

—¿Sois vos Fernando de Rojas? —le preguntó.

—Lo soy. ¿Qué me queréis?

Antes de responder, la mujer miró hacia un lado y hacia otro, con cierta aprensión.

—Vengo en busca de vuestra ayuda —dijo, por fin, en voz baja—. El bachiller Alonso Juanes, amigo de mi esposo, me ha hablado de vos. Al parecer, habéis sido compañeros de estudios hasta no hace mucho.

—En efecto, así es. Y me alegra mucho saber de él —comentó Rojas con sinceridad.

—Ahora trabaja como abogado de algunos conversos —musitó la mujer—. Precisamente, he venido a veros porque mi esposo acaba de ser detenido por el Santo Oficio.

—¿De qué se le acusa?

—Cuando lo detuvieron, no le dijeron nada, como es costumbre entre los familiares de la Inquisición, pero parece ser que lo consideran sospechoso de la muerte de fray Tomás de Santo Domingo.

—¿Estáis segura? —preguntó Rojas con incredulidad.

—Me lo ha dicho el propio Alonso Juanes; él mismo ha sido el que, ante la gravedad de las acusaciones, me ha aconsejado que hable con vos.

—¿Y qué se supone que puedo hacer?

—Intentar convencerles de que mi marido es inocente. Hace tiempo que su salud comienza a flaquear y no podrá resistir, una vez más, la tortura. El bachiller Juanes me ha contado que vos sois también converso y tenéis buenas relaciones con el obispo.

—Por lo que veo, no es la primera vez que lo detienen.

—Mi marido es uno de los prestamistas de la plaza de San Martín, y hace tiempo que el comisario de la Inquisición anda tras él, con el objeto, según creemos, de poder confiscar nuestros bienes. Por eso, lo detienen a la menor oportunidad, para ver si así lo pillan en alguna falta. Pero nosotros somos conversos convencidos desde hace varias generaciones y buenos practicantes de la fe cristiana.

—¿Sabéis si ha habido alguna detención más relacionada con este caso?

—Alonso Juanes me ha hablado también de otros conversos a los que siempre detienen cuando ocurre algo. Ya sabéis que los cristianos nuevos siempre estamos bajo sospecha.

—¿Cómo se llama vuestro marido?

—Miguel Álvarez, en la plaza de San Martín todo el mundo lo conoce. Por lo que más queráis —suplicó—, tenéis que intentar sacarlo de la cárcel antes de que lo torturen. Su salud es muy débil y no podrá soportar el tormento.

—Os ruego que me esperéis dentro de la catedral, junto a la puerta del Azogue. Haré todo lo que esté en mi mano para que salga cuanto antes.

—Dios os lo pague.

Al principio, dudó entre ir directamente a la cárcel inquisitorial o hablar antes con el obispo. Para no perder más tiempo, optó por lo primero. La prisión, de todas formas, estaba al lado del palacio episcopal, lo que le permitiría recurrir con rapidez al obispo, en caso de que fuera necesario. Se encaminó hacia ella a grandes zancadas, dispuesto a pararle los pies al comisario de la Inquisición. Estaba tan indignado que iba hablando entre dientes, ajeno a la gente con la que se cruzaba. Bajo ningún concepto iba a aceptar que se encarcelara a nadie por el crimen de fray Tomás, mientras no dieran fruto sus investigaciones, y menos a un converso.

En el edificio, no había ninguna señal de que allí estuviera la sede salmantina del Santo Oficio, que dependía del Tribunal de Valladolid. La puerta, eso sí, era de gruesa madera reforzada con todo tipo de herrajes. Preso de la impaciencia, Rojas hizo sonar varias veces la aldaba con gran estrépito, como si quisiera demostrar que quien llamaba era persona de mando. Al rato, se oyó correr el cerrojo de la mirilla.

—¿A qué se debe todo este estruendo? —preguntó el portero con tono desabrido—. ¿Venís acaso a denunciar a alguien?

—Necesito hablar urgentemente con el comisario.

—¿Y quién sois vos?

—Mi nombre es Fernando de Rojas, y vengo de parte del obispo Diego de Deza.

—El comisario está ocupado. Se encuentra interrogando a un detenido, y no consiente que se le moleste.

—Precisamente, es muy importante que lo vea antes de que empiece el interrogatorio. Soy el encargado de investigar la muerte de fray Tomás de Santo Domingo.

—¿Y cómo es que no os conozco?

—Acabo de ser nombrado *familiar supernumerario* del Santo Oficio.

—Tendréis entonces una cédula.

—Así es —le dijo Rojas, mientras la buscaba en el bolsillo interior de su manto—. Tomadla —añadió, pasándole el pergamino a través de la mirilla—. Pero daos prisa;

lo que tengo que decirle al comisario podría salvar la vida de un inocente.

—Aquí dentro nadie es inocente, mientras no se demuestre lo contrario —advirtió el portero echándole un vistazo a la cédula.

—¿Ni siquiera vos? —preguntó Rojas con un guiño de complicidad.

—Los que trabajamos para el Santo Oficio —respondió el otro con ironía— estamos libres de todo pecado.

—En ese caso, dejadme entrar. Yo soy del mismo gremio.

—Está bien, podéis pasar —gritó el hombre abriendo la puerta—. Acompañadme a la sala —dijo a continuación— y os anunciaré al comisario.

Después de bajar a los sótanos por una estrecha escalera de caracol, lo condujo por un pasillo lóbrego y maloliente, sin duda ideado para amedrentar a los detenidos, camino del interrogatorio. Al fondo, se oían, de vez en cuando, los alaridos de un hombre al que estarían dando tormento. Rojas temió que fuera el prestamista y empezó a andar más rápido.

—¡Eh! Pero ¿adónde vais? —le preguntó el portero sorprendido.

—Es cuestión de vida o muerte —se limitó a contestar.

Tras pasar un último recodo, Rojas vio que había una puerta al final del pasillo; parecía estar entornada y por las rendijas se colaba un resplandor rojizo. Al otro lado, se oían voces cada vez más nítidas.

—¡No sé de qué me acusáis ni qué queréis saber! —se oyó decir entre sollozos.

—Dadle una vuelta más, a ver si así hace memoria —ordenó alguien con firmeza.

—Está bien —admitió el hombre—. Decidme, por favor, lo que tengo que declarar. Decídmelo, y confesaré lo que queráis, lo que sea menester...

—Deteneos —anunció Rojas empujando la puerta, sin importarle lo que pudiera suceder—, vengo de parte de Su Ilustrísima.

Dentro de la sala de interrogatorios, todos los presentes se quedaron inmóviles, durante un momento, por la sorpresa: el detenido, en pleno rictus de dolor; el verdugo, intentando hacer bien su faena; el notario, en mitad de una palabra; y el comisario inquisitorial, dirigiendo su gesto acusador a no se sabía quién. Tras mirar, de arriba abajo, al recién llegado, este último comenzó a exclamar:

—¡Pero cómo os habéis atrevido a interrumpir un interrogatorio del Santo Oficio! ¿Sois acaso el Inquisidor General? ¿O es que queréis sustituir al sospechoso en el potro de tortura? Si es así, os daré gusto enseguida.

—Mi nombre es Fernando de Rojas —se presentó—, y, como sabréis, soy *familiar supernumerario* de la Santa Inquisición.

—De modo que sois el famoso Rojas. Tenía ganas de conoceros. El obispo me ha hablado mucho de vos.

—A mí también de vos —señaló Rojas sin amilanarse.

—Debéis saber que yo no soy partidario de vuestros métodos, si bien convengo en que, dada la gravedad del caso, tenemos que usar todos los medios a nuestro alcance para dar con los matadores de fray Tomás. Pero, decidme, ¿qué se os ofrece?

—Me he enterado de que habéis detenido, sin ninguna prueba, a un converso llamado Miguel Álvarez. ¿Se puede saber por qué razón?

—Me temo que llegáis demasiado tarde —respondió el comisario con desprecio—. Ha muerto esta mañana en el calabozo, mientras torturábamos a otro falso converso. Se ve que al oír sus gritos se asustó, lo que, sin duda, prueba que era culpable.

Las palabras del comisario dejaron a Rojas sin habla. No tanto por la noticia de la muerte de Miguel Álvarez, que entraba dentro de lo esperable, como por el tono con el que el inquisidor se la había comunicado.

—¿Y por qué no habéis avisado a su familia? —preguntó, por fin, Rojas.

—La avisaremos cuando hayamos terminado de interrogar a los otros detenidos. Aún tenemos que confirmar algunos testimonios que podrían inculparlo.

Repuesto ya de la primera impresión, Rojas sintió que la indignación volvía a adueñarse de él y amenazaba con hacerle perder los estribos.

—¿Podemos hablar un momento en privado?

—Por qué no. Nos vendrá bien hacer una pausa. No os podéis imaginar lo duro que es este trabajo. Os ruego que me acompañéis a la celda donde se encuentra el cadáver. Así podréis comprobarlo vos mismo.

En su recorrido hacia los calabozos, pasaron por varias salas en las que podían vislumbrarse algunos aparatos de tortura, de esos que aterrorizaban a los detenidos con sólo verlos. Rojas, que conocía bien los usos y costumbres de los inquisidores, sabía que todo aquello estaba encaminado a una única finalidad: hacer confesar a los reos. Lo de menos era que éstos fueran culpables o inocentes, ignorantes o conocedores de los cargos que se les imputaban; lo importante era que confesaran. No en vano, para el Santo Oficio, la declaración que más valía era la que se hacía bajo tortura y no de forma espontánea, pues los inquisidores habían llegado a la extraña conclusión de que, bajo los efectos del dolor, el reo decía siempre la verdad. Pero lo cierto es que muchos se declaraban culpables de atrocidades que ni siquiera eran capaces de concebir o imaginar, mientras que otros morían antes de llegar al suplicio. Cualquier cosa, con tal de salir de aquella antesala del infierno.

—Mirad, ahí lo tenéis —le informó el comisario, delante de una celda que tenía la puerta abierta—. Como podéis observar, nadie le ha tocado ni un pelo de la ropa. Fue el miedo a reconocer públicamente su culpa lo que lo mató.

—¿Qué queréis decir?

—Que él fue quien contrató a los que mataron a fray Tomás.

—¿Tenéis pruebas de ello?

—Bastaba ver su cara, para darse cuenta. Y aún tuvo la osadía de preguntar que por qué lo deteníamos. Después, él mismo lo confesó todo cuando lo encerramos en la celda y lo amenazamos con el tormento.

—¿Y confirmó luego ante el notario esa declaración?

—Por desgracia, no hubo ocasión de torturarlo, pero hemos detenido a algunos cómplices de la conspiración que lo confirmarán por él. De ahí que aún no hayamos entregado el cadáver a la familia. Si, al final, se le procesara y resultara culpable —señaló—, tendría que ser *quemado en huesos*. Es lo que manda la ley.

—Y supongo que, en tal caso, todos sus bienes serán confiscados por vos, ¿no es cierto?

—¿No querréis que su viuda pueda pagar a unos infieles para que nos maten, verdad?

—Veo que no sólo presumís de saber lo que un hombre ha hecho simplemente con mirarle a la cara (¿u os basta con ver la forma de su nariz?), sino que también os creéis capaz de adivinar lo que una persona va a hacer.

—No sé a qué vienen todas esas insolencias.

—Os estoy acusando —ratificó Rojas con firmeza— de querer procesar injustamente a alguien para poder quedaros con su fortuna.

—Eso que decís —protestó— es una infamia. Y sabed —añadió— que sus bienes no serían nunca para mí.

—Sea como fuere, os exijo que al menos tengáis la decencia de dejar que su familia pueda llevarse cuanto antes el cadáver.

—¿Y quién sois vos para decirme a mí lo que debo o no debo hacer?

—Os recuerdo que soy la única persona que tiene atribuciones para investigar este caso. Y se da la circunstancia de que ya tengo a un sospechoso, al que sin duda podréis detener muy pronto. Por eso, os pido que dejéis en libertad a los demás conversos detenidos.

—Para que lo sepáis, os diré que tengo órdenes de detener a todos los conversos que considere peligrosos, mientras dure la estancia del príncipe don Juan en Salamanca, con el fin de evitar posibles altercados.

—¿Y eso incluye también el tormento?

—Las órdenes tan sólo hablaban de detención, pero, naturalmente, he pensado que, ya que están aquí, a lo mejor lograba averiguar algo sobre la muerte de fray Tomás. Por mi parte, estoy convencido de que se trata de un converso.

—Si lo que vos queréis es acabar, de una vez por todas, con los conversos, deberíais proponerle al Rey que promulgue un nuevo edicto de expulsión. Así veríais cómo Castilla se despoblaba de muchos de sus hombres más ilustres, honrados y valiosos. Os llevaríais más de una sorpresa, os lo aseguro. Pero, si no es eso lo que queréis, deberíais tratar a los conversos como a cualquier otro cristiano, y sólo detenerlos cuando existan sospechas fundadas de que han cometido algún delito contra la fe católica o, como en este caso, contra alguno de los representantes de la Iglesia o del Santo Oficio.

—Insisto en que recibí órdenes de detener a algunos conversos para evitar tumultos.

—¿Y existía algún motivo para considerar peligroso a Miguel Álvarez? Según tengo entendido, él era tan buen cristiano como vos y como yo, seguramente mejor, y, sin embargo, no era la primera vez que se le detenía.

—En nuestros archivos, consta que hace seis o siete años lo vieron comprando en la carnicería judía.

—¿Y no habéis pensado que, tratándose de un prestamista, podría ser aquélla una visita de negocios?

—Pero también sabemos que no comía nunca carne de cerdo. Tenemos declaraciones de una de sus criadas.

—Vos tampoco la coméis los viernes de Cuaresma, supongo. ¿Quiere eso decir que, durante esos días, estáis judaizando?

—No es lo mismo —replicó el comisario.

—Claro que no es lo mismo, puesto que a vos la carne de cerdo sólo os está vedada algunos días, mientras que, para otros, puede estarlo todo el año, a causa de una enfermedad. Si hubierais estudiado algo de medicina, sabríais que hay desdichados que, aunque quieran, no pueden comerla. ¿Tenemos nosotros derecho a exigirles que se maten o arruinen su salud para demostrarnos que no son judíos? Tampoco los pobres, por cierto, comen carne de cerdo; no pueden permitírsela. ¿Vamos a castigarlos también por ello? Puestos a sospechar, deberíamos pensar mal de aquellos que comen carne de cerdo casi todos los días, y, encima, lo hacen con ostentación.

—No sé dónde queréis ir a parar.

—Con todo esto, tan sólo intento demostraros que esas supuestas pruebas no son más que meros indicios circunstanciales y que, por tanto, necesitan ser contrastadas.

—Ya veo que conocéis muy bien la teoría jurídica, pero los delitos contra la fe son otra cosa. Aquí no hablamos de hechos, sino de conciencia, y no nos interesa, en absoluto, la salud del cuerpo, sino la del alma.

—Mirad —lo interrumpió Rojas—, ya sé que vos y yo no vamos a entendernos, pero os propongo un trato ventajoso. Yo no le hablaré a nadie de vuestro exceso de celo en la persecución de algunos conversos *especialmente acomodados* y vos no seguiréis torturando a los que habéis detenido estos días, ni tomaréis ninguna medida contra la familia de Miguel Álvarez, a la que esta misma tarde, sin falta, entregaréis el cadáver.

Mientras hablaba, el comisario lo miraba con atención. Seguramente, estaba intentando examinar con exactitud los términos de la propuesta, para ver si le resultaba ventajosa o si, por el contrario, contenía alguna trampa.

—En cuanto a la muerte de fray Tomás —continuó Rojas—, yo me encargaré de todo el trabajo y a vos os dejaré la gloria de las detenciones.

En ese instante, Rojas se sentía como uno de esos jugadores que, en una situación extrema, lo apuestan todo a una carta. Si lograba hacer creer a su rival que la carta era buena, ganaría el envite; si no, no sólo perdería el juego, sino también la vida. Por lo demás, era evidente que Rojas tenía una ventaja sobre él: su buena relación con el obispo, que al parecer no se fiaba mucho del comisario, y la prueba era que, para un caso tan delicado como aquél, había pedido que nombraran a una persona ajena a la Inquisición, lo que, sin duda, había molestado mucho a su representante oficial en la ciudad. No en vano éste era el único que, en un principio, tenía competencias para investigar los delitos contra la fe y contra los miembros del Santo Oficio en Salamanca.

—Por esta vez, lo haré como decís —concedió, por fin, el comisario—. Pero ni se os ocurra cometer un solo error. Me acabaría enterando, tenemos confidentes en todas partes.

—Estoy seguro de que vos sois de esos que tienen amigos hasta en el infierno.

—Yo que vos no bromearía con las cosas de la fe.

—También yo me cuidaría mucho de servirme de ella para lucrarme.

—Algún día, pagaréis cara vuestra insolencia y provocación, ya lo veréis —amenazó el comisario.

Mientras se dirigía hacia la salida, conducido de nuevo por el portero, a Rojas le temblaban tanto las piernas que, por un momento, pensó que iban a fallarle. No obstante, consiguió caminar erguido y aparentar cierta tranquilidad. Cuando, al fin, llegó a la calle, sintió unas terribles náuseas, pero logró contener su deseo de vomitar. Sabía de sobra que, si lo descubrían en ese trance, lo interpretarían como un signo de debilidad; de modo que debía dominarse y mantener el tipo como fuera. Por desgracia, aún le faltaba lo peor: comunicarle a la viuda lo que había sucedido.

Capítulo 10

La mujer lo estaba esperando con impaciencia fuera de la catedral; parecía una de esas personas desahuciadas que, contra todo pronóstico, aún esperan que acontezca un milagro.

—¿Habéis visto a mi marido? —le preguntó, intentando controlar su ansiedad.

—Lamento mucho tener que deciros —respondió Rojas con voz apenas audible— que ha muerto esta mañana.

La mujer recibió la noticia con una gran tristeza. No obstante, su rostro reflejaba también una cierta serenidad. Había removido cielo y tierra para salvar a su marido y, ahora que ya no había remedio, seguía confiando en Dios, sin atreverse a cuestionar su voluntad.

—Como vos ya habíais imaginado —continuó Rojas tras una pausa—, no lo pudo soportar. Ocurrió antes de ser torturado y, según parece, no sufrió; ni siquiera los que lo vigilaban se dieron cuenta de que se moría. Ya sé que esto no va a compensaros por su pérdida, pero al menos he conseguido que no se le declare culpable de ningún cargo. De esta forma, no os confiscarán los bienes y, al menos durante un tiempo, os dejarán en paz.

—Estoy segura de que habéis hecho todo lo posible y os doy las gracias más sinceras por ello. Yo ya había imaginado que no lo podría soportar. Conforta, por otra parte, saber que apenas ha sufrido.

—Debéis hablar cuanto antes con vuestra familia para haceros cargo del cadáver y preparar el funeral. Tenéis que ser muy discretos, pues mañana llegan los Príncipes a Salamanca; tanto el obispo como el Concejo quieren que, para la ciudad, sea un día de júbilo, y no sería bueno, en tales circunstancias, llamar la atención. ¿Entendéis lo que os digo?

—Así lo haremos —confirmó ella—. Os doy las gracias de nuevo.

—¿Queréis que os acompañe?

—No es necesario. Es mejor que no os vean conmigo.

—Está bien. Pero, antes de que os vayáis, quisiera preguntaros una cosa. ¿Podéis decirme dónde recibe el bachiller Juanes? Tengo algo importante que comunicarle.

—Creo que al comienzo de la calle del Pozo Amarillo; debéis preguntar en una taberna que hace esquina con la plaza de San Martín. Eso es al menos lo que le entendí a mi marido, cuando lo detuvieron. Él me pidió que fuera a ver enseguida al abogado, pero al final no hizo falta, pues éste debió de enterarse de lo sucedido y se presentó en casa al poco rato.

—¿Vivís vos en la plaza de San Martín?

—Así es.

—En ese caso, os ruego que me dejéis acompañaros, ya que llevamos el mismo camino.

A la mujer se la notaba un poco encogida, como si no estuviera acostumbrada a las atenciones, a pesar de su buena posición, sino más bien al desprecio, así como a ser blanco de los rumores y las sospechas. Con la mirada siempre perdida en el suelo, parecía estar ya concentrada en su dolor, ajena a todo. Tampoco Rojas se atrevía a mirarla. Tras llegar a la puerta del Sol, tiraron por la Rúa de San Martín, que unía la parte vieja de la ciudad con la plaza e iglesia del mismo nombre, por lo que era una de las más transitadas de Salamanca. La embocadura de la calle se veía ahora entorpecida por las obras de la gran casa de piedra que había mandado construir el doctor Rodrigo Maldonado de Talavera. Rojas y la mujer parecían dos fantasmas en medio de la agitación de la tarde. Al llegar a la plaza de San Martín, se despidieron sin palabras, con un gesto apenas esbozado. A él le hubiera gustado decirle algo, una frase de aliento o de consuelo, pero tenía miedo de que ella fuera a desmoronarse.

Antes de visitar a Alonso, quiso echarle un vistazo al mercado, con la intención de serenarse un poco. La plaza era de grandes dimensiones y de trazado muy irregular, tirando más a redonda que a cuadrada. En su interior, estaba partida en dos mitades por un gran desnivel salvado por rampas, y el suelo había sido allanado recientemente por orden del Príncipe, que también había mandado empedrar algunos soportales. Lo sorprendió comprobar que la vida allí no había cambiado. Aparentemente, reinaba la misma animación que otros días: vendedores que gritaban sus productos, gentes que miraban y regateaban, estudiantes que iban a la taberna o venían de sus clases, ladrones, rufianes y mendigos en busca de sustento... El corazón de la ciudad, en fin, seguía latiendo al mismo ritmo de siempre, como si no hubiera pasado nada.

La mayoría de los puestos fijos del mercado se concentraban en el sur, entre la iglesia de San Martín, que estaba a poniente, y las Casas Consistoriales. Éstos se agrupaban, a su vez, por especialidades; los había de frutas, aves, peces, aceite, molletes, sardinas, limones..., cada zona con sus propios olores y su peculiar colorido y griterío. Justo al lado, se situaban los roperos, y, por levante, en la parte más baja de la plaza, los carboneros. Bajo los soportales, estaban los cereros, pretineros y boteros, los prestamistas y cambistas de moneda, los vendedores de pan, de trigo y de lino y, en el antiguo cementerio parroquial, los vendedores de lienzos. La explanada de arriba estaba reservada para los puestos ambulantes, así como para los festejos, las corridas, los torneos, los juegos y, por supuesto, los ajusticiamientos; de hecho, allí estaban colocadas, de forma permanente, la horca y la picota, para que todos pudieran contemplarlas y sentir su amenaza.

Asimismo, había tiendas y boticas de los más diversos productos y oficios en las doce o trece calles que desembocaban en la plaza y que la comunicaban con los *corrales* y puertas de la ciudad. En la del Pozo Amarillo, se había instalado un coplero con una zanfona; su romance hablaba de una doncella que se había vestido de hombre para ir a luchar a la guerra contra los infieles. A lo lejos, se oía también la voz del pregonero que anunciaba que, en los próximos días, con motivo de la llegada de los Príncipes, varios caballeros iban a correr toros y a jugar cañas en la plaza, para solaz de los asistentes.

Rojas había supuesto que, por el hecho de defender a los conversos, Alonso viviría en un lugar más apartado, pero, sin duda, su antiguo compañero era de los que pensaban que, para pasar más inadvertido, lo mejor era estar bien a la vista. A esa hora, la taberna de Gonzalo Flores rebosaba de parroquianos sedientos de vino y ávidos de noticias y de conversación después de una larga jornada de trabajo o laboreo, por lo que era muy difícil abrirse paso a través de ella.

—¿Sabéis dónde tiene su casa el bachiller Alonso Juanes? —logró preguntar, por fin, al tabernero.

—Pues aquí mismo —contestó el hombre, como si se tratara de una obviedad.

—No os entiendo.

—Quiero decir que nuestro querido bachiller tiene alquilada arriba una cámara para dormir y recibe a sus clientes en la propia taberna, detrás de esa puerta que se ve ahí al fondo.

—¿Y está ahora ahí?

—Creo que anda preparando unos legajos. ¿Queréis que vaya a avisarlo?

—Me presentaré yo mismo; soy un viejo amigo.

—En ese caso, estáis en vuestra casa.

Sin terminar de salir de su asombro, se acercó a la puerta que le había indicado el tabernero y, tras un instante de vacilación, golpeó en ella con los nudillos.

—Adelante, podéis entrar —gritó alguien desde el otro lado.

Cuando abrió, se encontró con un cuarto repleto de estantes con cartapacios y libros, si bien la mayor parte la ocupaban una mesa amplia y media docena de sillas. Su antiguo compañero de estudios estaba terminando de redactar un escrito. Aunque tenía los mismos años que Rojas, parecía mucho mayor que él.

—Amigo Alonso, ¿cómo estáis? —empezó a decir Rojas a modo de saludo.

El otro, sorprendido, miró con atención hacia su inesperado visitante, se frotó los ojos y exclamó al fin:

—¡Dios mío, pero si sois vos! Jamás pensé que pondríais los pies en este lugar. Y, sin embargo —añadió, dándole un abrazo—, aquí estáis.

—Hubiera preferido no tener que venir a veros en estas circunstancias.

—Supongo que me traéis malas noticias.

—Así es —confirmó—. He hablado ya con la viuda de Miguel Álvarez. Lamentablemente, murió esta mañana en una celda, antes de ser torturado.

—¡Malditos hijos de Satanás!

—Por lo que sé, el comisario de la Inquisición trataba de implicarlo, como inductor, en el homicidio de fray Tomás de Santo Domingo, con el único objeto de poder confiscarle los bienes, lo que, según creo, ya ha intentado en otras ocasiones; me imagino que vos lo sabréis.

—En efecto, no era la primera vez que lo detenían, pero, en este caso, me pareció que la cosa iba más en serio; de ahí que recurriera a vos, y creedme que lo siento.

—No tiene importancia —dijo para tranquilizarlo—. Yo he hecho todo lo que he podido, dada la situación, para evitar que Miguel Álvarez pueda ser inculpado.

Incluso, he amenazado con contárselo al obispo, con el que tengo buena relación, y creo que lo he hecho desistir de sus propósitos. También le he exigido que deje de torturar a los otros detenidos. De momento, hemos llegado a un acuerdo, pero no sé durante cuánto tiempo lo respetará. Me imagino que, de alguna forma, estaréis enterado de lo que ocurre por allí.

—Tenemos gente que nos informa, naturalmente; y, si no, cabe el recurso de sobornar a algún *familiar* del Santo Oficio. Dado que ellos no cobran por su trabajo, son muchos los que están dispuestos a dejarse corromper, siempre y cuando eso no los prive de un beneficio mayor. ¿Sabíais que los principales bienes de la Inquisición son los propios herejes? «Si no queman, no comen», se dice con malicia por ahí. Y, si no queman, al menos pueden comerciar con la vida y la libertad de los detenidos. La muerte no es lo peor que te puede pasar allí.

—¿Habéis estado alguna vez en los calabozos?

—Por desgracia, he puesto más de una vez los pies en ellos.

—Hubo un momento, después de enfrentarme al comisario, en que me entró tal pánico que pensé que ya no iba a salir nunca de ese infierno.

—La mayoría de los que entran no tienen tanta suerte, os lo aseguro; y aún es mucho peor la cárcel secreta de Valladolid.

—Por eso he venido a veros; me gustaría ayudaros de alguna manera.

—¿Es verdad que todavía no os habéis bachillerado?

—Aún no —reconoció.

—¿Y a qué esperáis? Comprendo que no aspiréis a un puesto de importancia en estos tiempos, pero un buen jurista como vos podría dedicarse a muchas otras cosas. Cada vez son más los atropellos que se cometen contra los conversos, y la mayor parte de éstos están indefensos.

—Ya sabéis cuáles eran mis intereses.

—Lo recuerdo muy bien, pero siempre he pensado que vuestro empeño en prolongar los estudios y encerraros para siempre en la Universidad no era más que una estratagema para eludir responsabilidades.

—Está bien, dejemos ese asunto. Ahora tenemos que hablar de algo verdaderamente importante, pero antes debéis jurarme que no revelaréis a nadie nada de lo que aquí os cuente.

—Vos ya me conocéis; no en vano fuimos buenos amigos. Es verdad que, en los últimos tiempos, nos hemos distanciado, precisamente a causa de vuestra indiferencia ante el destino de los judíos y de los conversos tras el decreto de expulsión, pero yo sigo siendo el mismo y mi amistad permanece intacta; de hecho, si no fuera así, no estaríamos hablando ahora. Así que podéis estar seguro de que no contaré nada.

—Sé muy bien que lo que voy a deciros no va a gustaros nada. Incluso, puede que ya tengáis noticia del asunto y no hayáis terminado de creerlo o no hayáis tenido tiempo de confirmarlo. En cualquier caso, necesito sincerarme con vos. Debéis saber que, a petición del obispo, me han nombrado *familiar supernumerario* de la Inquisición para investigar la muerte de fray Tomás de Santo Domingo, y no he tenido más remedio que aceptar. Al principio, intenté negarme, claro está —se justificó—, pero siguen estando en juego la vida de mi padre y la seguridad de mi familia.

Alonso Juanes lo miraba con una gran curiosidad, pero sin decir nada, como si lo que estaba oyendo lo hubiera ya previsto y no lo sorprendiera.

—Y bien, ¿qué me decís? —preguntó Rojas, al ver que Alonso no reaccionaba.

—¿Y qué queréis que os diga? ¿Que no puedo creérmelo o, por el contrario, que ya me lo temía? ¿Queréis, acaso, que me escandalice y os insulte o deseáis que os perdone y os dé la absolución? Conozco de sobra cuál es vuestra situación familiar. Y, precisamente por eso, sabía que tarde o temprano os obligarían a mancharos. ¿O es que de verdad creíais que podríais seguir viviendo en un mundo como éste sin tomar partido? Por otra parte, debo confesaros que alguna noticia tenía ya de este asunto, pero, como vos mismo habéis intuido o imaginado, no terminaba de creérmelo. Por eso, os puse a prueba esta mañana.

—¿Qué queréis decir?

—Que, si os envié a la esposa de Miguel Álvarez, no fue sólo para intentar salvar a su marido, fue también para averiguar de qué lado estabais. Pero no me malinterpretéis. Pensé que, si era verdad que os habían obligado a tomar partido, yo estaba obligado a daros una oportunidad para que cambiarais de bando. Eso es todo.

—¿Aunque con eso pusierais en peligro mi vida o la de mi familia?

—¿Y qué me decís de vuestra alma y de vuestra conciencia? ¿Es que eso no os importa?

—¿Y si me hubiera negado a ayudar a la mujer?

—Entonces, querría decir que no era verdad lo que me habían contado y que seguíais siendo el Rojas indiferente al destino de los demás que yo había conocido, lo cual me habría entristecido mucho, la verdad, bastante más que el hecho de confirmar que erais *familiar* del Santo Oficio. Al menos esto, llegué a pensar, podría servir para poneros en contacto, de una vez, con la realidad y haceros reaccionar. Al fin y al cabo, el trabajo que os habían encargado tenía que hacerlo alguien y, a corto o medio plazo, podría tener sus ventajas el hecho de que fuerais vos.

—¿Me estáis diciendo que me conocéis tanto como para saber cómo iba a reaccionar?

—La prueba de ello es que estáis aquí.

El argumento era tan contundente que no admitía objeción. Lo que Rojas ya no tenía tan claro era si debía sentirse orgulloso de su comportamiento o considerarse más bien objeto de una manipulación. De todas formas, le alegraba saber que había alguien que, a pesar de todo, no le había retirado la confianza.

—Os confieso que estoy muy desconcertado con todo esto —reconoció Rojas—, pero no quiero ser yo el tema de la discusión. Lo importante es saber que estamos en el mismo barco. Por eso, necesito que vos me habléis también sin reservas.

—Si es con el fin de ayudar a nuestros hermanos conversos, podéis contar con mi cooperación.

—Sabemos que, al margen de otras circunstancias, las detenciones de estos días tienen que ver con la muerte de fray Tomás. Seguramente, los inquisidores están convencidos de que los culpables son falsos conversos, pues la víctima era consultor del Santo Oficio y uno de los teólogos que más se habían distinguido en Salamanca por sus furibundos ataques contra ellos. A juzgar por lo que yo llevo investigado, es una suposición muy poco probable, pero me gustaría contar con vuestra opinión.

—Podéis estar seguro de que no ha sido ningún converso; de lo contrario, yo sabría algo, aunque es verdad que, si lo supiera, probablemente no os lo diría. Por aquí, todo el mundo tiene claro que cualquier acto de venganza por parte de los conversos sería perjudicial para nosotros. Recordad lo que pasó, hace doce años, con el inquisidor aragonés Pedro de Arbués, al que mataron cuando estaba rezando en la Seo de Zaragoza. El pueblo, enterado de la noticia, reaccionó con tal violencia contra los conversos que el corregidor tuvo que intervenir para salvar sus vidas. El Santo Oficio, por su parte, desató una persecución tan brutal que se saldó con numerosas muertes y detenciones, lo que afectó a casi todas las familias de conversos de Zaragoza. Al final, lo que ocurrió fue que la Inquisición real afianzó su poder en Aragón, que era justo lo que los conjurados querían evitar. Y os aseguro que ya no ha vuelto a haber ninguna conspiración.

»Y eso que allí el Santo Tribunal contaba con la oposición no sólo de los conversos, sino también de muchas familias nobles y poderosas, que veían peligrar las leyes forales y sus propios intereses. No olvidéis que en Aragón existía, desde el siglo XIII, la Inquisición pontificia, sometida al papado y destinada a combatir la herejía cátara; de ahí que la impuesta por el rey don Fernando, para perseguir a los conversos judaizantes, se considerara poco menos que una intromisión política. En Castilla, sin embargo, la Inquisición real no ha tropezado con ningún impedimento, ya que aquí nunca ha habido Inquisición papal, y tanto la nobleza como una buena parte del pueblo la han admitido de buen grado y sin ningún tipo de oposición. Esto os puede dar una idea de cómo se han puesto las cosas para los conversos después de 1492. Ahora somos nosotros el chivo expiatorio, los que siempre estamos bajo sospecha.

—Comprendo que en tales circunstancias sea absurdo pensar en una conspiración, pero ¿qué me decís de algún exaltado o de alguien que, en su desesperación, haya querido vengarse de algún atropello?

—Si fuera así, no habría encontrado acogida fácil en ninguna parte, pues nadie ignora lo que le ocurriría a cualquiera que intentara ayudarle y a toda su familia. Y tampoco puede haber huido, pues nos habríamos enterado. Salamanca no es una ciudad muy grande.

—A juzgar por las indagaciones que llevo realizadas, mi único sospechoso es un estudiante, colaborador íntimo de fray Tomás en los últimos meses y, probablemente, su compañero de cama. ¿Os dice algo eso?

—Si fuera un converso venido de fuera, a estas alturas yo sabría algo. Nosotros somos los más interesados en que los estudiantes de origen converso no cometan ningún desmán, pues eso nos perjudicaría mucho. Como vos bien sabéis, entre los cristianos nuevos, como entre los cristianos viejos, hay de todo, pero con la gran diferencia de que nosotros nos pensamos las cosas dos veces antes de hacerlas. Bastante tenemos ya con intentar sortear las leyes que cada día nos oprimen con más dureza y con defendernos de los atropellos y arbitrariedades de los inquisidores. En cualquier caso, si me entero de algo relacionado con el asunto, os lo diré. En esto, vale más prevenir que luego curar.

—Yo también os mantendré al corriente si surge algo que pueda tener que ver con un converso.

—Y ahora hablemos de otras cosas. Decidme, ¿cómo están vuestros padres? ¿Pensáis casaros una vez obtengáis vuestro grado de bachiller?

—Mis padres se defienden; he estado con ellos hace unos días. Allí las cosas tampoco pintan bien para los conversos. En cuanto a casarme, es algo que no me quita el sueño por ahora. ¿Y qué me decís de vos?

—¿Os acordáis de Ruth?

—¡Cómo iba a olvidarme de una mujer tan bella!

—Ruth y yo estábamos prometidos desde niños. Pero, como sabéis, mis padres se convirtieron y cambiaron de nombre y apellidos cuando empezó a empeorar la situación para los judíos, a causa de las agresiones y pillajes. La familia de Ruth, sin embargo, permaneció fiel a su religión. Esto hizo que hace cinco años tuviéramos que separarnos. Al principio, pensé huir con ella a Portugal, que es donde se instalaron, pero luego tuve miedo de que, si la Inquisición se enteraba, detuvieran a mis padres por tener un hijo judaizante. En su momento, no os conté nada de esto por esa misma razón. Desde entonces, Ruth y yo nos escribimos largas cartas todos los meses. Nuestro correo es un comerciante portugués que, de vez en cuando, recala en esta taberna. Cuando murieron mis padres, hace cosa de un año, decidí reunirme con Ruth y su familia y volver al seno de la religión judía. Pero, entonces, el rey Manuel, obligado por sus futuros suegros y su futura esposa, promulgó el edicto de expulsión de los judíos de Portugal, ya fueran naturales o desterrados de otros reinos, tal y como exigían los acuerdos prematrimoniales que había firmado con nuestros Reyes. Esto fue el 5 de diciembre último, y se les daban nueve meses de plazo para la salida, que para muchos significaba un segundo éxodo. Así que decidimos encontrarnos en Amberes, donde yo tengo amigos, al comienzo de la primavera. Mientras tanto, el rey portugués se lo pensó mejor y suspendió la expulsión; para ser exactos, la cambió por una conversión masiva, inmediata y forzosa, primero de los niños y luego de todos los judíos, pues no quería que se llevaran del reino las muchas riquezas que habían atesorado, de las que dependían sus propias finanzas; de hecho, las fronteras permanecen ahora cerradas para ellos y para nosotros. De modo que vendí los bienes que heredé de mis padres y me instalé en este mesón, en espera de que las cosas se aclaren algún día. Aquí me siento menos solo y el trabajo me resulta mucho más fácil y seguro que en mi antigua casa. Sé muy bien que las cosas pueden ir a peor, tanto para ella, en Portugal, como para mí, pero todavía confío en que podamos casarnos pronto en alguna parte del mundo, a ser posible el año que viene.

—Vuestra historia es realmente conmovedora. Y creedme si os digo que, a pesar de todo, me dais envidia, por el amor y la fortaleza que demostráis.

—Podría contaros historias mucho más conmovedoras que ésta y, sobre todo, más trágicas. Por aquí pasa mucha gente, para que les resuelva sus problemas. Yo los escucho con calma, y eso ya los tranquiliza un poco. Después, hago lo que puedo, que, por desgracia, no es mucho, pero al menos descubren que hay alguien que entiende sus desventuras y se preocupa por ellos.

De repente, sonaron unos golpes en la puerta que alarmaron, por un momento, a Rojas. Alonso, sin embargo, permanecía tranquilo.

—¿Quién es? —gritó el abogado.

—Alonso, preguntan por vos —le informó el mesonero.

—Decidles, por favor, que esperen en la taberna, y ponedles un jarro de vino de mi cuenta. Ahora los recibo. Ya veis —dijo dirigiéndose a Rojas— que trabajo no falta.

—Si os enteráis de algo nuevo relacionado con el caso, os ruego me aviséis con la debida discreción.

—Lo haré, no os preocupéis. Salid, os lo ruego, por esta puerta —se refería a una que estaba disimulada tras unas cortinas—. Es más segura; veréis que da a un callejón que comunica directamente con la calle de San Julián.

Rojas se puso en pie con cierta torpeza. De buena gana, se habría quedado charlando con su amigo hasta la noche. Necesitaba compartir sus problemas con alguien que pudiera entenderlos y, sobre todo, reconciliarse con él. Después de que Alonso abriera la puerta, permanecieron un momento frente a frente junto al umbral. No sabían cómo despedirse. Al final, se abrazaron.

Capítulo 11

El día 23 de septiembre llegaron los Príncipes a Salamanca, donde fueron recibidos con gran aplauso de trompetas y tambores, cítaras, cantos e himnos nupciales. Desde lo alto de la muralla norte, Rojas pudo contemplar la recepción que se les hizo en el campo, antes de adentrarse en las calles de la ciudad. Por unas horas, el pueblo parecía haberse olvidado de su descontento para disfrutar con las evoluciones de la caballería ligera, la misma que, en 1476, había ayudado a los Reyes en la batalla de Toro frente al ejército portugués, a la sazón partidario de Juana la Beltraneja, así como con los adornos de los jinetes y los caballos, debidamente enjaezados y dispuestos en formación. Cerca ya de la muralla, el Príncipe y su esposa fueron recibidos por el Concejo en pleno, el obispo y el cabildo. Después, entraron por la puerta de Zamora, donde, once años antes, los Reyes Católicos habían jurado los fueros de la ciudad. Allí fueron debidamente agasajados por la nobleza y los representantes del Estudio.

Aunque la fama la precedía, a Rojas lo sorprendió la hermosura de doña Margarita: la albura de su rostro, el color dorado de su pelo, los ojos azules y soñadores, la nariz recta, los labios sensuales y, desde luego, su talle esbelto y bien contorneado. Vestía un brial de brocado carmesí, con el cuerpo de oro tirado, un manto corto de terciopelo, forrado de armiños, y una mantilla de raso, con forro en damasco leonado, delantera bordada y abertura de aletas de oro y plata. En la cabeza, llevaba un tocado alemán, hecho de red de oro e hilado con seda de colores. El Príncipe, a su lado, parecía o demasiado niño o demasiado anciano para ella. Su capa, jubón, ropa, calzas y gorra eran del más fino paño y de la mejor hechura, pero lucían tanto en él como en una alcándara. Aunque era delgado y de regular estatura, sus piernas parecían demasiado débiles para sostener su cuerpo. En su cara ovalada e infantil, predominaban los rasgos de la madre: los ojos entre verdes y azules, la nariz algo carnosa y de perfil ondulado, la boca blanda y lasciva y el cabello rubio y abundante, cortado en redondo sobre las mejillas, en media melena. Su rostro enteco, pálido y con ojeras daba pábulo, por otra parte, a los rumores que aseguraban que hacía demasiado uso del matrimonio, o que Margarita era *demasiado reino* para tan poco príncipe.

Dentro de la ciudad, fueron saludados por un gran coro de niños que, desde las ventanas de algunas viviendas y los diversos tablados construidos al efecto en ciertas plazas, los acompañaron durante todo el recorrido con sus armoniosas voces. Las calles, recién pavimentadas, estaban cubiertas de tomillo y otras hierbas olorosas, mientras que las fachadas de algunos palacios aparecían engalanadas con ricos tapices hechos en las mejores fábricas de Flandes, la mayor parte con figuras y motivos mitológicos.

Junto a los Príncipes, desfilaba el obispo, en cuyo palacio iban a alojarse. Diego de Deza veía así recompensados y reconocidos públicamente sus muchos años de dedicación a la Iglesia y a la Corona. En cierto modo, era también una escenificación de su triunfo. Sin embargo, su protegido Fernando de Rojas contemplaba el desfile sin prestarle demasiada atención. Sin duda, tenía cosas más importantes en que pensar. De repente, no muy lejos de la Princesa, descubrió a alguien que llamó su atención. Se trataba de Jimena, una joven hermosa, de mirar lánguido y facciones delicadas, de la que había estado, durante un tiempo, enamorado.

Su padre, don Luis de Salazar, estaba casado con una sobrina del fundador del Colegio de San Bartolomé, y, hacía apenas unos años, le había pedido al rector que le enviara a alguno de sus mejores colegiales para que le diera clases de gramática a su hija, pues mostraba una gran disposición para las letras. Al parecer, se había enterado de que la salmantina Beatriz Galindo, a la que muchos apodaban la Latina, se había convertido, gracias a sus estudios, en maestra de latín de la propia reina doña Isabel y de las infantas, y quería darle a su hija la oportunidad de llegar a ser una mujer docta. Dadas sus relaciones y la importancia de su linaje, el rector le envió a su estudiante más despierto y preparado, que no era otro que Rojas. Todos los días, de cuatro a cinco, acudía éste al palacio de don Luis, en la plazuela de Santa Catalina. Durante las clases, estaban siempre acompañados por un aya, que se sentaba cerca de ellos, junto a una de las ventanas de la cámara, y que se quedaba profundamente dormida en cuanto Rojas empezaba a perorar en latín.

Un día el joven Rojas se presentó en la casa con un ejemplar de la *Commedia* de Dante Alighieri. Tras hablarle a Jimena del libro con gran entusiasmo, le leyó un breve pasaje en su original lengua toscana. Se trataba de un fragmento del canto V del *Infierno,* ese en el que la hermosa Francesca le da cuenta al poeta de sus amores con Paolo y que comienza: *«Nessun maggior dolore / che ricordarsi del tempo felice / nella miseria...».* Después, Rojas le propuso que entre los dos leyeran la traducción que del pasaje había hecho don Enrique de Aragón o de Villena siete décadas antes, convenientemente enmendada y pulida por él:

> *Y aquélla a mí: «Ningún dolor mayor*
> *que el de recordar el tiempo dichoso*
> *en la miseria, y tu doctor lo sabe.*
> *Mas si conocer la raíz primera*
> *de nuestro amor es lo que tú deseas,*
> *haré aquí como aquel que plañe y dice.*

119

Nos leíamos un día por placer
cómo el amor a Lanzarote hirió:
solos los dos y sin sospecha alguna.
Muchas veces los ojos suspendieron
la lectura, y la faz perdió el color;
mas sólo un verso fue el que nos venció».

Era tal el paralelismo entre la escena que aparecía descrita en los versos y la que ellos mismos estaban viviendo en ese instante que ambos sintieron, a la vez, el vértigo del deseo. No obstante, continuaron tras una breve pausa:

«Cuando leímos que la ardiente risa
besada fue por aquel gran amante,
éste, que nunca partirá de mí,
la boca me besó todo temblando.»

Y, al llegar aquí, los labios del joven Rojas se habían acercado tanto a los de Jimena que no hubieran tardado en fundirse en un beso, si no llega a ser por la importuna intervención del aya, que, alertada por el silencio que de repente se había producido, se despertó sobresaltada y puso fin al idilio.

Al día siguiente, recibió Rojas aviso en el Colegio de San Bartolomé de que ya no eran necesarios sus servicios. «Y dad gracias —le informó el rector— a que he podido convencerlo de que os permita seguir aquí y terminar los estudios». De camino a su celda, no paró de repetir, como si fuera un anatema, su peculiar traducción de las palabras finales de Francesca:

«Alcahuete fue el libro y quien lo hizo:
ya no leímos más desde aquel día.»

Durante mucho tiempo, envidió Rojas la suerte de Paolo; éste, al menos, iba a estar siempre junto a su amada, aunque fuera en el infierno, gracias a Dante, que, impresionado por su trágica historia, los había inmortalizado en su *Commedia*. Él, sin embargo, se encontraba solo, sin ganas de hacer nada ni de ver a nadie. Ni siquiera los libros le servían ya de consuelo o distracción, pues, cada vez que abría uno y empezaba a leer, enseguida se acordaba de Jimena. Sus amigos más íntimos lo vieron tan desesperado que intentaron recurrir a una vieja alcahueta para que terciara en sus amores o elaborara algún hechizo para seducir a la muchacha, pero ni él tenía ánimos para ponerse en manos de una trotaconventos ni sus amigos dineros con los que pagar sus servicios. Así que optaron por recomendarle a una manceba que ellos conocían, mas tampoco quiso. Hizo falta mucho tiempo y mucho tesón para que Rojas lograra superar su descalabro y volviera a sus estudios, con energías renovadas. No obstante, ¿la había olvidado? Él creía que sí. Lo cierto es que, hasta ese momento, no había vuelto a verla ni había tenido noticias de ella.

Llevado casi en volandas por la muchedumbre que se arracimaba en la calle, siguió como pudo el desfile, hasta llegar, por fin, a la catedral, donde el obispo iba a pronunciar la alocución de bienvenida, después de cantar el *Te Deum* con los canónigos. Antes de bajar de sus cabalgaduras para entrar en el templo, don Juan y doña Margarita saludaron, por última vez, a la gente que los aclamaba frente al pórtico. En ese instante, todas las campanas de la ciudad se pusieron a repicar al unísono en señal de regocijo por tan ilustres visitantes.

Por la noche, después de cenar, Rojas decidió salir en busca de algún rastro que pudiera conducirlo hasta el estudiante. Dado el ambiente festivo que reinaba en las calles, los mesones estaban muy animados. Era tal la abundancia de tabernas que había en Salamanca que, según decían algunos, una ardilla habría podido recorrer toda la ciudad saltando de una a otra sin necesidad de pisar el suelo. Ese día, desde luego, estaban todas abiertas y llenas hasta rebosar. Lo de menos era la llegada del Príncipe. Cualquier pretexto era bueno para que el vino corriera, como las ardillas, del tonel al jarro, del jarro a la boca, de la boca al estómago, y desde allí se subiera a la cabeza y desatara las lenguas. A unos les daba por cantar, a otros por blasfemar, a muchos por reír y a algunos por llorar; también había quien hablaba más de la cuenta.

El mesón de la Estrella era uno de los más populares y frecuentados, tanto por los forasteros que tenían allí posada como por los estudiantes y algunas gentes de mal vivir. Estaba situado extramuros, cerca del Tormes, a mitad de camino entre la puerta del Río y la iglesia de San Nicolás, en uno de los lugares más peligrosos de esos contornos. Para alguien que como Rojas estaba habituado a pasar el tiempo recluido en su celda o meditando entre las columnas de algún claustro, el mesón de la Estrella, a aquellas horas y en tales circunstancias, era la imagen viva del último círculo del infierno.

—¿Qué se os ofrece? —le preguntó la muchacha que atendía las mesas.

Era una mujer muy joven, entrada en carnes, y no hacía ascos a los clientes que la manoseaban al pasar, siempre y cuando hicieran algún gasto.

—Un jarro de vino —consiguió decir.

—¿Lo queréis de la casa o de la vega de Toro?

—De la casa está bien, gracias —precisó Rojas, que no quería parecer demasiado remilgado.

Por las tabernas, circulaban siempre todo tipo de chismes y rumores. La mayor parte, claro, no tenían fundamento, pero, si uno sabía separar el grano de la paja, podía barruntar alguna cosa de interés. Esa noche, el principal tema de conversación era, cómo no, la llegada del Príncipe. En la mesa de al lado, unos estudiantes se hacían lenguas de lo bien que había resultado la recepción.

—¡Menudo mérito! —exclamó otro con tono despectivo—. Si no llega a ser por el edicto del Concejo que castigaba con pena de multa, con sus correspondientes azotes, a todos aquellos que no lo cumplieran, la recepción habría sido muy otra...

—No creo que sea lo que dices —lo interrumpió un compañero de mesa—, a la gente le gustan estas cosas.

—No te digo yo que no, pero éste no es el caso. Son ya muy pocos los que a este Príncipe caprichoso le tienen simpatía. Ha cometido muchos desmanes, a pesar de su corta edad.

—Digáis lo que digáis —intervino un borracho desde otra mesa—, a mí me gustó más el entierro del dominico.

—¿Y a ti quién te ha dado vela en éste? —le replicaron los otros entre risas.

—Escuchadme bien —prosiguió el borracho sin inmutarse—, lo único malo de esos entierros tan solemnes es que el protagonista está tan ocupado haciendo de muerto que no lo disfruta.

—Tú sí que estás muerto y embalsamado en alcohol —le espetó uno de los estudiantes.

—Eso tú a mí no me lo dices... —alcanzó a balbucir con voz pastosa el borracho antes de derrumbarse sobre la mesa.

En ese momento, se acercó a ellos otro estudiante, que venía de la calle. Se le veía algo sudoroso y sofocado y, sobre todo, impaciente por hablar.

—¿Conocéis ya la nueva? —les preguntó a sus amigos, mientras tomaba asiento—. Unos familiares de la Inquisición han detenido al maestro Rodrigo de Basurto por haber pronosticado la inmediata muerte del Príncipe.

Rodrigo de Basurto era un antiguo colegial de San Bartolomé, catedrático de Astrología y autor de una *Praxis pronosticandi* que le había dado gran fama en toda Castilla. Rojas lo conocía bien, pues había asistido a sus clases y le había ayudado en la confección de unas tablas y almanaques, de gran utilidad para el estudio de las estrellas y la navegación.

—¿Estás seguro de que lo han detenido? —le preguntaron los otros.

—Con mis propios ojos lo he visto. Son muchos, por otra parte, los que le oyeron decir que el Príncipe no abandonaría vivo Salamanca.

—No caerá esa breva —replicó el más deslenguado.

—Tampoco hay que ser adivino para vaticinarlo —apuntó otro—. Todos sabemos que el Príncipe está ya en las últimas; seguro que lo que tiene es un mal venéreo de tanto montar yeguas.

—Callad, os lo ruego —pidió el que había venido de la calle—. No están los tiempos para andar diciendo tales cosas a voz en grito. Hay espías por todas partes —dijo mirando a su alrededor, lo que obligó a Rojas a girar la cabeza para otro lado—. Por lo que he oído relatar —añadió con tono de misterio—, la vida del Príncipe siempre ha estado perseguida por malos augurios. Dicen que, un mes después de su nacimiento en Sevilla y una semana antes de su presentación en el templo, como manda la tradición, el cielo se apagó durante varias horas y, luego, ya no volvió a brillar con la misma fuerza ni con el mismo color durante varios meses, lo que se interpretó como señal inequívoca de su debilidad. De hecho, casi nadie pensaba que llegaría a la edad de contraer matrimonio...

—Pues ahí se equivocaron —lo interrumpió uno de sus amigos—, y de qué forma. Nunca había visto una mujer tan hermosa y decidida como la princesa Margarita.

—Pero también me han referido que, durante la boda —prosiguió el otro, siempre enigmático—, tuvo lugar un trágico suceso. Según parece, en los festejos nupciales, perdió la vida don Alonso de Cárdenas, después de caerse del caballo, lo que enseguida se consideró un presagio de que la felicidad de los novios no duraría mucho tiempo. Y el caso es que, a los pocos meses, se resintió la salud del Príncipe.

—Algunos dicen que el Príncipe enfermó de tanto copular, lo que, según los entendidos, reblandece la médula y debilita el estómago.

—Ya decía yo que se le veía muy mermado y consumido.

—Y es que es demasiada mujer para ese alfeñique.

—Pues cuentan por ahí que ya la ha dejado preñada y que no se muestra muy dispuesto a mantener la abstinencia durante el embarazo, aunque para ello tenga que visitar otros nidos.

—Todos sabemos que al Príncipe le gustan mucho los burdeles. Me imagino que estará impaciente por visitar la Casa de la Mancebía que él mismo mandó construir.

—Habrá que ver si se lo permite el obispo.

—¿Es que puede un obispo detener un pedrisco?

—Sin duda, nos aguardan unos días muy agitados.

—Ayer de entierro, hoy de fiesta. Mañana ya veremos si reímos o lloramos —sentenció de repente el borracho de la otra mesa, que, al parecer, acababa de despertarse.

A Rojas lo que más le preocupaba era la noticia de la detención de Basurto, al que consideraba un hombre honesto y un excelente astrólogo. Suponía que estaría motivada, sobre todo, por su condición de converso y su vieja amistad con el astrólogo judío Abraham Zacut, ya que los pronósticos y adivinaciones como tales no estaban condenados por la Inquisición, salvo que, para predecir el futuro, se rindiera culto al Diablo. Por lo demás, su detención debía de formar parte de la limpieza de conversos que se había emprendido con ocasión de la llegada de don Juan. También se había retirado de las calles a los rufianes y rameras que aún quedaban dentro de los muros de la ciudad, así como a los mendigos y a toda clase de delincuentes. Las razones esgrimidas, para ello, eran no dar a los Príncipes una mala impresión de Salamanca en un momento tan importante como ése y evitar, cómo no, posibles altercados. La medida, por supuesto, no había sentado nada bien en algunos lugares y, tal y como Rojas acababa de comprobar, el descontento era creciente.

Estaba ya a punto de marcharse, cuando vio aparecer por el umbral de la puerta a un estudiante embozado; éste, nada más descubrir su presencia, al fondo del tugurio, se dio la vuelta y se lanzó de nuevo a la calle. Rojas dejó unas monedas junto a su jarro y salió detrás de él. Una vez fuera, le pareció ver que el embozado se dirigía hacia unas casuchas que había cerca del puente. Echó a correr en la misma dirección, pero enseguida tropezó con dos rufianes que se encontraban apostados en una esquina y que, al verse sorprendidos, comenzaron a amenazarlo con sus espadas. Rojas, que, como era habitual en él, no llevaba encima ningún arma, intentó defenderse con un palo que arrancó de una cerca próxima, lo que produjo cierto regocijo entre sus agresores. No obstante, Rojas no se amilanó y se dispuso a esgrimir con fuerza el trozo de madera con la intención de atacar. Y lo habría hecho si, en ese instante, no hubiera oído venir hacia ellos a una cuarta persona.

—Deteneos —gritó el recién llegado, con voz amenazadora, a los dos rufianes—, si no queréis probar el filo de mi espada.

Éstos, sorprendidos, tardaron algún tiempo en reaccionar, lo que permitió al otro hacerles frente.

—Huyamos —ordenó entonces uno de ellos—, tenemos cosas más importantes que hacer.

Y, sin más comentarios, se pusieron a correr en dirección al río, ante la mirada atónita de Rojas.

—Mirad cómo huyen esos valientes —comenzó a decir entre risas el desconocido—. Y a vos más os valiera —añadió, dirigiéndose a Rojas— no pasear de noche por estos andurriales, y menos aún si no vais armado.

—Seguiré vuestro consejo —concedió Rojas, a quien la voz del hombre le resultaba familiar—. Pero, decidme, ¿a quién debo el gran honor de seguir con vida?

—¡No me digas que no me has reconocido! —le respondió el otro, sin poder contener por más tiempo las carcajadas—. Soy yo, Hilario —añadió, descubriendo su rostro y acercándose a Rojas—, tu fiel amigo y ángel de la guarda.

Lo cierto es que estaba sorprendido; ni por un instante se le había pasado por la cabeza que pudiera ser él. No obstante, disimuló un poco:

—Debí habérmelo imaginado, ¿quién si no iba a poner su vida al tablero por defender la de alguien tan idiota como yo? Pero, dime, ¿qué hacías por aquí a estas horas?

—No perderte de vista.

—¡¿A mí?!

—¿A quién va a ser? Desde que volviste a Salamanca, me has tenido muy preocupado. Incluso, parece que me rehúyes. Así que he decidido seguirte. Y, amigo, te confieso que me tienes muy desconcertado.

—Comprendo que estés perplejo —reconoció Rojas—, pero todo esto tiene una explicación. Si me prometes guardar el secreto, te lo cuento por el camino. Al fin y al cabo, me has salvado la vida.

Capítulo 12

Días después de su llegada a Salamanca, el Príncipe volvió a caer enfermo, presa de unas repentinas fiebres. Lejos de restablecerse, el mal parecía haberse complicado con nuevos síntomas, a los que sin duda habían contribuido sus malos hábitos y su tajante negativa a hacer reposo. La noche anterior a su recaída, sin ir más lejos, se había empeñado en visitar la ya famosa Casa de la Mancebía. Los médicos, naturalmente, intentaron aconsejarle que se quedara en cama, pero, al final, ni el mismísimo obispo pudo retenerlo. De ahí que éste llamara a Rojas para que lo acompañara, con el fin de que al menos pudiera controlarlo un poco. Cuando, al cabo de un rato, se reunió con él a la entrada del palacio, el Príncipe, sorprendido, le dijo:

—Yo os conozco, vos sois Fernando de Rojas, el protegido de Diego de Deza. Veo que a vos también os gusta ir de mancebías. Nunca lo hubiera imaginado, la verdad; mi preceptor siempre os ponía como modelo de buen cristiano. Pero no os preocupéis, no le contaré nada —añadió con un guiño.

Más trabajo costó convencerlo de que se dejara escoltar por algunos guardias de su séquito, un médico y un mayordomo. Cuando llegaron a la mancebía pública, el Príncipe quiso ir a saludar a su amigo García de Albarrategui, pues no sabía que ya no estaba al frente del negocio. Después de ver frustrado su deseo, le dio el capricho de invitar a todos los clientes que por allí se encontraban a costa de las arcas municipales, lo que produjo un gran revuelo en toda la casa.

—Recordadme —le dijo a Rojas en un aparte—
que mañana haga un bando para que todos los hombres de
la ciudad, sin excepción alguna, puedan visitar la mancebía
pública, al menos dos veces al año, a cargo del Concejo.
Sabed que un pueblo que no disfruta de los goces de la carne es un pueblo descontento y, por tanto, proclive a rebe-
larse contra sus príncipes y soberanos. Pero esto —añadió— no se lo digáis al obispo, no lo entendería.

Por fin, le pidió al *padre* de la mancebía que le
mostrara a las mujeres del harén, sin ocultar ninguna,
para elegir a su preferida de esa noche. El encargado del
lupanar las fue llamando una a una para que se pusieran
en fila delante de Su Alteza. Mientras lo hacían, el Príncipe vio cómo dos de las más hermosas se peleaban por
llamar su atención. Complacido, se acercó a ellas y les
dijo:

—No hace falta, doncellas, que os peleéis por mí.
Hoy me siento magnánimo y voy a hacer como mi ante-
pasado el rey Salomón: me acostaré con las dos.

La decisión del Príncipe fue acogida con grandes
risas y aplausos por parte de todos los presentes, salvo por
las dos mujeres, que no parecían muy contentas con la
idea de tener que compartirlo y no hacían más que empu-
jarse e insultarse la una a la otra.

—¿Habéis visto, querido Rojas? —le comentó el
Príncipe muy satisfecho por el regocijo que había provocado—. Si alguna vez me decido a traer la corte a Salamanca no será por su Universidad, tenedlo bien seguro,
sino por esta mancebía.

Tan pronto como se encerró con las dos mujeres
en una cámara, varios guardias se situaron delante de la
puerta y el médico y el mayordomo tomaron las disposiciones oportunas para el caso de que tuvieran que intervenir. Rojas prefirió salir a pasear por el patio interior
de la mancebía. Hacía una noche templada y apacible,
sin una nube que empañara el resplandor de la luna lle-

na. De tiempo en tiempo, se oía una risotada o algún gemido o gruñido de placer, procedente de alguna de las ventanas de la casa. Al rato, vino a verlo una de las muchachas.

—¿No os parece un pecado que un hombre como vos esté tan solo en una mancebía? —le preguntó con naturalidad.

Cuando la tuvo cerca, Rojas pudo comprobar que era mucho más joven que lo que su voz le había hecho creer y ciertamente hermosa. Tenía la tez muy blanca y el pelo rubio. No obstante, lo que más lo impresionó fue el aspecto risueño de sus ojos y su sonrisa franca, casi infantil. Llevaba puesta una mantilla corta de color amarillo, que era una de las prendas impuestas en la mancebía por las ordenanzas del Concejo.

—Por mí no os preocupéis —le respondió, por fin—, no he venido como cliente, sino como acompañante.

—¿Formáis parte del servicio del Príncipe?

—No exactamente.

—En ese caso, ¿qué os impide distraeros un rato mientras él se divierte?

—En otras circunstancias no me importaría, creedme, pero hoy tengo la cabeza en otro sitio. Y he de estar disponible, por si me necesitan.

—Entonces, no os molesto más. Si alguna vez os apetece, preguntad por mí. Aquí se me conoce como Sabela.

—Esperad, no os marchéis —le rogó Rojas de repente—. ¿Puedo preguntaros qué tal os tratan aquí?

—He conocido tiempos peores; así que no puedo quejarme. Yo antes tenía alquilada una casa de dos pisos, limpia y bien instalada, donde llevaba una vida casi independiente y podía recibir a quien quisiera. Cuando abrieron esta mancebía, me quedé en la calle y no tuve más remedio que venir a trabajar aquí. En tiempos, fui una de las pupilas de la vieja Celestina, tal vez la conozcáis.

131

—Creo que he oído hablar de ella. ¿Es la misma que ejerce de alcahueta y reparadora de virgos?

—Entre otras muchas cosas. Desde que le cerraron el burdel que tenía en el centro de la ciudad, ha tenido que dedicarse a todo tipo de oficios, ninguno santo, por cierto —añadió con ironía—, pero muy demandados por los buenos cristianos. Hace ya tiempo que no sé de ella.

En ese instante, se oyeron voces dentro de la casa, justo en la parte donde se encontraba el Príncipe, lo que puso a Rojas en alerta.

—Perdonadme —se excusó—, pero debo acudir a ver qué pasa.

—Andad, andad —le dijo ella—, y volved cuando queráis. Seréis bien recibido.

Al parecer, don Juan había pedido que le llevaran vino, pero tanto el médico como el mayordomo se negaban a ello, uno por su salud y el otro por su seguridad, no fuera a estar en mal estado o a contener algún tipo de ponzoña. El Príncipe amenazó entonces con mandar detenerlos y montar un escándalo. Y en ésas estaban cuando llegó Rojas, que, al fin, logró convencerlo de que volvieran al palacio, que ya era tarde y que allí le servirían todo el vino que quisiera.

Poco antes de llegar a la residencia del obispo, comenzó a despuntar el alba. El Príncipe no tenía buena cara, pero Rojas lo atribuyó al cansancio acumulado. Él mismo tampoco se sentía muy bien. Con ayuda del mayordomo, lo llevó a su cámara y lo ayudó a desvestirse. Mientras le quitaban la ropa, comenzó a extenderse por la habitación un olor acre, muy intenso y desagradable, mezclado con esencia de lavándula, como si el Príncipe hubiera intentado disimular su hedor con efluvios más fragantes y aromáticos, para no causar repugnancia a las mujeres de la mancebía. Lo sorprendió la extrema delgadez de sus miembros, la viscosidad de su piel y la blandura de su carne, impropia de una persona tan joven. Si seguía así, no creía que pudiera llegar a soportar el peso de la Corona.

Eran ya cerca de las ocho de la mañana cuando Rojas entró, por fin, en su celda de San Bartolomé. Pocas horas después, golpeaban en su puerta; era el secretario del obispo.

—El Príncipe está muy grave. Su Ilustrísima quiere que vaya.

El obispo lo aguardaba en su cámara, con el rostro desencajado y los ojos vidriosos. Rojas nunca lo había visto tan derrotado.

—Ha amanecido con grandes dolores —comenzó a decir con voz cansada, arrastrando las sílabas—, y tiene la fiebre muy alta. Aún delira. ¿Ocurrió algo anoche?

—Nada, que yo sepa. Al principio, se le veía muy animado; de hecho, se empeñó en acostarse con dos mancebas. Más tarde, pidió vino, pero el médico y el mayordomo se lo negaron, como es norma. Fueron muy estrictos en eso. Al volver, lo encontré algo abatido, pero lo atribuí al cansancio.

—Esto que voy a contaros quiero que quede entre nosotros. Alguno de los médicos dice que podría tratarse de un mal venéreo. ¿Creéis vos que anoche...?

—De ser así, éste vendría de atrás, pues no creo que se le haya manifestado de la noche a la mañana. Según he oído, estas enfermedades necesitan un período de incubación.

—Sea como fuere, no queda más remedio que esperar. Y os quiero tener bien cerca en este trance. Dejad, por el momento, la investigación acerca de la muerte de fray Tomás.

Durante los días posteriores, la enfermedad del Príncipe se fue agravando; la fiebre no remitía y comenzaron a brotarle unas extrañas manchas en la piel. Los médicos estaban tan desconcertados que no se ponían de acuerdo en el diagnóstico y menos aún en el remedio. La mayoría le echaban la culpa, con las debidas precauciones, eso sí, al propio Príncipe, por ser tan indisciplinado y no haber hecho caso a sus advertencias. El obispo, mientras tanto, se pasaba las horas entre la cabecera del enfermo y su propia cámara, donde, agobiado por las circunstancias, no cesaba de escribirles cartas a los Reyes; en ellas, les mostraba su creciente preocupación por la salud de Su Alteza, siempre reacio a obedecer las prescripciones de los físicos. Conforme el Príncipe empeoraba, el obispo se sentía más abrumado por la carga, y las cartas se sucedían a tal velocidad que los correos se alcanzaban unos a otros. Pero lo que más lo torturaba no era la enfermedad de don Juan, sino su indisciplina y su falta de mesura y decoro. Esto hacía que a veces se preguntara si no lo habría malcriado y echado a perder durante el tiempo en que había sido su preceptor.

En momentos así, el obispo necesitaba a alguien en quien confiar, una persona con la que abrirse sin temor a que pudiera aprovecharse luego de su debilidad, y, para este cometido, nadie mejor que Rojas; de ahí que le hubiera rogado que se instalara en el palacio hasta que el Príncipe mejorara. Una tarde, lo mandó llamar urgentemente a su cámara.

—Miradme bien —comenzó a decirle—, más que un obispo parezco un anacoreta. Si esto sigue así, voy a ser yo el que vaya a la tumba en cuestión de días. Quisiera dictaros una carta para los Reyes, si no os importa. Le he pedido a mi secretario que se retire; mañana le espera un día largo e intenso.

—Vuestra Ilustrísima puede empezar cuando guste —se ofreció Rojas.

El obispo se recostó en el sillón y comenzó a dictar con la mirada perdida y la voz queda y apagada, como si le costara mucho pronunciar las palabras:

Muy altos y muy poderosos Rey y Reina, nuestros Señores.

Desde la última vez que escribí a Vuestras Altezas, el Señor Príncipe ha estado algo más alegre, gracias sean dadas a Nuestro Señor, y, con algunos zumos que le han ofrecido esta mañana, se le ha visto algo más esforzado. Después, ha dormido lo que convenía, con buen sueño. Ahora, que son más de las seis después de mediodía, acaban de servirle a Su Alteza la cena, y ha comido como suele, con el apetito perdido, y no más de media pechuga de pollo. Le dieron a probar unos morcillos de brazo de carnero, y no comió casi nada, y lo poco que comió lo ha revesado todo. El mayor trabajo del mundo es ver su apetito tan caído y cómo S. A. se ayuda tan mal.

Si esta enfermedad se prolongara y VV. AA. no tuvieran tanta necesidad de estar ausentes, estoy seguro de que la presencia de VV. AA. sería todo el remedio de su mal, porque se ayuda mucho más cuando VV. AA. están delante, y con más obediencia está a la medicina, y recibe mejor el esfuerzo y la alegría. Suplico a VV. AA. que provean qué se deba hacer estando el Príncipe en tal disposición. Y, si en esto digo algo de lo que VV. AA. no sean servidas, suplico humildemente me perdonen, que estoy con tan gran fatiga que no sé lo que es mejor. Lo único que se les ocurre a estos físicos es darle muchas veces, de día y de noche, algo que tome, bien sean zumos bien algún manjar.

La vida y Real estado de VV. AA. guarde Nuestro Señor muchos años a su servicio.

En Salamanca, hoy viernes 29 de septiembre, a las siete después de mediodía.

Capellán y servidor de VV. AA., que besa sus manos,

Episcopus Salmanticensis.

Nada más terminar la misiva, vino el mayordomo a comunicarles que el Príncipe había empeorado.

Fueron a verlo, y lo encontraron delirando y retorciéndose sobre la cama a causa de los dolores. Los médicos que lo atendían en ese momento se miraban impotentes unos a otros, pues ya habían agotado todos los recursos de que disponían y don Juan no daba muestras de mejorar. De nuevo en su cámara, el obispo, muy descompuesto, le pidió a Rojas que añadiera una posdata:

> *Después de terminada la carta, han venido a S. A.*
> *algunas congojas, y su virtud la hallan muy caída. Y to*
> *dos los que aquí estamos suplicamos a VV. AA. vengan*
> *acá, que será muy gran remedio de su salud. En tal ne*
> *cesidad, no esperamos el mandamiento de VV. AA. para*
> *llamar al Doctor de la Reina.*

Mientras este reputado médico llegaba y se recibían noticias de los Reyes, el obispo ordenó llamar a algunos físicos de renombre de la Universidad para que dieran también su parecer. En una de las visitas, estuvo presente el propio Rojas. El príncipe don Juan tenía el rostro tan demacrado y amarillento que parecía una calavera cubierta de pergamino. Cuando lo desnudaron para el examen, lo primero que le extrañó fue no percibir ni rastro del olor acre de la otra noche. La piel había perdido también su viscosidad y, en su lugar, habían aparecido unas pústulas y sarpullidos bastante desagradables.

Los médicos de la Universidad lo achacaban todo a unas viruelas mal curadas, pero los del Príncipe y el obispo se defendían asegurando que esos extraños brotes eran nuevos y que nada tenían que ver con las viruelas. Por lo demás, tampoco se ponían de acuerdo en el origen de sus trastornos digestivos.

—¿No habéis notado estos días, cuando lo desnudabais, un olor acre y desagradable? —preguntó Rojas a los que solían estar junto a la cabecera.

—¡¿Un olor acre, decís?! —exclamó el que parecía tener más autoridad.

—Sí, un olor intenso, áspero y desagradable, como a huevos podridos.

—En ningún momento hemos percibido ese olor que decís. ¿Y vos quién se supone que sois para estar en este cónclave?

—Soy una persona de confianza de Su Ilustrísima.

—Pero ¿sois médico acaso?

—He hecho estudios, si bien no tengo el grado...

—Entonces, os ruego que os calléis. Bastante tenemos ya —añadió con retintín— con los que al menos son titulados.

—Si lo decís por nosotros —intervino uno de los médicos de la Universidad—, sabed que llevamos años ejerciendo la medicina.

Rojas, que ya sabía lo que quería saber, aprovechó la discusión para abandonar la cámara. La sesión con los médicos había sido muy reveladora y empezaba a rondarle una idea por la cabeza, pero antes quería comprobar un hecho. Para ello, fue a ver al ayuda de cámara del Príncipe, al que preguntó si entre los perfumes que usaba don Juan estaba la esencia de lavándula. Éste, extrañado por la pregunta, le respondió que no; es más, podía asegurarle que Su Alteza no usaba nunca perfumes.

—Una última pregunta —le dijo antes de irse—. ¿Has notado estos días atrás, cuando ayudabas a Su Alteza a vestirse o a desvestirse, un olor fuerte y desagradable, como a huevos podridos?

—No, señor —negó tajante—. Tan sólo los olores propios de su cuerpo o los de alguien en sus circunstancias, a los que ya estoy muy acostumbrado, pero no ese olor que decís ni ningún otro distinto a los habituales desde que cayó enfermo.

—Bien, eso es todo. Te ruego que no hables de esto con nadie.

Estaba claro que, si el Príncipe no se había puesto el perfume, tenían que haberlo hecho las dos muchachas, con el fin de hacer más soportable el olor. Pero ¿por qué nadie, salvo él y probablemente esas dos mujeres, parecía haberlo notado? ¿Y si resultaba que no procedía de su cuerpo, sino de una sustancia con la que lo hubieran impregnado? Pero ¿qué? Y, sobre todo, ¿para qué? Intentó hacer memoria. ¿Podría tratarse de algún empasto para aumentar la virilidad o mantener viva la erección? ¿Y si se tratara de un veneno? La idea se le impuso con la certeza de lo obvio, como un relámpago que ilumina, de repente, lo que hasta entonces había estado en sombras. En algún lugar, había leído que si alguien quería envenenar a un rey o a un gran señor tendría que hacerlo en un momento de descuido y con un veneno que no se administrara por la boca, pues los grandes y poderosos solían tomar todo tipo de precauciones sobre las cosas que ingerían, y, si no ellos, al menos las personas de las que se rodeaban. Él mismo había comprobado muchas veces cómo algunos sirvientes estaban obligados a hacer la salva o prueba de la comida y la bebida que le servían al Príncipe para asegurarse de que no hubiera en ellas ningún veneno.

Si lo que se temía era cierto, tenía que actuar con rapidez. Así que se dirigió a las habitaciones del obispo, para comunicarle sus sospechas.

—¡¿Envenenado?! ¡¿El Príncipe?! —exclamó éste, incrédulo—. No es posible.

—Me temo que así es.

—Pero si el cocinero, Juan Cacho, y el camarero, Juan de Calatayud, son personas de la máxima confianza y hacen la salva todos los días, delante del mayordomo, en cada plato y escudilla que van destinados al Príncipe. Y ellos mismos la mandan hacer cada vez que entra algo en la cocina procedente de la despensa.

—Si es verdad lo que pienso, el veneno no se lo han administrado aquí, sino en la mancebía, y no precisamente en la comida o en la bebida, sino a través de la piel.

—¡¿A través de la piel?! Pero ¿qué clase de disparates estáis diciendo?

—Le ruego a Vuestra Ilustrísima, por lo que más quiera, que confíe en mí y les pida a los médicos que contemplen la posibilidad de que el Príncipe haya sido envenenado a través de la piel, con un ungüento de olor desagradable. Es muy posible que ya sea demasiado tarde, pero es preciso decirles que intenten algo, lo que sea. Sin duda, a Vuestra Ilustrísima le harán caso. Yo, mientras tanto, voy a tratar de confirmar mis sospechas y averiguar qué veneno han utilizado.

—Haré lo que me pedís —concedió el obispo—, pues la situación es verdaderamente desesperada, pero a cambio yo os exijo la más absoluta discreción. Mientras no presentéis pruebas suficientes e irrebatibles, no voy a consentir que se haga circular la noticia de que el Príncipe ha sido envenenado en Salamanca.

—Si eso es lo que Vuestra Ilustrísima desea, lo mantendré en secreto —prometió Rojas, antes de irse.

Capítulo 13

Rojas estaba convencido de que Diego de Deza no iba a aceptar fácilmente la suposición de que el Príncipe había sido envenenado, por muchas pruebas que le presentara. A buen seguro, el obispo tenía miedo de que, si se demostraba que todo eso era cierto, los Reyes le retiraran la confianza que en él tenían depositada, lo que, entre otras cosas, significaría la ruina para todas sus pretensiones. Y ya hacía tiempo que había observado que la principal diferencia que había entre ellos era que al obispo lo guiaba únicamente el interés, mientras que a él sólo lo movía el amor a la verdad. En cualquier caso, lo que más urgía, en ese momento, era ir a visitar a las dos mujeres.

Nada más entrar en el patio de la mancebía, se encontró con Sabela, peinándose al sol. Al verla así, a la luz del día, recién lavada y sin ningún tipo de afeite, le pareció mucho más hermosa que la otra noche.

—No pensé que fuerais a venir tan pronto —exclamó la muchacha a modo de saludo.

—Ahora no vengo por vos —se apresuró a decir Rojas.

—¡Vaya! —exclamó ella con un mohín de disgusto.

—Pero tal vez podáis ayudarme —añadió, sin darse cuenta de su falta de tacto—. Necesito ver urgentemente a las dos mujeres que se acostaron con el Príncipe la otra noche.

—¿Tan bien os han hablado de ellas? —le preguntó la muchacha con ironía.

—No es momento para bromas —replicó Rojas con impaciencia—, se trata de un caso de vida o muerte.

—Calmaos. Os llevaré a ver a Rosa. Tendréis que conformaros con ella, pues Alicia hace unos días que se marchó. Las dos compartían la misma cámara.

—¿Os dijo algo antes de irse? —inquirió Rojas, sin poder disimular su contrariedad.

—Le faltó tiempo. Se marchó sin despedirse de ninguna de nosotras, como si estuviera huyendo de algo.

—¿Qué sabéis vos de esa mujer?

—Muy poca cosa, la verdad, salvo que siempre tuvo mala suerte.

—¿Qué queréis decir?

—Cosas mías. Pero andad, ahí tenéis a Rosa —le dijo, señalando hacia una de las habitaciones, la misma en la que había estado el Príncipe.

Después, llamó a la puerta y le preguntó a su compañera que si podía abrir, que había un hombre que necesitaba hablar con ella.

—Está bien, déjalo entrar —gritó Rosa al otro lado.

—Estaré en el patio, por si me necesitáis —le comunicó a Rojas, antes de irse.

La mujer estaba sentada sobre el catre, zurciendo una saya. Tendría más o menos la misma edad que Sabela, pero se la veía mucho más envejecida y resabiada.

—Ésta es mi hora de descanso, ¿no os lo han dicho? —gruñó a modo de saludo.

—Tan sólo quiero hablar un momento con vos —se disculpó Rojas—. Se trata de un asunto importante, aunque no debéis preocuparos.

—Yo no sé nada de asuntos importantes, ya sabéis cuál es mi trabajo.

—Contadme lo que pasó la otra noche, cuando estuvo aquí el Príncipe.

—¿Y qué queréis que pasara? Lo mismo que con todos.

—Lo que me interesa saber es si ocurrió algo que os llamara la atención.

—Si os referís al tamaño de su miembro o a su fuerza viril, debo deciros que no me pareció nada del otro mundo, dicho sea con todos los respetos para la Corona.

—Decidme cómo sucedió todo.

—¿Sois acaso un chismoso —preguntó con tono despectivo— o de esos que disfrutan con el cuento de lo que hacen los demás?

—Se trata de algo importante, os lo aseguro. Y, si no me lo contáis a mí —intentó resultar amenazador—, tendréis que declararlo ante un juez.

—Si es así, hablaré con vos, qué remedio me queda.

—A vos no va a pasaros nada, os lo aseguro. Y prestaréis un gran servicio a la Corona.

—Está bien, está bien. Ya que tanto os importa, os diré lo que ocurrió, pero a mí no me metáis en vuestros enredos.

—Tenéis mi palabra —le aseguró.

—En un primer momento, el Príncipe se encaprichó de Alicia, algo que a mí no me importó, pues, al final, habíamos llegado al acuerdo de repartir lo que nos diera. Después de folgar con ella, quiso yacer conmigo, pero no fue capaz. Yo le pedí que se sosegara un poco y que aguardara a que la verga volviera en sí, pero él no dejaba de insistir. Alicia, al verlo tan apurado, le aseguró que tenía un bálsamo que le daría la fuerza de un semental. El Príncipe, así de pronto, dudó un poco, pero luego, como hombre que es, se decidió a hacer la prueba. La otra cogió un bote que tenía guardado debajo de la cama, y le fue untando el bálsamo por todo el pecho y el vientre con la ayuda de un trapo, cuidando de no salpicarse. ¡Era un mejunje horrible —precisó—, con un olor muy desagradable! De todas formas, a él parecía gustarle que lo frotara con ello.

—Notasteis entonces algo raro en el comportamiento del Príncipe.

—Cuando ella terminó, comentó que estaba cansado, cosa que me alegró, pues no quería que se me echara encima con ese emplasto. Al rato, dijo que tenía mucha sed, que le pidiéramos algo de vino. Después, ya sabéis lo que pasó.

—¿Visteis lo que hizo Alicia con el bálsamo sobrante?

—Nada más irse el Príncipe, volvió a guardarlo debajo de la cama. Luego, nos repartimos las monedas que nos había dado y nos echamos a dormir. Por la mañana, salió temprano, creo que iba hacia el puente. Y ya no ha vuelto por aquí. Eso es todo lo que puedo deciros.

—¿Y no os pareció extraño que no volviera?

—En este sitio ocurren cosas así muy a menudo. Algunas se van; luego, vuelven. Otras se escapan con algún malnacido que las engaña y las deja tiradas por ahí. A quien le ha sentado peor ha sido al *padre* de la mancebía, ya que, según parece, le debe algo. La costumbre es esperar un tiempo, pues las que retornan al redil suelen venir más dóciles, y, si no regresa, traer a otra.

—¿Podríais describirme a Alicia?

—Es morena, con los ojos negros —comenzó a decir con desgana—, la nariz de tamaño regular y la boca tirando a grande. De estatura, más o menos como yo, si acaso un poco más baja, y más delgada —añadió, orgullosa de su recio talle—, aunque con las tetas más grandes.

—¿Ha venido alguien preguntando por ella?

—Algún cliente, supongo. ¿Quién si no?

—Está bien. Os ruego que mantengáis en secreto lo que aquí hemos hablado. Si no lo hacéis —le advirtió—, podríais tener problemas.

—Por eso no tengáis cuidado, bastantes tiene una ya, como para ir a buscarlos fuera —señaló ella, mientras reanudaba su labor—. Y ahora, si me lo permitís, debo terminar de zurcir la saya, es mi ropa de trabajo.

A Rojas ya no le cabía duda de que el Príncipe había sido envenenado. Tan sólo restaba averiguar con qué y, sobre todo, la razón. ¿Qué motivos podía tener para ello una muchacha a la que don Juan no había visto nunca hasta entonces? ¿Le había pagado alguien para hacerlo? Era evidente que los que tenían alguna noticia del Príncipe sabían que tarde o temprano querría visitar la mancebía, y, con un poco de suerte, ahí tendrían una buena oportunidad para atentar contra su vida de una manera encubierta. Pero ¿quién podría estar detrás de todo eso?

Cuando Rojas llegó al patio, vio que Sabela estaba dando de comer a las gallinas. Se detuvo un momento bajo el emparrado que había a la entrada, para verla correr detrás de las aves como una chiquilla.

—¿Ya os vais? —le preguntó la muchacha a voz en grito, sin dejar de perseguirlas.

—Aún tengo mucho que hacer —le informó él—. ¿Tenéis alguna idea de adónde puede haber ido Alicia?

—Lo ignoro —respondió—. Yo no tenía mucho trato con ella.

—Si recordarais algo que os parezca importante o si alguien se interesara por ella, acercaos al Colegio de San Bartolomé y preguntad por un estudiante llamado Hilario; él me hará llegar vuestro mensaje.

—Y vos ¿cómo os llamáis?

—Mi nombre es Fernando de Rojas.

—¿Puedo saber también a qué os dedicáis?

—Digamos que a averiguar la verdad.

—Extraño oficio es ése, en un mundo en el que todos fingen o mienten con descaro —comentó ella con ironía.

—Volveré a veros —le dijo Rojas dirigiéndose hacia la puerta—. Otra cosa —añadió antes de salir—; sé que no es necesario que os lo diga, pero os ruego que no habléis de esto con nadie.

Por el camino, no dejó de pensar en las últimas palabras de Sabela. La muchacha tenía razón: bastaba escarbar un poco para darse cuenta de que todo era disfraz y nada era, en rigor, lo que a primera vista parecía. Y, sin embargo, alguien tenía que intentar averiguar la verdad, por muy oculta que estuviera. Pero ¿estaría él preparado para ello? De momento, trató de recordar si, en algún libro de los que había leído, se hablaba de alguna planta o sustancia ponzoñosa que pudiera actuar a través de la piel y tuviera un olor desagradable, pero no se le ocurría ninguna. Después, se fue a la biblioteca de San Bartolomé y repasó, de arriba abajo, el libro sexto de Dioscórides, el que trata sobre los venenos mortíferos y sus remedios, pero tampoco encontró nada que se correspondiera con lo que buscaba. Se disponía ya a mirar, sin mucho convencimiento, en otros libros sobre la materia, cuando, de repente, se acordó de fray Antonio. Si alguien podía ayudarle en ese trance, no podía ser otro que el herbolario de San Esteban.

Curiosamente, no estaba en el huerto, sino tumbado en el catre de su celda y envuelto en una espesa nube de humo de hojas de tabaco. Tenía los ojos entrecerrados y una sonrisa beatífica.

—Perdonad que interrumpa vuestras ensoñaciones —le dijo Rojas desde la puerta.

—Amigo mío, qué alegría me da veros. Vos nunca interrumpís...

—¿Qué sabéis vos de venenos? —le preguntó sin más preámbulos.

—¡¿Creéis acaso que las hojas de tabaco son un veneno?! —exclamó el dominico, sorprendido.

—Os ruego que disculpéis mi brusquedad; mi pregunta nada tiene que ver con eso.

—En todo caso, debo confesaros —comenzó a decir fray Antonio— que hay algo en esta bendita planta que provoca un continuo deseo de aspirar su humo, alguna sustancia que hace que, una vez la has probado, no puedas dejarla. Desde que yo caí en la tentación...

—Si no os importa —lo atajó su amigo—, eso podéis contármelo otro día. Ahora hay un hombre que está en peligro de muerte y tal vez podamos hacer algo para salvarlo o, al menos, para aliviar su agonía.

—¿Se trata del Príncipe? —preguntó fray Antonio, poniéndose en pie.

—¿Por qué lo decís?

—Todo el mundo en Salamanca habla de su enfermedad.

—Os ruego, de todas formas, que mantengáis en secreto esta conversación. Tengo la certeza de que ha sido envenenado, pero ignoro con qué sustancia. Por eso, había pensado que tal vez vos, que sabéis tanto de plantas y otras sustancias, podríais ayudarme.

—Naturalmente, haré lo que me pidáis, aunque os confieso que los venenos no son precisamente mi especialidad. Sobre ellos he leído todo lo que dice Dioscórides, que sin duda ya habréis consultado, pero, por mi cuenta, he recogido otros datos en aquellos monasterios por los que en su día pasé y también en algunos lugares *non sanctos*.

—¿Tenéis noticia de algún veneno o tósigo que se administre por la piel, como un ungüento, y que despida un olor intenso y desagradable?

—¿Algo así como a huevos podridos? —intentó matizar fray Antonio.

—Eso es —confirmó Rojas.

—Me temo que lo que buscáis no es una planta ni la ponzoña producida por un animal venenoso, sino un mineral, probablemente rejalgar, también llamado sandáraca, o, tal vez, el conocido como oropimente. Los dos son muy similares; varían sobre todo en el color, pues uno es rojo y el otro, más bien amarillo. Ambos se encuentran en el interior de algunas minas y cuevas; *rejalgar* es una palabra árabe que quiere decir *polvo de la cueva*. Una vez majados, pueden mezclarse con aceite o sebo de carnero, hasta formar una especie de ungüento viscoso, como el aceite serpentino, que aplicado de manera uniforme sobre la piel de la víctima permite que el veneno sea absorbido por los poros y pase así a la sangre y a los órganos vitales. Para disimular su olor pestilente, suele emplearse también alguna esencia aromática, como el espliego.

—Había olvidado comentaros ese detalle —reconoció Rojas—; el mal olor venía mezclado con esencia de lavándula.

—También podría tratarse —continuó el fraile—, aunque no lo creo, de solimán, un sublimado corrosivo del azogue o argento vivo. Se llama así por la manera de obtenerlo, que consiste en someter el azogue a las llamas hasta conseguir una sustancia volátil, como sucede en la alquimia. Es igual de eficaz que los anteriores, pero no tan oloroso y más complicado de manejar.

—¿Y existe algún antídoto contra esta clase de venenos?

—Este tipo de tósigos, hijo mío, no tiene propiamente antídotos, y el hecho de que sean administrados por vía externa hace muy difícil su evacuación. Una vez que el veneno ha penetrado en el cuerpo a través de la piel, ya no hay vuelta atrás. La ponzoña va destruyendo lentamente los órganos vitales, de tal manera que a la víctima tan sólo le espera una tremenda y larga agonía. Los síntomas pueden confundirse, además, con los de alguna dolencia; de ahí que sea tan peligroso.

—Entonces, ¿no se puede hacer nada por el Príncipe?

—Me temo que, si el veneno utilizado es alguno de esos tres, únicamente cabe rezar para que su sufrimiento dure lo menos posible. El Príncipe, en realidad, ya hace tiempo que está muerto.

—¡Y pensar que yo podía haberlo evitado! —exclamó Rojas, muy abatido—. Estuve con el Príncipe, en su cámara, poco después de que le administraran el veneno, y pensé que ese olor tan desagradable y la viscosidad de su piel tenían que ver con los síntomas de su enfermedad. ¡Qué necio fui! He estudiado algún curso de medicina, y tenía que haberme dado cuenta.

—Pero vos no podíais saber que se trataba de un veneno y menos aún de ese tipo. De ellos apenas habla Dioscórides en sus libros y, cuando lo hace, es en el capítulo de los remedios medicinales, pues ya sabéis que una misma sustancia puede servir para sanar o para matar, dependiendo de cómo se trate y administre. El solimán, por otra parte, no se conocía en su época.

—Así y todo, no debí...

—Lo que no debéis hacer ahora es torturaros —lo atajó el fraile—. Una de las lecciones que todavía os quedan por aprender, tal vez la más importante, es que no todo se encuentra en los libros ni se enseña en la Universidad; también la vida es maestra de la ciencia, y vos aún sois muy joven. Por lo demás, sois el único que hasta el momento se ha dado cuenta de lo ocurrido, lo que demuestra que tenéis gran capacidad de observación y de deducción.

—¿Y de qué sirve eso ahora que ya es tarde?

—Vuestra misión —puntualizó— no es evitar que las cosas ocurran, sino intentar descubrir lo que ha pasado y, si procede, ayudar a apresar a los culpables. Ésa es la única forma que tenemos de hacer justicia a las víctimas, al menos aquí en la tierra. Pero no está en vuestras manos ni en las de nadie impedir que se produzcan los crímenes. Ni siquiera Dios, con todo su poder, es capaz de hacerlo, pues, si no, qué sería del libre albedrío.

—Por mi bien, espero que tengáis razón. Es tarde, debo marchar —añadió—. Tal vez, ahora que sabemos de qué tipo de veneno se trata, los médicos puedan aliviar la agonía del Príncipe.

Cuando llegó al palacio episcopal, Rojas dio cuenta de todo lo acontecido al obispo, pero éste, fuera de sí, se negaba a aceptarlo.

—¿Queréis hacerme creer que don Juan ha sido envenenado con un ungüento por una ramera? —comentó indignado.

—Probablemente —le explicó Rojas—, a esa mujer le pagaron para que lo hiciera, pero eso es algo que aún me falta por averiguar. En cuanto al veneno...

—Olvidad, de una vez, todo eso.

—Pero no me es posible —insistió Rojas—. Vuestra Ilustrísima tiene que confiar en mí. Me he informado convenientemente, y no hay ninguna duda sobre el tipo de veneno, aunque por desgracia ya es demasiado tarde para salvar la vida del Príncipe. Como anfitrión, amigo y preceptor del Príncipe, es obligación de Vuestra Ilustrísima averiguar lo que ha pasado.

—Debéis saber que todos los médicos, sin excepción, se niegan a admitir la posibilidad de un envenenamiento —se justificó el obispo—. Así y todo, han tomado las medidas oportunas, sin ninguna mejora, como cabía esperar. La mayoría están de acuerdo en que sólo se trata de unas calenturas, si bien discrepan en las causas. Con la llegada de su padre, el Rey, es posible que, al fin, se recupere.

Diego de Deza le explicó entonces que acababa de llegar un correo avisando de que Su Alteza venía de camino. Al parecer, don Fernando había partido de Valencia de Alcántara nada más recibir la alarmante misiva del prelado, para acudir a la cabecera de su hijo. Lo acompañaba, además, su médico secretario, el doctor Juan de la Parra. «Como es sabido, de origen converso», puntualizó. Según los correos, venían a marchas forzadas, por la posta, pues tenían miedo de no llegar a tiempo; y se les esperaba de un momento a otro.

—Os ruego que, mientras tanto, me ayudéis a organizar su estancia.

Cuando al fin arribó el Rey, el Príncipe se encontraba ya en las últimas, si bien no había perdido aún el sentido. Don Fernando, nada más verlo, se arrodilló junto a él y, con los ojos arrasados de lágrimas, lo abrazó. Después, trató de animarlo, rogándole que no perdiera la esperanza, ya que, gracias a ella, muchas personas gravemente enfermas habían logrado recuperar la salud.

—Acuérdate —añadió— del atentado que yo sufrí hace cinco años en Barcelona. Tú estabas allí conmigo, y me dijiste, muy serio, que me había salvado la vida aquella cadena de oro de gruesos eslabones que por entonces solía llevar al cuello y que luego doné al monasterio de Montserrat. Te ruego, pues, confíes ahora tú en la Divina Providencia.

Pero todo fue en vano. El Príncipe, emocionado por las palabras de su padre, al que a duras penas había reconocido, no tardaría mucho en morir entre sus brazos, confortado por el obispo, sin que el doctor De la Parra pudiera hacer nada para salvarlo. Además de ellos, estaban presentes su esposa Margarita, los médicos de turno, algunos criados y miembros del séquito, como el maestro Pedro Mártir de Anglería, que lamentó mucho su pérdida, y el propio Rojas. Éste, conmovido, comenzó a recitar para sí mismo unas coplas de su admirado Jorge Manrique, como si de una oración se tratara:

> Recuerde el alma dormida,
> avive el seso y despierte
> contemplando
> cómo se pasa la vida,
> cómo se viene la muerte
> tan callando...

Era el 4 de octubre, día de San Francisco de Asís, un santo que no era precisamente de la devoción del obispo. El Rey dio orden de que, por el momento, los correos ocultasen a la Reina la triste noticia. Prefería que, hasta nuevo aviso, se le enviaran cartas en las que se le diera cuenta del agravamiento de la enfermedad del Príncipe, con la intención de que doña Isabel y sus hijas fueran preparándose poco a poco para el fatal desenlace. Diego de Deza se obstinó en lavar él mismo el cadáver de don Juan y amortajarlo con el hábito de los dominicos, en lugar de hacerlo con el del santo en cuyo día había fallecido, como habría sido lo esperado.

Capítulo 14

El traslado a la catedral tuvo lugar en la madrugada del 5 de octubre. Se hizo sin ningún tipo de pompa, con la presencia del Rey, la princesa Margarita, que vestía un hábito de sarga blanca forrado de piel negra, el obispo y unos cuantos íntimos, entre los que no faltaba Rojas, así como el entristecido Bruto, el fiel lebrel de don Juan, que de ninguna manera había querido separarse de su amo, por lo que a todos llamaba la atención. Era de color manchado, blanco y prieto, de recios miembros, no demasiado grande y no muy lindo de cara. Al Príncipe lo enterraron delante del altar mayor, debajo del fresco del Juicio Final. Para la mayoría de los que asistieron, allí quedaba sepultada la esperanza de Castilla, aunque sería por poco tiempo.

Tras el entierro, el Rey partió al encuentro de la Reina y de sus hijas, las infantas doña María y doña Catalina, con el fin de transmitirles personalmente la triste nueva e intentar consolarlas. En Salamanca, sus habitantes se despertaron, una vez más, con el toque de difuntos, que pronto se vio acompañado por las voces de los pregoneros que, de una punta a otra, recorrían la ciudad con su triste anuncio y sus más tristes disposiciones:

Oíd, oíd, oíd todos, porque es razón natural que donde mayor pérdida se ofrece y hay, haya mayor sentimiento, pena y dolor, especialmente cuando los vasallos y naturales pierden a su Señor; por ende, sepan todos los vecinos y moradores de esta ciudad de Salamanca y de sus arrabales que está acordado por el honrado cabildo de la Iglesia de esta ciudad y por la justicia y regidores de

ella que, para mañana sábado, a las vísperas, y el do-
mingo siguiente, a la misa, se hagan las obsequias y hon-
ras por el malogrado príncipe don Juan, nuestro Señor
natural, que Santa Gloria haya, en la Iglesia Mayor de
esta ciudad.

Por lo tanto, mandan las dichas justicias y regidores
que todos vayáis a las dichas honras; los que pudieren
con su ropa de jerga blanca y lutos, y los otros con sus
capillas puestas, según está ya pregonado. Y que las due-
ñas y mujeres y doncellas traigan tocas de luto; y que las
mozas de servicio traigan en las cabezas sus paños ne-
gros, so pena de que pierdan la ropa, porque es razón
que todos muestren sentimiento y dolor, por la pérdida
de su Príncipe y Señor. Por otra parte, se hace saber que
ésta va a ser la última vez que se vista en Castilla la jer-
ga blanca en señal de luto, según la antigua costumbre
de este reino.

Otrosí, mandan que este dicho sábado, desde las doce
del mediodía, cesen todos sus oficios y cierren sus tiendas,
y no las abran hasta el lunes por la mañana, so pena
de dos mil maravedís, para las obras públicas de esta
ciudad.

Otrosí, mandan los dichos justicias y regidores que
ninguna persona, de cualquier ley, dignidad, condición,
estado o preeminencia que sea, traiga en sus ropas ni en
sus personas joyas de oro ni de plata ni aljófar ni paño
rico ni seda alguna de color alegre, so pena de que el que
lo trajere lo perderá.

Otrosí, mandan que ningún oficial de sastre, de aquí
en adelante, sea osado de cortar ni coser ropas de seda ni
de grana ni de otro paño de color alegre, hasta que le sea
mandado, so pena de que, por ese mismo hecho, pierda
el valor de la ropa que así cortare, para la cámara de Sus
Altezas.

Otrosí, porque en el tiempo de dolor, tristura y pesar,
no es razón de hacer actos de placer ni de alegría, por

ende mandan los dichos justicias y regidores que de hoy en adelante no se hagan bodas o casamientos ni desposorios ni bautismos con gaita ni tamboril ni chirimía ni vihuela ni con ningún otro instrumento de placer, salvo que sea de forma discreta y con las menos gentes posibles, ni bailen ni canten en ellas ni fuera; so pena de que el que lo contrario hiciere pierda la cuarta parte de sus bienes para la dicha cámara; y el que tal instrumento tañere tenga la misma pena y, si bienes no tuviere, le den cien azotes.

Otrosí, manda el dicho señor corregidor que los moros de esta ciudad y de sus arrabales traigan sus lunas azules sobre las ropas de jerga y lutos, bajo las mismas penas que les está mandado, para que sean conocidos como moros entre los cristianos.

Asimismo, se clavaron edictos conminatorios en las puertas de la catedral y de las principales parroquias, en la capilla de San Jerónimo y del Águila, en el poste de las Escuelas Mayores y Menores, en el cantón de la calle Traviesa, en la fuente que había frente al Hospital del Estudio, en la entrada del Consistorio y en diversos lugares de la plaza de San Martín, por lo que nadie podía excusarse y decir luego que no se había enterado.

Cuando, días después, llegaron los Reyes, las infantas y su séquito, Salamanca se había convertido ya en una ciudad doliente y desolada. Su habitual bullicio había sido sustituido por un silencio incómodo y forzado, tan sólo roto por el tañer de las campanas, y la variedad de sus gentes y ropajes, por la uniformidad del luto. Lo primero que hicieron Sus Altezas fue visitar la tumba del príncipe don Juan, cubierta ahora por un dosel de brocado y bien guardada por su leal cancerbero, el lebrel Bruto, que, recostado sobre un cojín de estrado que, junto a ella, le habían dispuesto, no se había apartado del Príncipe en ningún momento, salvo para salir a orinar o para roer despacio y sin gana los huesos que la gente, conmovida, le dejaba a la puerta de la catedral. Después de llorar la muerte de su hijo y hermano, se dirigieron al palacio del obispo, donde Diego de Deza volvió a relatarles, con lágrimas en los ojos, todos los detalles de la cruel enfermedad que se lo había arrebatado, guardándose mucho de revelar aquello que Rojas decía haber descubierto.

Durante todo el tiempo que estuvieron allí, acompañados por el obispo, Rojas y algunas otras personas de confianza, los Reyes no cesaron de recibir muestras de condolencia de todos los rincones de sus diferentes reinos y de algunas cancillerías. Los correos les daban noticia, además, de las muestras de luto que ellos mismos habían contemplado: banderas negras en las puertas de ciudades y pueblos, campesinos y artesanos que habían interrumpido sus labores durante varios días, hombres que iban y venían por los caminos con sus tabardos negros, nobles que cabalgaban sobre caballerías cubiertas con un paño de igual color hasta las rodillas...

Mientras tanto, en Salamanca, pronto empezó a correr el rumor de que el Príncipe había sido envenenado con unas hierbas por unos confesos, en venganza, según decían, por haberse mostrado tan duramente con ellos. De hecho, Rojas ya había oído recitar un romance, cerca del mercado, en el que se culpaba de su muerte al médico Juan de la Parra, cuya figura, por cierto, se mezclaba con la de Rodrigo de Basurto, puesto que se le atribuían poderes adivinatorios:

> *Tristes nuevas, tristes nuevas,*
> *por Castilla se propalan,*
> *pues el príncipe don Juan*
> *está bien malo en la cama.*
> *Cuatro físicos le asisten*
> *de los mejores de España:*
> *el uno le toma el pulso,*

el otro mira la cara,
otro recoge la sangre
que de él cae y se derrama.
Sólo falta por venir
aquel doctor De la Parra,
que dicen que es un gran médico,
gran doctor que adivinaba.
Trae solimán en el dedo,
en la boca se lo echara.
Tres horas tiene de vida,
la media ya está pasada.

Naturalmente, todo esto hizo que muchos conversos fueran detenidos y torturados, para después ser liberados sin cargos, pues, según hizo constar Alonso Juanes en su defensa, no podían ser reos de un crimen que no se había cometido. También Basurto quedó libre y pudo volver al Colegio de San Bartolomé, donde le dijo a Rojas que, a partir de ahora, se cuidaría mucho de hacer pronósticos de ese género, ya que, si fallaba en su vaticinio, caería en el descrédito, y si, por el contrario, acertaba, muchos pensarían que estaba implicado en los hechos.

Los Reyes, por supuesto, no dieron ningún crédito a unos rumores tan descabellados y, por extensión, a la idea del envenenamiento, lo que complacía mucho a Diego de Deza. Así que, tras reponer fuerzas y dar las oportunas instrucciones para el entierro definitivo, doña Isabel y don Fernando decidieron retirarse con sus hijas y la princesa Margarita, que, en efecto, estaba embarazada, a Alcalá de Henares, donde esperaban encontrar el consejo y el consuelo de Francisco Jiménez de Cisneros, confesor de la Reina y arzobispo de Toledo, lo que no agradaba mucho al obispo de Salamanca, pues, además de ser franciscano, lo consideraba su principal rival desde los tiempos en que ambos coincidieron en el Colegio de San Bartolomé.

Junto a la tumba del Príncipe, tan sólo quedaba ahora su fiel lebrel, ya que a la Reina le había dado pena separarlo de su antiguo dueño. Cuantas veces había intentado llevárselo consigo, otras tantas había regresado él a su sitio, cerca del túmulo, para echarse en su almohada, con la cabeza gacha y la mirada tan triste y apagada que sobrecogía verlo.

Una tarde, a la hora de la siesta, el sacristán de la catedral se presentó en el Colegio de San Bartolomé preguntando por Rojas. Venía de parte del obispo y del deán. Al parecer, una hora antes, alertado por los ladridos del lebrel, había entrado en el templo para averiguar qué ocurría y había visto a un estudiante que huía por la puerta del Azogue, perseguido por el perro, que había logrado morderle la capa y no quería soltarla. El sacristán corrió enseguida tras ellos, pero, cuando llegó a la plaza, el estudiante y el lebrel ya habían desaparecido. Al poco rato, volvió Bruto con un trozo de paño en la boca, como si fuera un trofeo o una pieza de caza.

Una vez en la catedral, Rojas observó que la lápida había sido removida y que, en el suelo, había gotas de sangre, lo que indicaba que Bruto había llegado a morder al asaltante. Intrigado, echó un vistazo al interior de la tumba y descubrió que el cadáver de don Juan tenía ahora un corte, similar al de fray Tomás, en la mejilla izquierda; luego, buscó casi a tientas en su boca, donde no tardó en descubrir una moneda de vellón sobre la lengua. Algo más difícil resultó quitarle a Bruto lo que llevaba entre los dientes, pues no había quien lo convenciera de que ese sucio trozo de paño podría servir para encontrar al que había profanado la tumba de su amo.

Aunque todo esto confirmaba la idea del envenenamiento, Rojas estaba cada vez más desconcertado. Para empezar, el hecho de que el estudiante hubiera venido a dejar sus huellas en este nuevo crimen no sólo no aclaraba nada, sino que abría nuevas incógnitas. ¿Podría tratarse de una conspiración contra la Iglesia y la Corona? Y, si era así, ¿por qué los conjurados no daban señales de vida e intentaban sacar partido de sus actos? ¿Estaban preparando nuevas muertes? ¿Y a qué venían esos signos dejados en los cadáveres? ¿Eran, en verdad, una firma o tan sólo iban dirigidos a alguien que sabría interpretarlos y darles un sentido? ¿Existía algún vínculo que relacionara al Príncipe con fray Tomás, o la muerte de éste no había sido más que un aviso, un anticipo, un prólogo a la muerte *principal*? ¿Convenía, en fin, seguir ocultando el envenenamiento del Príncipe, ahora que había otras pruebas que lo confirmaban, con el fin de que los criminales, al ver frustradas de alguna forma sus intenciones, dieran un paso en falso, o era mejor contar la verdad? Lo cierto es que no lo tenía nada claro, y así se lo hizo saber a Diego de Deza, que, a pesar de los crecientes rumores y de los riesgos que ello entrañaba, siguió optando por el secreto.

Lo que ni él ni el obispo pudieron impedir fue que los Reyes se enteraran del incidente. Informados por el cabildo de la catedral, doña Isabel y don Fernando tomaron cartas en el asunto y decidieron, de inmediato, trasladar los restos de su hijo al monasterio de Santo Tomás de Ávila, donde se haría el entierro definitivo. La petición formal se hizo el 2 de noviembre, por medio de una escueta carta de la Reina dirigida al deán. Éste, después de consultar con el obispo y el enviado de los Reyes, Juan Velázquez, fijó la fecha del 8 de noviembre para la traslación. La víspera de ese día, por la tarde, el obispo citó a Rojas en su palacio.

—¿Es verdad que Vuestra Ilustrísima también se va? —le preguntó a Deza tras los saludos de rigor.

—Así es —respondió éste con cierta displicencia—. No puedo permanecer por más tiempo en una ciudad que me resulta tan incómoda e ingrata. Dios sabe bien que yo tenía grandes planes para Salamanca. Sin embargo, todo se ha ido por el albañal, si me permitís la expresión.

—¿Y qué pasa con la tarea que Vuestra Ilustrísima me había encargado?

—De eso quería hablaros. Naturalmente, seguiréis con ella hasta que deis con los culpables, pero ahora hay algo más. Ya no sólo se trata de saber quiénes están detrás de las muertes del Príncipe y de fray Tomás, si es que son las mismas personas; también es necesario averiguar qué es lo que se está tramando, en estos momentos, en la ciudad. Se lo debemos a los Reyes. Y es la única manera que tenemos de volver a congraciarnos con ellos. Si es verdad que nos encontramos ante una conjura, Dios no lo quiera, hemos de ser los primeros en enterarnos. Como vos dijisteis una vez, no podemos esperarlo todo de las denuncias y las delaciones, que, en su mayor parte, son falsas e interesadas, además; es preciso conocer las cosas por nuestra cuenta y, a ser posible, por anticipado.

—¿Y qué se supone que debo hacer? —preguntó Rojas con impaciencia.

—Tener los ojos muy abiertos y las orejas aguzadas. Y estar siempre, en el momento oportuno, en el lugar adecuado. Para ello, deberéis infiltraros en los círculos heréticos de la ciudad, así como vigilar a aquellos catedráticos y compañeros de la Universidad que os resulten sospechosos. Y no debéis dejar al margen a los conversos.

—¿Es que acaso...?

—Os ruego que no os ofendáis —lo interrumpió el obispo, pues ya sabía lo que Rojas iba a decir—. Esto no tiene nada que ver con el incidente en la cárcel de la Inquisición. A mí ese comisario me gustaba menos que a vos; sus detenciones no sólo eran injustas, sino también indiscriminadas, y eso no es efectivo. Por eso, pedí que lo trasladaran. El problema con los conversos no es que vuelvan a judaizar; eso ya está más o menos controlado. Ahora el peligro es que algunos pretendan reformar nuestra religión. Bastantes voces discordantes tenemos ya dentro del seno de la Iglesia. Si queremos una Corona fuerte, necesitamos una Iglesia unida. El fin último es un solo reino y una sola fe, y, en esto, la cruz siempre será compañera inseparable de la espada.

—¿Vuestra Ilustrísima me está pidiendo entonces que me convierta en una especie de...? —titubeó.

—Llamémoslo *espía,* es una palabra menos hiriente que esa en la que estáis pensando.

—Pero es posible que toda esa gente me conozca y no se fíen de un colegial de San Bartolomé.

—Eso ya lo había previsto, y tiene fácil arreglo. Mañana, a primera hora, saldréis del Colegio y os iréis a vivir al pupilaje del bachiller Velasco, donde alguien os ha reservado ya una cámara. Para daros cobertura, haremos extender el rumor de que habéis sido expulsado por opiniones heréticas y conducta sospechosa. Eso os abrirá, como espero, algunos corazones, lo que, en estas circunstancias, os vendrá muy bien. Deberéis actuar siempre, eso sí, con el debido sigilo, pues, como podéis imaginar, es mucho lo que está en juego.

—Comprendo —se limitó a decir Rojas, pensando en todo lo que se le venía encima.

—Naturalmente, ya no sois *familiar supernumerario* del Santo Oficio, dado que la muerte del Príncipe está fuera de su jurisdicción. Aunque vuestro nuevo empleo no es oficial, tenéis bula para hacer todo lo que consideréis necesario, matar, incluso, si llega el caso. Y ahora, si me lo permitís —añadió, cambiando de tono—, vayamos a los aspectos prácticos. En adelante, ya no podremos vernos; así que tendremos que comunicarnos a través de uno de mis secretarios, él sabrá cómo buscaros. Si sois vos el que necesita hablarle, deberéis dejar aviso en la casa del bedel de la Universidad. Todo esto no significa que tengáis que abandonar vuestros estudios. Muy al contrario: éstos son la coartada perfecta para la misión que os he encomendado.

Y, por favor, obtened de una vez el grado de bachiller en Leyes; lleváis ya más de diez años en el Estudio y hasta habéis impartido algunas lecciones. Por supuesto, yo os daré lo necesario para ello, así como para todos vuestros gastos, sólo tenéis que pedírmelo. De momento, tomad esto —le dijo alargándole una daga que había sacado de una de las gavetas de su escritorio—, os hará falta. Ya sé que no os gustan las armas, pero...

—¿Cree Vuestra Ilustrísima que estoy en peligro?

—Todos lo estamos, hijo mío, en estos momentos. Por eso, conviene que vayáis armado. Después, cuando esto acabe, podréis venderla, si lo deseáis; os pagarán bien por ella, os lo aseguro. La empuñadura es de oro —explicó—, con incrustaciones de esmeraldas. Era el regalo que pensaba hacerle al Príncipe el día de su cumpleaños.

—No sé si debo aceptarla.

—Tonterías, tonterías. Consideradlo un anticipo de lo mucho que obtendréis, si todo sale como es debido. Tomad también esta credencial, por si os veis en un apuro con uno de los nuestros. Y ahora debéis iros —le dijo poniéndose en pie—, pero antes dadme un abrazo. Os voy a echar de menos.

Se abrazaron en medio de la cámara. Aunque los gestos del obispo parecían efusivos, a Rojas le dio la impresión de que había en ellos algo forzado. Salieron en silencio al pasillo, donde había cierta agitación.

—No, por ahí no —le dijo a Rojas, cuando vio que se dirigía hacia la puerta principal—, salid mejor por una puerta de servicio, para que nadie os vea. Uno de mis hombres os acompañará. Tanto en el palacio como en la catedral está ya todo dispuesto para emprender mañana el traslado, con las primeras luces del alba.

Cuando Rojas abandonó el palacio, ya se había hecho de noche. El callejón al que daba el portillo lateral parecía desierto; no obstante, creyó advertir una presencia que lo acechaba desde las sombras, pero, en ese momento, no tenía ánimos para comprobarlo. Mientras se dirigía al Colegio, recordó la conversación que había tenido con el obispo a la vuelta de sus vacaciones; desde entonces, las cosas se habían complicado de tal modo que, si pudiera, él también abandonaría de buen grado la ciudad en la que tan feliz había sido. Por supuesto, no se le escapaba que su salida del Colegio, aunque fuera fingida y formara parte de una estratagema, también podía interpretarse como una velada amenaza, como un anuncio de su expulsión definitiva.

En el Colegio, sus compañeros estaban terminando de cenar, pero no tenía ganas de verlos; así que fue a despedirse del rector de San Bartolomé, que, según comprobó, estaba ya al corriente de los planes del obispo. Luego, en su celda, se dedicó a preparar un hato con algunas de sus cosas, las más indispensables, pues el rector le había prometido que, durante todo ese tiempo, nadie ocuparía su cámara. Por último, se entretuvo en escribir algunas cartas, por lo que pudiera pasar.

Capítulo 15

Aunque todavía confiaba en que su mudanza pudiera ser algo provisional, a Rojas no le resultó fácil abandonar el Colegio de San Bartolomé para trasladarse al pupilaje. Se había acostumbrado al régimen de vida casi monacal que allí llevaba, el más idóneo para el estudio, pero sin los rigores ni las obligaciones propias de un convento. En él tenía, además, muy buenos amigos y era querido por casi todos los maestros. No obstante, lo que más le costó fue desprenderse de la vestimenta de colegial, esa que, hasta ese momento, había indicado su pertenencia a una pequeña casta de privilegiados.

Se había levantado muy pronto, con la intención de salir del Colegio antes de que los demás se despertaran, pues no quería ver caras tristes ni asistir a despedidas embarazosas, pero, antes de dejar sus cosas en el pupilaje, se acercó, por la calle de Baldresería, al Postigo Ciego, en la muralla sur de la ciudad, muy cerca de donde, en su día, estuvo la Sinagoga Menor, que ahora pertenecía al cabildo. Desde lo alto, pudo ver cómo el cortejo fúnebre cruzaba el puente y, tras pasar muy cerca del lugar en el que el Príncipe había sido envenenado, se dirigía hacia Ávila. Recordó Rojas su llegada, mes y medio antes, por la muralla norte, cuando nada, salvo el pronóstico de Basurto, podía hacer presagiar lo que, en pocos días, iba a suceder. Desde entonces, una terrible maldición parecía haber caído sobre la ciudad, justo en el momento en el que ésta aspiraba a ocupar un lugar preeminente dentro de la Corona. Incluso, se rumoreaba que la Universidad podría perder, en buena medida, el favor regio.

Apenas unos días antes, había llegado a sus manos la copia manuscrita de un poema del salmantino Juan del Enzina, conocido de Rojas, que expresaba muy bien los sentimientos que, en esas fechas, a muchos afligían; de ahí que, sin pretenderlo, le vinieran a la memoria algunos de sus versos:

> *¡Oh, Salamanca, y cuánto perdiste!*
> *No sin misterio tal nombre cobraste,*
> *bien quedas manca del bien que gozaste,*
> *cuando a tu Príncipe tú recibiste;*
> *por su mal te vio, por tu mal le viste,*
> *y no por su mal, que él reina con Dios,*
> *y el bien es por él y el mal es por nos,*
> *¡oh, triste ciudad, de todas más triste!*

Antes de irse de la muralla, miró una vez más a lo lejos, hacia la izquierda, allá donde el cortejo fúnebre estaba a punto de desaparecer tras un recodo del camino: parecía una serpiente negra ocultándose debajo de una roca.

El pupilaje se encontraba en la Rúa Nueva, muy próximo a las Escuelas Mayores, y estaba atendido por el bachiller Velasco, un vallisoletano de muy dudosa catadura, del que se rumoreaban todo tipo de maldades, demasiadas como para que todas ellas fueran ciertas, pero no tan inverosímiles como para que algunas no lo fueran. En el hospedaje se alojaban unos veinte escolares, de entre quince y veinticuatro años. La mayor parte de ellos pertenecían a familias de cierta calidad, aunque no con los suficientes recursos como para que sus padres les pusieran casa propia, y casi todos cursaban Cánones y Leyes, que era los estudios más considerados, entre los de su clase, para mejorar de condición. Como encargado del pupilaje, lo primero que hizo el bachiller Velasco fue recitarle de corrido las normas de la casa:

—Yo soy el pupilero de este hospedaje y, como tal, me debéis respeto y obediencia. Con el alba, deberéis abandonar vuestra cámara para ir a las clases de prima. Por las noches, os entregaré una vela que os permitirá estudiar durante al menos tres horas. La puerta de la calle se cierra con llave a la puesta del sol. Salvo el ama, que tiene edad como para poder ser vuestra abuela, aquí no puede entrar mujer alguna. Están prohibidos los dados y los juegos de naipes; los domingos por la tarde, si os apetece, podréis jugar con los demás a bolas, argolla o pelota. Para vuestro sustento, os daré una libra de carnero cada día, excepto los viernes de Cuaresma, claro está. De vez en cuando, revisaré las habitaciones para asegurarme de que no tenéis armas ni escalas para escapar por las ventanas. ¿Alguna pregunta?

Se le ocurrían tantas que optó por no plantear ninguna, para no enemistarse desde el primer día con el pupilero. Había hecho votos, además, de estar allí el menor tiempo posible. Cuanto antes resolviera la tarea encomendada, antes podría volver a su añorado refugio o, en última instancia, escapar de una ciudad que también a él se le estaba volviendo incómoda. Así que cogió el manto y el bonete de estudiante y se fue corriendo a la Universidad, pues no quería perderse la elección del catedrático de Prima de teología que iba a sustituir a fray Tomás de Santo Domingo.

Hacía ya varias semanas que había tenido lugar el comienzo del curso, concretamente el 18 de octubre, festividad de San Lucas, y aún no había concluido el proceso. En el Estudio General de Salamanca, la elección de los nuevos catedráticos se realizaba por votación de los propios estudiantes. El protocolo seguido para la provisión de cátedras, ya fueran temporales, las llamadas cursatorias y las sustituciones, o en propiedad, era siempre el mismo. En primer lugar, se hacía pública la vacante por parte del claustro formado por el rector y los consiliarios, todos ellos estudiantes y elegidos, asimismo, por votación. Luego, venía la presentación de los candidatos ante el rector, el notario y los testigos, así como la asignación de puntos y temas a los opositores. Las lecciones de los candidatos tenían lugar ante los estudiantes, y, una vez terminadas, se procedía a las votaciones por parte de aquellos que tuvieran derecho a participar en la elección. Cada voto tenía dos valores: el personal y el que le otorgaba la condición del votante; para ello, este último era evaluado por el claustro en función del número de cursos aprobados, el grado obtenido y otras circunstancias, con lo que el proceso se complicaba de tal forma que, con frecuencia, el valor del voto quedaba un poco al arbitrio de la comisión reguladora.

Aunque formalmente justo y razonable, este sistema generaba, a veces, provisiones de cátedra bastante conflictivas a las que no eran ajenas la corrupción y la violencia, pues eran muchos los intereses en torno a las cátedras y muchas las presiones que recibían los electores, por no hablar de sobornos, agresiones y amenazas. Por otra parte, los estudiantes solían agruparse en asociaciones llamadas cofradías o naciones, según el lugar de procedencia de sus miembros, y éstas podían tener un gran peso e influencia en las decisiones de los distintos claustros u órganos de gobierno.

Como cabía esperar, la elección del nuevo catedrático de Prima de teología había suscitado una gran curiosidad, debido, entre otras cosas, a las circunstancias en que había muerto el antecesor y a la primacía que en ella tenían, desde hacía mucho tiempo, los dominicos. Se trataba, además, de una cátedra de gran prestigio en la Universidad, si bien no era, ni mucho menos, la más importante, dado que en ese momento los estudios jurídicos disfrutaban de una mayor consideración; de hecho, un catedrático de Prima de teología tenía un sueldo de 3.740 maravedís viejos, que era poco más de la mitad de lo que ganaban el de Cánones o el de Leyes.

En cualquier caso, los dominicos no iban a permitir que, como ya había ocurrido en su día con Pedro de Osma, la cátedra se les fuera de las manos en un trance como ése; de ahí que se mostraran dispuestos a hacer todo lo que estuviera a su alcance para que el elegido fuera su candidato, que no era otro que fray Juan de Santa María, mucho más competente que su antecesor, pero bastante menos popular. Al final, el único que se había atrevido a hacerle frente era Fernando de Roa, el discípulo y amigo de Pedro de Osma, el mismo que ya había competido con fray Tomás. Los dominicos, naturalmente, veían esto como una afrenta, pues lo consideraban el principal sospechoso de la muerte de su querido hermano; si no el autor material, al menos el inductor. En su contra, argüían también que llevaba ya más de veinte años impartiendo clase desde su cátedra de Filosofía Moral, tiempo más que suficiente para jubilarse y dejar sitio a otros maestros más jóvenes.

Nunca hasta entonces se habían visto, en la Universidad, unas oposiciones tan concurridas ni con tanta expectación. Desde la víspera, eran muchos los estudiantes que se habían ido concentrando en torno a las Escuelas Mayores para mostrar su apoyo a uno de los dos candidatos y asegurarse un sitio en el aula donde los aspirantes a la cátedra iban a impartir sus lecciones. Cuando llegó la noche, el ambiente estaba tan caldeado que el maestrescuela había tenido que ordenar que vigilaran a los allí reunidos y les requisaran las espadas y las dagas, pues había gran riesgo de que el enfrentamiento pudiera terminar en una riza; así y todo, fueron varios los que amanecieron con algún hueso roto o la cabeza quebrada.

Aunque los resultados eran previsibles, Rojas quería estar presente en esa última parte del proceso, por si descubría algo de interés para sus pesquisas. De todo lo ocurrido hasta ese momento le había ido informando puntualmente su amigo Hilario, que lo aguardaba ahora en el aula magna o general de Cánones, la más espaciosa del Estudio, donde iba a celebrarse la oposición.

—Llegáis a tiempo —le dijo Hilario, haciéndole sitio—. Están a punto de comenzar.

El primero en dar su lección fue Fernando de Roa, por ser el más antiguo y el de mayor grado académico. Tendría cerca de cincuenta años, y era alto y bien parecido. La tarde antes, había tenido lugar la elección del tema o toma de puntos, que consistía en abrir un libro al azar por tres lugares diferentes, para que el rector eligiera tres textos, uno por cada dos planas. De ellos, los dos aspirantes habían tenido que seleccionar uno, que era común para ambos, ante el rector y los consiliarios. Tras la lectura del texto en cuestión, comenzó sus explicaciones el maestro Roa. Con sólo oírlo durante unos instantes, cualquiera se daba cuenta de que era un gran orador, buen conocedor de la lógica, disciplina a la que se había dedicado en los comienzos de su carrera, de la gramática y de la retórica académica. Pero la mayor parte de los asistentes estaban predispuestos contra él y apenas lo dejaban hablar. No obstante, mantuvo el tipo hasta el final y logró arrancar algunos aplausos y vítores dispersos. Mientras bajaba de la cátedra para sentarse en el sitio que le habían reservado, su porte grave no dejó traslucir ninguna emoción. Probablemente, para él se trataba sólo de un acto simbólico del que no esperaba nada.

Cuando le tocó el turno a fray Juan, se hizo, en cambio, un silencio litúrgico, tan sólo roto, de cuando en cuando, por un leve murmullo de protesta, muy pronto acallado. Estaba tan seguro de sus apoyos y de su privilegiada posición frente a su rival que se permitió el lujo de comenzar su disertación con un homenaje al que, a buen seguro, iba a ser muy pronto su predecesor en la cátedra, mezclado con una tópica declaración de humildad:

—Con la venia de los asistentes y del ilustre claustro, antes de dar principio a la lección, quisiera recordar a fray Tomás de Santo Domingo, con el que tanto y tan gratamente aprendí y de quien yo no soy digno ni siquiera de desatar sus sandalias.

Después, no tuvo empacho en criticar, unas veces de forma sibilina y otras más bien grosera, a su competidor, lo que de ningún modo estaba permitido en una oposición, y en insinuar su posible complicidad en la desaparición de fray Tomás. Al final, su lección discurrió por caminos harto trillados, dentro de lo que se consideraba el más acendrado tomismo, ese que, desde tiempo atrás, venía impulsando su maestro Diego de Deza. Pero esto no impidió que fuera aplaudido y vitoreado por sus partidarios y hasta sacado a hombros del aula.

Por último, los dos aspirantes tuvieron que aguardar a las puertas de la capilla del Estudio el recuento público de los votos debidamente matriculados y guardados en unas ánforas, que, por supuesto, no se hizo esperar ni supuso ninguna sorpresa: la gran mayoría se había pronunciado a favor del dominico. Minutos antes, el maestro Roa les había pedido a sus partidarios que se marcharan a casa sin provocar incidentes; la batalla estaba perdida, y no quería sufrir más humillaciones. Ahora sólo faltaba la declaración de auto y sentencia, contra la que no cabía ningún recurso, la provisión definitiva de la cátedra, la canónica institución y la toma de posesión por el opositor victorioso, que, en este caso, era la orden entera de los dominicos y los intereses que éstos representaban.

—Resulta, desde luego, aleccionador ver con qué tranquilidad se ha tomado su derrota —comentó Rojas, mientras paseaba con Hilario por el patio de las Escuelas Mayores.

—Sin duda, él ya sabía que esa pelea estaba perdida de antemano, pero ¿y si resulta —añadió Hilario con suspicacia— que su verdadera guerra no es ésa, sino una mucho más amplia y de mayor alcance?

—No te comprendo —repuso Rojas, con perplejidad.

—Tal vez lo ocurrido a fray Tomás y todo este asunto de la cátedra —explicó Hilario— no sea más que una cortina de humo para distraernos de lo que más debía importarnos, que es la muerte del Príncipe, bajo la que podría esconderse una oscura intención política.

—En ese caso —advirtió Rojas—, deberíamos ser más cautelosos a partir de ahora. Lo prioritario es vigilar a Roa y a sus seguidores, saber lo que preparan, dónde se reúnen, con qué apoyos cuentan. Si te parece, nos vemos mañana para hablar de todo ello. Ahora necesito estar solo y pensar con tranquilidad en el asunto.

Capítulo 16

A pesar de sus sospechas, a Rojas le resultaba difícil admitir que un hombre tan recto y preparado como Fernando de Roa pudiera estar implicado en esas muertes. No obstante, tenía motivos para ello y su deber era investigarlo. En el claustro, había oído comentar que, una vez terminada la oposición, el catedrático se había ido a impartir su clase de Filosofía Moral, como si no hubiera pasado nada. De modo que se acercó a escucharlo.

En contra de lo que era habitual, el aula estaba casi vacía; seguramente, los estudiantes que faltaban habían desertado para no correr el riesgo de que su asistencia pudiera ser interpretada como una forma de adhesión. A Roa, sin embargo, eso no parecía afectarle, como si ya lo hubiera previsto y estuviera preparado para ello. Cuando terminó su lección, se despidió de sus alumnos y aguardó a que éstos salieran. Rojas lo esperó junto al poste que había en el claustro; ése era el lugar establecido por la costumbre para que los maestros pudieran atender las consultas de sus estudiantes y resolver sus dudas, pues durante la clase no podían ser interrumpidos.

—Decidme, ¿qué se os ofrece? —le preguntó Roa sin mucho entusiasmo.

—Me llamo Fernando de Rojas y soy estudiante de Leyes, aunque también he cursado medicina, astrología y algo de teología. Quería deciros que lamento mucho lo que ha pasado esta mañana.

—Os agradezco vuestra condolencia, pero el asunto carece de importancia. Ya voy siendo viejo y empiezo a acostumbrarme a estas cosas. ¿Sois vos, por cierto, el mismo Rojas al que han expulsado del Colegio de San Bartolomé?

—Ya veo que las noticias vuelan.

—Mi experiencia me dice que las malas siempre van mucho más deprisa que las buenas, pues éstas tan sólo les conciernen a unos pocos, mientras que aquéllas, al parecer, les interesan a todos. Por lo demás, me alegra comprobar que la expulsión tampoco os ha afectado mucho.

—También para mí era algo esperado. Cuestión de tiempo, como quien dice.

—¿Hay algo que pueda hacer por vos?

—Tan sólo quisiera haceros algunas preguntas, nada importante. Si os parece —sugirió—, os puedo acompañar hasta vuestra casa.

—Para mí, aún no es la hora de ir a casa. Suelo comer en una alberguería cerca de aquí, entre la iglesia de San Millán y la puerta del Río. Si queréis, puedo invitaros. Es un sitio muy incómodo, os lo advierto, y no demasiado limpio, pero la comida es excelente y no falta la buena compañía. A esta hora, el mesón está lleno de artesanos, comerciantes y gentes de paso, algunos de lejanas tierras, y a mí me complace hablar con ellos mientras como. Saben mucho más del mundo y de la vida que nosotros, los maestros del Estudio.

—Aceptaré con mucho gusto, si me dejáis que sea yo quien os invite.

—Eso, amigo mío, es imposible. Para el mesonero, yo soy como de la casa, y nunca lo iba a permitir. Ya tendréis tiempo de convidarme en otro sitio.

La alberguería estaba en la calle que conducía a San Juan del Alcázar, en la antigua judería, y en tiempos había pertenecido a un canónigo llamado Ruy Pérez, por cuyo nombre todavía se la conocía. En el mesón, situado en la planta baja, al otro lado del patio, había varias mesas rectangulares, con sus respectivos bancos, que a esa hora estaban muy animadas. En cuanto vieron a Roa aparecer por la puerta, les hicieron sitio en una de ellas. Rojas observó que lo trataban con gran deferencia y un punto de admiración, pero sin muchas ceremonias, como si, en efecto, fuera de la familia. El maestro de Filosofía Moral lo presentó como estudiante de Leyes y antiguo colegial de San Bartolomé, lo que despertó en todos cierta curiosidad.

—Así que habéis sido colegial de San Bartolomé —comenzó a decirle uno de los comensales—. Ya sabéis lo que se pregona de vosotros por ahí: *Lo que no puede un obispo lo puede un bartolomico; lo que no sabe ni el rey lo sabe un bartolomé.*

—Os confieso que no lo había oído nunca —comentó Rojas—, y no voy a negar que me satisface que tengan tan alto concepto de nosotros. En todo caso, el mérito no es sólo de los colegiales, sino también del Estudio.

—No os quitéis importancia —terció otro, con acento aragonés—. Ya conocéis el dicho: *Quod natura non dat Salmantica non praestat.*

En ese momento, apareció el mesonero, que venía a saludarlos y anunciarles lo que había de comida. El hombre tenía un abdomen tan prominente que a duras penas podía moverse entre las mesas sin molestar a nadie. Su voz, sin embargo, era muy aguda.

—¡Qué bien, amigo Roa, ya estáis aquí! —dijo a modo de saludo—. Y veo que me habéis traído a un nuevo compañero de mesa. Espero que le gusten nuestros guisos. En la cocina —informó— están preparando sopas en queso y tórtolas asadas.

Antes de irse, se acercó a Roa y le habló en voz baja, aunque no lo suficiente como para que no pudiera ser oído por Rojas:

—Esta mañana ha venido un forastero preguntando por vos. Le he dicho que no tardaríais en venir. Después, me pidió que le preparara una cámara, pues necesitaba descansar, y me rogó que os dijera que, cuando terminarais de comer, subieseis a saludarlo.

—Está bien —le dijo Roa, dándose por enterado—. Y ahora traednos pronto algo de beber, estoy sediento después de tanto hablar a las paredes, pues eso, y no otra cosa, es lo que hacemos los maestros en las clases.

—¿Alguna novedad en las oposiciones de esta mañana? —le preguntó un comerciante en paños, natural de Béjar, al que apodaban Tintorro, no se sabía si por los tintes que utilizaba en su negocio o por lo mucho que bebía.

—Lo que cabía imaginar —comenzó a decir Roa—. Yo me llevé los insultos y abucheos y el dominico, casi todos los votos.

—Si nos hubierais dejado ir por allí, les habríamos dado su merecido a esos canallas.

—Los muy bellacos lo quieren todo para ellos —añadió otro entre carcajadas—. No se conforman sólo con nuestras almas, también quieren nuestros bienes.

—Como veis —dijo el catedrático dirigiéndose a Rojas—, no hay mejor aderezo para una buena comida que una buena conversación con los amigos.

—Desde que le robaron la cátedra al pobre Pedro de Osma no la sueltan, así los maten —insistió el comerciante en paños.

—De hecho, esta mañana me han culpado públicamente de haber matado a fray Tomás de Santo Domingo.

—Parece como si esa grave acusación no os ofendiera —dejó caer Rojas, como quien no quiere la cosa.

—¿Y por qué había de ofenderme lo que dicen unos majaderos que sólo quieren justificar con calumnias su decisión de darle la cátedra a quien no la merece? No voy a negar aquí que la noticia de la muerte de ese botarate me alegró, pero, desgraciadamente, yo soy hombre de palabras y no de acción.

—¿Y algún otro discípulo de Pedro de Osma? —inquirió.

—Me temo que soy el único que ha tenido, y no demasiado fiel, además.

—Lo que explica —concluyó Rojas— que seáis vos el principal sospechoso.

—Ya sabéis lo que dice el personaje de Medea en la tragedia de Séneca: *Cui prodest scelus, is fecit.* Lo que traducido, para nuestros amigos, quiere decir: *Aquel a quien beneficia el crimen es quien lo ha cometido.* Sentencia que, como muy bien recordaréis, dio origen a esa célebre pregunta que siempre hacían los magistrados romanos: *Cui prodest? (¿A quién beneficia?).* Y a la vista está —añadió con tono resignado— que a mí no me ha favorecido en nada.

Mientras los demás reían y comentaban la ocurrencia, Rojas y Roa se miraron directamente a los ojos. Tanto el catedrático como el colegial sabían que los dos fingían no saber lo que en verdad sabían el uno del otro, y aun así continuaban con la farsa, tal vez con la esperanza de que el contrincante cayera pronto en una trampa o cometiera algún desliz.

—¿Y qué me decís de la muerte de don Juan? —preguntó Rojas de repente.

—¿No iréis a culparme también de haberlo matado? —replicó Roa con simulado asombro.

—No veo cómo —repuso Rojas, con contundencia—, dado que el Príncipe murió de enfermedad.

—Bueno —se justificó el otro—, eso es lo que se dice por ahí.

—También se dice que fueron los conversos.

—Pero eso no es ninguna novedad; ellos son los culpables de todo —dijo con ironía—, empezando por la muerte de Jesucristo.

—¿A quién beneficia entonces su desaparición, según vos?

—Bueno. Es evidente que son muchos los que podían desear la muerte de don Juan, pero hay uno, sobre todo, para quien ha sido muy oportuna.

—¿Una muerte oportuna? ¿Qué queréis decir?
—preguntó Rojas extrañado.

—Tan oportuna —explicó— como lo fue, para
nuestros Reyes, la del príncipe don Alfonso, el único hijo
de Juan II de Portugal, casado con la infanta Isabel, la
misma que ahora acaba de contraer nupcias con el nuevo
rey portugués, primo del anterior. Según parece, el desdichado murió a los pocos meses de la boda, a consecuencia
de una *providencial* caída del caballo, en una carrera. La
suya, desde luego, no llegó muy lejos.

—Pero ¿qué es lo que insinuáis?

—Compruebo que no estáis muy al tanto de la
alta política. Por lo visto, la boda de la infanta de Castilla
y Aragón con el heredero del trono de Portugal se había
concertado, por intereses políticos, cuando éstos eran niños, pero, a la hora de la verdad, a nuestros Reyes ya no les
convenía, dado que su heredero, el príncipe don Juan, que
por entonces era muy pequeño, tenía una salud bastante
frágil; de ahí que intentaran anularla con todo tipo de maniobras diplomáticas y argucias legales. No obstante, la
boda acabó celebrándose en 1490, pero, al año siguiente,
el caballo de don Alfonso tuvo la desdicha de tropezar con
una piedra del camino, dejando viuda a doña Isabel y al
reino portugués sin heredero.

—Con el debido respeto, tengo que deciros que
eso que insinuáis es absurdo —objetó Rojas—, ya que, como vos mismo habéis recordado, hace apenas unas semanas que la infanta acaba de casarse de nuevo, tras seis años
de viudez, con el actual rey de Portugal.

—La explicación, amigo Rojas, es que, en ese momento, no había ya para los Reyes ningún inconveniente,
puesto que el príncipe don Juan había logrado salir adelante, después de haber superado varias enfermedades, y acababa de casarse con Margarita de Austria, con lo que la sucesión parecía asegurada. Por desgracia, para ellos, en cuestión
de días las cosas se han torcido irremediablemente.

—¿Podéis ser más explícito?

—¿No os parece sospechoso que el Príncipe haya muerto poco después de que se celebrara la boda de su hermana mayor con el rey de Portugal? El resultado es que ahora su esposa es la Princesa de Asturias y, por tanto, la única heredera de Castilla y de Aragón, con lo que, dentro de unos años, si Dios no lo remedia, tendremos un rey portugués. De modo que no es tan difícil saber a quién beneficia la muerte de don Juan. Si hasta en Portugal han empezado a llamarlo, con ironía, Manuel I el Afortunado.

La suposición de Roa era interesante, pero no acababa de convencer a Rojas; tal vez fuera sólo un subterfugio ideado por el catedrático para disipar las sospechas que pudieran recaer sobre él. De todas formas, pensaba tenerla en cuenta, aunque sólo fuera por el prurito investigador.

—Pero ¿vos no erais contrario al Príncipe? —le preguntó.

—Todo aquel que me conozca sabe de sobra que no albergaba ninguna simpatía por el Príncipe, pues era una persona débil de cuerpo y de carácter, y, por tanto, lo contrario de lo que, según Aristóteles, debería ser un buen rey. Sin embargo, en las actuales circunstancias, y mientras no podamos elegir por votación al sucesor al trono, había llegado a considerar al Príncipe un mal menor, alguien a quien, llegado el momento, habría sido fácil derrocar y sustituir por otro.

—¿Tan bajo concepto teníais de quien todos habían saludado como una especie de mesías, como el futuro redentor de Castilla?

—Al contrario de lo que mucha gente dice por ahí, yo no creo que el Príncipe fuera una persona muy juiciosa ni responsable, sino más bien un niño mimado, malcriado y consentido, y, en consecuencia, egoísta, soberbio y caprichoso, amén de malhumorado y carente de voluntad. En cuanto a su supuesta preparación, os contaré algo muy revelador. Hace ahora dos años vino a parar a este mesón un viajero procedente de Núremberg, un médico llamado Jerónimo Münzer. Este hombre nos dijo que, unos días antes, había visitado la corte y había conocido en ella al príncipe don Juan. Según parece, le habían comentado que el heredero de la Corona era tan excelente retórico y gramático que causaba maravilla a todos los que lo oían. Y él, que no hablaba nuestra lengua, se acercó al Príncipe y le dirigió unas palabras en latín, que el otro simuló escuchar con gran atención; sin embargo, a la hora de contestar, le pidió a su ayo que hablara por él, lo que éste hizo con gran cortesía y cordialidad. La razón que le dieron a nuestro viajero, para justificar la conducta del Príncipe, fue que padecía una dolencia en la lengua y en el labio inferior que le impedía hablar de forma clara y correcta, cosa que nuestro viajero no puso en duda. Pero todos sabemos que su enfermedad le había afectado también a la cabeza y al corazón.

—Sin embargo, yo estuve en la corte con él, hace unos años, y todos se hacían lenguas de su inteligencia, incluido el maestro Pedro Mártir de Anglería, que lo consideraba un buen latino. De hecho, era tal la prudencia y madurez de sus juicios que, en esa época, se le tenía por un *puer senex*.

—Vos lo habéis dicho, un niño anciano a los catorce años y un viejo decrépito a los diecinueve. La vida fue tan deprisa para él que parecía estar condenado a morir joven. Por otra parte, tampoco creo que fuera un malvado.

—Sin embargo, está demostrado —quiso aclarar Rojas— su odio hacia los judíos y conversos.

—¿Y qué esperabais de un hijo de... los Reyes Católicos, de alguien que mamó el odio desde que era un infante, moldeado, además, por un dominico, y sin poder defenderse, a causa de su debilidad?

—Admito que lo que decís tiene algún fundamento —reconoció Rojas—, pero volvamos al fondo de la cuestión, a la pregunta de a quién beneficia el crimen.

—Sobre ello, ya os he brindado una explicación, si bien reconozco que en esto soy parte interesada.

—Lo que ahora quisiera saber —precisó Rojas— es lo siguiente: ¿qué pasaría en el supuesto de que fueran varios, y por distintos motivos, los que se benefician?

—En ese caso, tendríamos más de un sospechoso, lo que complica un poco las cosas, pero al menos se habría reducido el número de posibles culpables. Lo malo de la vida, querido Rojas, es que es siempre más compleja de lo que dicen los libros y consideran las leyes.

—Y la venganza, ¿podemos considerarla un beneficio? —volvió a preguntar Rojas.

—Naturalmente, puesto que ésta produce una satisfacción a quien la ejecuta.

—¿Y qué pasa cuando alguien paga o fuerza a otro para que cometa el delito?

—Que la pregunta por aquel a quien el crimen beneficia nos ayudará a encontrar al instigador, que es siempre lo más difícil, no al que lo ejecutó, que a lo mejor no tiene ningún vínculo con la víctima, pero descubierto uno es fácil dar con el otro. Y ahora, si me lo permitís, os ruego que terminéis vuestra sopa, no se vaya a enfadar el mesonero. Dejemos que ahora hablen estos señores —añadió, dirigiéndose a los otros compañeros de mesa—, que siempre tienen cosas interesantes que contar.

Eran muchas las preguntas que a Rojas le hubiera gustado plantear al maestro, pero no quería parecer ansioso ni desconsiderado con los demás. Así que se dispuso a dar cuenta de las sopas en queso. La hija del mesonero las había traído en una cazuela de barro humeante, para que ellos mismos se sirvieran. Al bartolomico, por ser nuevo, le concedieron la primacía. Las sopas eran tan espesas y consistentes que podía haber clavado en ellas la cuchara sin que ésta se cayera, pero, después de probarlas, habría jurado que eran las más sabrosas que había tomado en su vida. No era Rojas de esos que se desviven por la comida; sin embargo, sabía apreciar un buen plato cuando lo tenía delante, aunque su cabeza estuviera en otro sitio, como ocurría en ese momento. Mientras sentía cómo el calor volvía a sus entumecidos miembros, oía a sus compañeros de mesa comentar algunos sucesos de la ciudad: la crecida del río, que ya amenazaba con desbordarse, la subida de impuestos para sufragar las nuevas campañas de los Reyes, los enormes gastos ocasionados por la estancia y la muerte del Príncipe, la detención de unas mujeres acusadas de brujería por unos *familiares* del Santo Oficio... Hasta que, de repente, llegaron las tórtolas con sus ricas especias y todo el mundo se puso de muy buen humor.

—No hay mejor aderezo para alegrar una conversación con los amigos que una buena comida, ¿no creéis? —le dijo ahora Roa con una mirada cómplice.

Cuando llegó el turno de las frutas y los dulces, ya todo eran risas, bromas y amagos de canciones. Y los jarros de vino se vaciaban con tal celeridad que a la muchacha no le daba tiempo a volver con otros nuevos. De repente, el más anciano de los comensales, el apodado Tintorro, levantó el suyo y comenzó a decir:

—Pocas cosas hay tan valiosas como el vino, pues de noche en invierno no hay mejor calentador de cama, que con dos jarrillos de éstos que beba, cuando me quiero acostar, no siento frío en toda la noche. De esto forro todos mis vestidos cuando viene la Navidad, esto me calienta la sangre, esto me sostiene continuo en un ser. Esto me hace andar siempre alegre, esto me mantiene lozano. De esto me vea yo sobrado en casa, que nunca temeré el mal año, que un cortezón de pan ratonado me basta para tres días, esto quita la tristeza del corazón más que el oro y el coral, esto da esfuerzo al mozo y al viejo fuerza, pone color al descolorido, coraje al cobarde, al flojo diligencia, conforta los cerebros, saca el frío del estómago, quita el hedor del aliento, hace potentes los fríos, hace sufrir los afanes de las labranzas a los cansados segadores, hace sudar toda agua mala, sana el romadizo y el dolor de muelas... y muchas más propiedades que podría añadir. No tiene sino una tacha: que el bueno vale caro y el malo hace daño. Así que con lo que sana el hígado enferma la bolsa.

Toda esta retahíla en honor del vino hizo reír de buena gana a la concurrencia; de modo que las preocupaciones de Rojas fueron quedando cada vez más lejos, en un mundo que nada tenía que ver con éste, y lo que había empezado como una conversación tensa sobre temas graves terminó en una alegre francachela. Al final, el mesonero, cariacontecido, tuvo que anunciarles que el vino de las cubas se había terminado y que hasta la tarde no podría bajar a la bodega. Al parecer, ésa era la señal convenida para que todos se levantaran y se fueran a dormir la siesta, todos menos Roa, que se quedó rezagado, pues tenía que ir a saludar al misterioso forastero.

Tampoco Rojas quiso alejarse demasiado. Así que se escondió en la puerta de la iglesia de San Millán. Desde allí, podía vigilar bien la entrada de la alberguería. Tenía gran curiosidad por conocer al forastero y seguir los pasos de Roa, una vez saliera. Mientras aguardaba, comenzó a darle vueltas a la suposición sobre la muerte del Príncipe que éste había lanzado durante la comida. En un principio, el vino no le había dejado pensar con claridad, pero, ahora que comenzaba a recobrar la lucidez, empezó a sospechar que tal vez Hilario estuviera en lo cierto y lo único que el catedrático buscaba era distraer su atención y desviarlo del camino acertado. No es que la argumentación de Roa no le pareciera razonable; el problema era cómo encajar la muerte de fray Tomás en todo aquello. Sobre este crimen el maestro Roa se había limitado a intentar dejar clara su inocencia, sin aportar ninguna explicación o conjetura. Y era verdad que la desaparición del fraile no parecía haberle traído ningún beneficio. Pero, entonces, ¿a quién había aprovechado esa primera muerte? Desde luego, no al rey de Portugal.

En ese momento, vio salir del mesón a Fernando de Roa acompañado por un desconocido. Desde donde se encontraba, no podía verle el rostro. Era igual de alto que Roa, y, a juzgar por las ropas que llevaba, parecía extranjero. Cuando vio la dirección que tomaban, abandonó su refugio, bajo el alero de la iglesia, y se dispuso a seguirlos.

—¡Rojas, querido amigo! —gritó entonces alguien, a sus espaldas, para llamar su atención.

Sorprendido, se dio la vuelta y vio que se trataba de fray Antonio. Con un dedo en los labios, le rogó que se callara, al tiempo que lo empujaba contra la pared, para evitar que los otros los descubrieran, pues también habían girado la cabeza al oír los gritos.

—Me alegra mucho encontraros —le susurró el fraile.

—Callad, os lo ruego —comenzó a decir Rojas—, aunque ya qué más da, me habéis ahuyentado la presa.

—¿Estabais vigilando a alguien? ¿Queréis que os acompañe?

—Ahora que están sobre aviso, no creo que sirva de nada.

—Creedme que lo lamento —se disculpó el fraile.

—No os preocupéis, tampoco estoy yo para persecuciones.

—Ya me he enterado de lo que ha sucedido esta mañana y de lo que a vos mismo os ha pasado, me refiero a lo del Colegio. A mí tampoco me va muy bien, la verdad. El prior ha mandado destruir todas mis plantas, y no sólo las de tabaco, también las comestibles, esas con las que yo esperaba poner remedio al hambre de esta ciudad y tal vez de todo el reino. Y lo peor de todo es que me han quemado las semillas y mis queridas hojas secas de tabaco.

Ni siquiera me han dejado ese consuelo. ¿Y a que no adivináis lo que me ha dicho el prior? «Tenéis suerte de que no os denuncie a la Inquisición por tener tratos con el Demonio.» ¿Os dais cuenta?

—Al final, ha ocurrido lo que ya nos temíamos —sentenció Rojas—. Vuestros hermanos están tan obsesionados con prender fuego a todo lo que les disgusta que, en cuanto ven salir humo, siempre piensan en el Diablo. En cuanto a las semillas, no os preocupéis, escribiremos a Colón para que os envíe más.

—¿Colón, decís? Bastante tiene él ya con sus propios problemas. He oído que ahora los Reyes le quieren arrebatar algunos de los derechos acordados en las capitulaciones de Santa Fe. ¡A él, que ha empleado toda su vida, su talento y su caudal en ese proyecto! Vivimos tiempos recios, mi querido Rojas, tiempos de intolerancia y de rapiña.

—Callaos, si no queréis que nos encierren para siempre en una cárcel.

—Mejor estaría allí que en un convento donde se persigue todo lo nuevo. Pero tenéis razón, no les demos el gusto de que se libren tan fácilmente de nosotros. Por cierto, ¿os habéis enterado? Se dice por ahí que la cuenta de los gastos realizados en Salamanca para el recibimiento, manutención, servicio, enfermedad, entierro provisional, lutos, exequias y traslado a Ávila del Príncipe es tan extensa que abarca varios centenares de folios. Según me han asegurado, sólo con lo empleado en la compra de hachas y de cirios, el Concejo podría haber alimentado a decenas de familias durante todo un año. Y se cuenta que, para su fabricación, se requirió toda la cera existente no sólo en la ciudad, sino también en Medina del Campo, Arévalo, Ávila, Segovia y Santa María la Real de Nieva; en total, cerca de sesenta arrobas. Si esto es así, a estas alturas, deben de haberse agotado todas las colmenas del reino. Y lo peor de todo es que, en Salamanca, ya casi no quedan velas para alumbrarse, por lo que bien podría decirse que la muerte del Príncipe nos ha dejado a oscuras y sin un maravedí. Pero ¿me estáis escuchando?

—Os escucho, sí, os escucho —contestó Rojas con impaciencia.

—Como no decís nada...

—¿Y qué queréis que os diga si todo lo decís vos? De todas formas, debéis perdonarme, pero tengo asuntos que atender. Quedad con Dios.

—Y vos marchad con él, que os hará más falta que a mí.

Capítulo 17

Al día siguiente, a primera hora de la mañana, lo despertó el pupilero con grandes golpes en la puerta y al grito de «¡Arriba, holgazanes, que ya están abriendo las Escuelas!». Después de lavarse la cara en un cubo de agua fría que había junto al pozo y comer un mendrugo de pan y una manzana sentado en un poyo del patio, decidió darse una vuelta por la Universidad. Entre otras cosas, quería saber cómo estaban los ánimos tras la oposición. Había salido ya a la calle, cuando llegó Hilario, sudoroso y jadeante, con nuevas noticias.

—Menos mal que te encuentro —empezó a decir—. Al parecer, unos estudiantes muy madrugadores, no me quedó claro si iban ya a clase o venían todavía de la taberna, se han encontrado con una sorpresa poco agradable en la fuente que hay cerca de la puerta del Río. Según me han dicho, uno de ellos se acercó a beber y, al agachar la cabeza bajo el caño, descubrió, entre el verdín del pilón, el vientre hinchado de una mujer. Cuando, poco después, los más osados la sacaron del agua, vieron que se trataba de una mujer joven, totalmente desnuda. Uno de los presentes comentó que la conocía, de sus visitas a la Casa de la Mancebía, si bien añadió que hacía un tiempo que no se la veía por allí.

—¿Crees tú que puede tratarse de ella? —preguntó Rojas intrigado.

—Pudiera ser —respondió Hilario—. Por eso, he venido a buscarte. Me han dicho que los que la encontraron cursan medicina, y se la han llevado al Hospital del Estudio, para que la examine el maestro Nicola.

—En ese caso, debo darme prisa —le dijo Rojas—. No hace falta que me acompañes; es mejor que vaya solo.

En el Estudio General de Salamanca, más preocupado por la salvación del alma que por la curación del cuerpo, la anatomía únicamente se estudiaba en los libros de Galeno y Avicena, sin ningún tipo de prácticas. No obstante, había un maestro de origen toscano, Nicola Farnese, que prefería que sus alumnos vieran las cosas con sus propios ojos y, siempre que podía, los invitaba a asistir a alguna disección bajo cuerda. Lo malo era que, para ello, tenía que obrar con mucha cautela y encontrar un cadáver apropiado. Por fortuna, de cuando en cuando y de forma misteriosa, iba a parar al Hospital el de algún ajusticiado, algún mendigo que había muerto a la intemperie o algún desconocido que había sido encontrado en un muladar. Entonces, había que proceder lo antes posible a la disección.

El propio Rojas había asistido, en más de una ocasión, a estas anatomías. El Hospital estaba al comienzo del callejón que comunicaba las Escuelas Mayores con las Menores, en el mismo lugar donde antes se alzaba el Midrás o Casa de Estudio de la desaparecida aljama judía. Y, por lo general, las disecciones se hacían en una capilla que se había quedado a medio construir por falta de fondos. Y allí fue adonde se dirigió.

En la puerta de la sala, se había apostado un escolar para vigilar el pasillo e impedir el acceso a los extraños.

—¿Eres estudiante de medicina? —le preguntó a Rojas nada más verlo.

—Llevo cursados ya dos años. Acabo de enterarme de que el maestro Nicola va a hacer una disección y...

—Está bien, puedes pasar, pero antes dame una moneda, para los gastos —se refería al pago de los que habían traído el cadáver.

—Ahí la tienes —dijo Rojas, dándole un maravedí.

La sala era amplia y la luz entraba por un gran boquete que había en el tejado, ya que aún no habían terminado de instalar las cubiertas. En el centro estaba el catedrático, acompañado por una veintena de estudiantes dispuestos en círculo alrededor de la mesa sobre la que yacía el cadáver. Rojas consiguió hacerse un hueco, entre dos de ellos, desde donde podía ver bien a la mujer. Desde luego, coincidía con la descripción que de ella había hecho Rosa.

Al otro lado de la mesa, Nicola Farnese se disponía a hacer una incisión en lo que para él no era más que un cadáver anónimo. Con su afilado escalpelo, hizo un corte sobre el pecho de la muchacha en forma de T; de un lado a otro, por encima de las mamas, y desde la base del cuello hasta el comienzo del vientre. Cuando al fin terminó, lo abrió como si fuera un libro, para mostrar lo que había dentro. Después de seccionar varias costillas con la ayuda de una sierra, procedió a la extracción del corazón y los pulmones.

—Algunos ya habéis asistido conmigo a una anatomía —comenzó a exponer el maestro—. Fijaos bien en el estado de algunos órganos vitales de esta mujer. A la vista de ellos, ¿alguien podría decirme cómo murió?

—Yo diría que murió ahogada —se atrevió a apuntar Rojas tras una pausa y sin levantar mucho la voz.

—Bueno, todos sabemos que fue encontrada en el fondo de una *fontana,* ¿no es cierto? Pero ¿podríais darme alguna razón?

El comentario del maestro había provocado la risa de los estudiantes; sin embargo, Rojas no se dejó intimidar.

—Creo que tiene los pulmones llenos de agua —explicó—; de ahí su gran tamaño.

—En efecto, así es —confirmó Farnese, complacido—. Si hubiera muerto antes de que la echaran al pilón, los pulmones no estarían tan hinchados, brillantes y esponjosos, ¿no es cierto?

—Es lógico que así sea —reconoció Rojas.

—Ni tendrían —añadió el maestro Nicola— esta fina capa de espuma que los recubre. ¿Y vos qué pensáis —volvió a preguntar, con visible interés—, que la ahogaron o que se ahogó ella de manera accidental?

—Bueno, es muy difícil ahogarse en un pilón de forma accidental, salvo que, por ejemplo, la víctima estuviera borracha.

—Es verdad. Ahora he sido yo el que ha pecado de ingenuo.

—De todas formas, ¿podría echarle un vistazo? —solicitó Rojas.

—Por supuesto, adelante. No tengáis miedo.

Después de acercarse a la mesa, se inclinó sobre la mujer y miró con disimulo en el interior de su boca; el catedrático, mientras tanto, lo observaba a él un tanto intrigado. Como ya había supuesto, dentro había una moneda de vellón, en este caso debajo de la lengua, tal vez para que no se perdiera. De forma rápida, examinó su cara, donde no le había pasado inadvertido el rasguño que tenía en la mejilla izquierda; también los hombros, el cuello, los brazos...

—Estoy seguro de que alguien la mató —dictaminó Rojas.

—¿Podríais explicarnos por qué? —inquirió Farnese.

—Como se puede ver, si se mira con atención —dijo señalando hacia los hombros y el cuello de la mujer—, aquí se aprecian unas marcas que nos indican que alguien la sumergió a la fuerza en el pilón y la mantuvo sujeta en el fondo del agua hasta que murió. Los golpes y las heridas en la espalda, los brazos y las piernas nos demuestran que la mujer intentó defenderse y forcejeó con la muerte hasta el final.

—Bravo, *caro amico* —aunque hablaba perfectamente el romance castellano, Farnese utilizaba de vez en cuando alguna palabra toscana, para recordar su origen—, veo que sois muy intuitivo, además de observador.

—No es mérito mío, sino vuestro —repuso Rojas—. Lo poco o mucho que sé de anatomía lo he aprendido en vuestras clases. No es la primera vez que asisto a una disección.

—Me alegra mucho oír eso y, sobre todo, comprobar vuestra humildad, de la que me enorgullezco, valga la paradoja, pues es un gran privilegio, para mí, tener alumnos como vos. Tan sólo una pregunta más. ¿No os resulta extraño que el homicida dejara el cadáver en el fondo del pilón y no tratara de ocultarlo o desfigurarlo, para que, en el caso de que lo encontraran, nadie supiera de quién se trataba?

—A lo mejor, lo que quería era justamente eso, que lo descubrieran y lo reconocieran. Pero, para saberlo a ciencia cierta, tendríamos que preguntarle a la persona que la mató. Ahora, si me lo permitís, debo ausentarme.

—¿No queréis quedaros a ver el resto de la disección? Voy a aprovechar para explicar la fábrica y el funcionamiento de algunas partes del cuerpo.

—Lamentablemente, tengo otras cosas que hacer.

—*Addio,* entonces. Y espero veros, de nuevo, por mis clases. Pienso que podríais ayudarme mucho en las disecciones.

Mientras buscaba la salida, Rojas pensó que lo más sensato habría sido quedarse hasta el final, aunque sólo fuera para no despertar más suspicacias, pero ya no podía soportar más tiempo allí, frente al cadáver de esa mujer abierto en canal. De nada servía ahora intentar tranquilizarse pensando que, al fin y al cabo, ella era la que se lo había buscado, pues, según todos los indicios, había participado en la muerte del Príncipe y, por lo tanto, se había hecho cómplice de quien después la había matado, como se ejecuta a un traidor, una vez que ha cumplido su tarea. Claro que también podía ocurrir que fuera inocente y que lo hubiera hecho obligada o engañada por alguien. En ese caso, éste la habría matado por miedo a que pudiera delatarlo o simplemente para deshacerse de ella, ahora que ya no era necesaria y podía convertirse en un testigo incómodo. Sea como fuere, lo único cierto era que, tarde o temprano, iba a tener que enfrentarse a un criminal sin entrañas.

Una vez en la calle, sintió deseos de vomitar. Se alejó de la puerta y, con las dos manos apoyadas en el muro, se echó hacia delante para revesarlo todo; no obstante, de su interior no llegó a salir nada, como si se hubiera quedado seco. Más calmado, comenzó a alejarse del Hospital a grandes zancadas. Necesitaba huir de allí, hablar con alguien que le trajera un poco de sosiego. Sin darse cuenta de lo que hacía, los pasos lo condujeron hacia la Casa de la Mancebía; se percató de ello cuando ya se encontraba delante de la puerta, que, a esas horas, estaba cerrada. Llamó con insistencia, hasta que una mujer se asomó a una de las ventanas del piso alto.

—¿Se puede saber qué queréis? La mancebía está cerrada.

—Necesito hablar con Sabela.

—Sabela está acostada, y no son horas de hablar con nadie. En esta casa se trabaja hasta muy tarde.

—Tened la bondad de llamarla. Es muy urgente, decidle que soy Fernando de Rojas.

—¿Fernando de qué? —gritó la mujer.

—De Rojas, ella sabe quién soy.

Al rato, fue la propia Sabela la que le abrió la puerta y lo mandó pasar al patio. Había bajado en ropa de dormir, con el pelo despeinado y la mirada ojerosa.

—¿Qué os trae por aquí? —le preguntó en voz baja.

—Han encontrado muerta a Alicia, en el fondo de un pilón, cerca de la puerta del Río.

—¡Por Dios Santo! —exclamó, mientras se santiguaba—. ¿Se sabe cómo ha sido?

—Oficialmente, no, pero yo la he visto en el Hospital del Estudio y puedo aseguraros que alguien la ha ahogado.

—¡¿Ahogada?! Pero ¿por qué?

—Eso no importa ahora. Lo que os pido es que tengáis mucho cuidado y estéis con los ojos muy abiertos. No quisiera alarmaros, pero el que lo hizo podría dejarse caer por aquí.

—Dios mío, tengo que avisar a Rosa.

—Decidle que no salga sola a la calle y que, si nota algo extraño, os lo cuente enseguida.

—Precisamente —comenzó a musitar ella con timidez—, hay una cosa que debería deciros.

—¿Qué es? —preguntó Rojas con un asomo de inquietud.

—Rosa me hizo jurar que no os lo contaría —le confesó—. Hace apenas unos días, alguien estuvo registrando su cámara, la que compartía con Alicia. Se dio cuenta porque el arcón de la ropa estaba abierto y las cosas revueltas. Miró a ver si faltaba algo y, entre las prendas de Alicia, encontró un papel. Me lo mostró y me preguntó si sería eso lo que el ladrón estaba buscando. Se trataba de una especie de dibujo, no lo sé muy bien. Yo le propuse mostrároslo, pero ella se negó; después, me hizo jurar por mi madre que no os diría nada.

—Presiento que todo esto confirma mis temores. En cuanto se levante —le ordenó—, pedidle el papel y advertidle que su vida podría estar en peligro y que yo soy la única persona a la que, de momento, puede recurrir. ¿Me habéis entendido? —ella asintió—. Intentaré veros más tarde, cuando hayáis descansado.

—¿Creéis que yo también podría estar en peligro? —se atrevió a preguntar Sabela.

—No lo creo o, mejor dicho, no lo sé, pero, por si acaso, vos también deberíais tener cuidado. Con esto no quiero asustaros.

—La verdad es que ya lo estoy —reconoció—. En momentos como éste, es cuando una más lamenta no tener a nadie a su lado.

—Bueno, ahora me tenéis a mí —le dijo Rojas, al verla tan apurada.

—Os agradezco de veras que os mostréis tan compasivo y queráis tranquilizarme un poco; es muy caballeroso de vuestra parte, y más con alguien como yo. Supongo —añadió— que todavía estáis afectado por lo que le ha ocurrido a Alicia.

—No, no se trata sólo de eso —le explicó—; también lo he dicho porque me importáis.

—¿Que yo os importo? —preguntó, sorprendida.

—Lo primero que he hecho, después de comprobar que era Alicia la que había muerto, es correr hacia aquí. Ha sido sin darme cuenta; supongo que he venido porque necesitaba veros y comprobar que estabais bien. Y, si queréis que os sea sincero —le confesó—, yo también me siento muy solo en medio de todo esto.

—¿Os apetece quedaros? —dijo Sabela con naturalidad.

Rojas no tuvo que contestar. Sabela le pidió que la acompañara sin hacer ruido. Subieron muy despacio la escalera de tarima y recorrieron de puntillas el corredor, hasta llegar a la cámara de la muchacha. Ésta era más bien pequeña, pero muy luminosa, gracias a una ventana que daba al río. Contenía el ajuar indispensable para ejercer su oficio: una cama grande, de dos colchones, un arcón regular para guardar la ropa y una mesa pequeña, sobre la que se veían varios botes con afeites y extraños mejunjes, una jarra, una jofaina y un candil, todo ello alquilado al *padre* de la mancebía.

No era la primera vez, desde luego, que Rojas iba a acostarse con una mujer, pero bien podía decirse que, tras su malograda relación con Jimena, Sabela era la única que había despertado en él un interés que iba más allá del desahogo carnal. Eso explicaba que estuviera tan ansioso e impaciente, más de lo que lo había estado nunca en parecidas circunstancias. Cuando la vio desnuda y tendida sobre el lecho, sintió que la sangre le bullía y se le agolpaba en la nuca y en el rostro; después, mientras se acercaba a ella, notó un violento escalofrío y una aguda sensación de vértigo. Así que cerró los ojos y dejó que Sabela llevara la iniciativa.

Si alguien le hubiera preguntado, al despertar horas después, que quién era o que dónde se encontraba, no habría sabido qué contestar; por un lado, se sentía distinto, un hombre nuevo; por otro, parecía que todo a su alrededor también se había transformado. Estaba seguro de que, si Sabela no hubiera estado en la cama con él, habría creído que todo había sido un sueño, pero el caso es que ella se encontraba allí, durmiendo a su lado. Si se acercaba un poco, podía oírla respirar. De todas formas, le tocó un hombro para certificar que era de carne y hueso. Bendita carne y bendito hueso y, sobre todo, bendita piel. En ese hombro y en ese cuello, veía él toda la grandeza de Dios. Su verdadero cielo en la tierra. Qué lejos quedaba ahora todo lo que no fuera esa pequeña cámara cerca del río; qué remotas, sus preocupaciones de las últimas semanas; qué ajeno todo, excepto Sabela.

—Salve, Sabela —le dijo, cuando vio que comenzaba a desperezarse como una gata—. El día estaba nublado hasta que tú amaneciste —añadió con familiaridad—, loado sea el cielo por su misericordia.

—¡Dios mío, debe de ser muy tarde! —exclamó ella tras mirar por la ventana—. Tenemos que levantarnos y hablar con Rosa.

—¡Y yo que por un momento había creído que estábamos en el cielo! —exclamó él, fingiéndose decepcionado.

—Pues ya va siendo hora de bajar al suelo —anunció ella poniéndose en marcha.

Encontraron a Rosa comiendo en su cámara, de donde apenas salía. Cuando le contaron lo que le había sucedido a su antigua compañera, rompió a llorar y a temblar como una azogada. Intentaron tranquilizarla diciéndole que a ella no tenía por qué pasarle nada, que, a lo mejor, la pobre Alicia se había enredado con malas compañías y éstas, al final, se lo habían hecho pagar caro. Le aseguraron también que Rojas estaría siempre cerca, para el caso de que lo necesitaran. Por último, le pidieron el papel, por si tuviera algo que ver con la desaparición de su amiga.

Se trataba de un papel en octavo muy arrugado donde alguien había escrito ciertos signos y trazos. Arriba, a la derecha, se veía un círculo con una I en el centro, y, debajo, una cruz griega o *crux quadrata* con una línea que unía la base del travesaño vertical con el extremo de su brazo izquierdo, mientras que el derecho terminaba en punta de flecha. Más abajo, se veía una especie de caja alargada, y, a su izquierda, varias líneas que salían de un mismo punto, aunque tan sólo una de ellas se prolongaba, siguiendo un curso intrincado que se interrumpía, de vez en cuando, con un pequeño círculo numerado, de manera correlativa, y una nueva bifurcación o trifurcación, de la que sólo una rama continuaba —unas veces la de la derecha, otras la de la izquierda, otras la del centro— hasta llegar, por fin, a un círculo mayor, con una C en medio.

—¿Tú qué crees que puede representar? —le preguntó Sabela con inquietud.

—La verdad es que no lo sé.

—A mí me recuerda —se animó a decir ella— uno de esos pergaminos con signos mágicos que sirven para atraer beneficios o ahuyentar males y peligros.

—Podría ser, aunque normalmente llevan escritos nombres u otras palabras; por eso, las hechiceras lo llaman *nómina*. Pero es verdad que a veces se usan signos y dibujos. ¿Creía Alicia en estas cosas?

—Creer no sé si creía, pero siempre andaba practicando hechizos con cualquier pretexto o haciendo sortilegios que había aprendido de la madre Celestina, cuando trabajaba en su casa.

—Es posible que se trate de algo de eso, y que, por tanto, nada tenga que ver con su muerte.

—Espero que sea así.

—¿Sabes tú dónde vive la vieja Celestina? Me gustaría mostrarle este papel, para salir de dudas.

—Lo último que supe de ella es que vivía en una casa apartada y medio caída cerca de las tenerías.

—Iré entonces a ver si la encuentro.

Las tenerías estaban junto al río, entre la iglesia de San Lorenzo, frente a la puerta de los Milagros, y el puente romano. El curtido de las pieles era un oficio duro y peligroso, amén de desagradable, sobre todo por los productos empleados para limpiarlas y aderezarlas. Sin embargo, no era raro encontrar a algunos niños trabajando medio desnudos dentro de las tinas. Conforme Rojas se acercaba a ellas, el olor se iba haciendo cada vez más nauseabundo y pestilente. En la cuesta que subía desde el río hasta la puerta del Alcázar, no muy lejos de una tenería conocida como los Pelambres, divisó un grupo de casas de adobe medio derruidas en las que, en otro tiempo, habían vivido algunos mozárabes. Mientras se dirigía hacia allí para preguntar por Celestina, vio salir a una vieja de un chamizo sin puerta ni tejado. Era una mujer menuda, con la piel cetrina y arrugada, y estaba tan cubierta de polvo que apenas se distinguía del suelo que pisaba.

—¿A quién buscáis? —le gritó, desde lejos, con una voz rota y chillona.

—¿Sois vos la vieja Celestina? —preguntó Rojas, dirigiendo sus pasos hacia ella.

—¡Quia! Ésa ya hace tiempo que no para por aquí.

—¿Y no sabéis dónde puedo encontrarla? —se interesó Rojas.

—¿Y quién la busca? —preguntó la mujer, recelosa.

Por un momento, no supo qué contestar. Se sentía un poco ridículo delante de la vieja, como un niño al que hubieran cogido haciendo alguna fechoría.

—Alguien que necesita sus servicios —contestó al fin.

—Si me decís para qué es, a lo mejor yo puedo ayudaros.

—¿Sabéis vos lo que es esto? —le dijo, por fin, mostrándole el papel.

—¡Quia! No sé leer —le contestó ella, evasiva, después de echarle un vistazo.

—No son letras, sino dibujos —le replicó Rojas.

—Lo mismo da; la vista no me alcanza. Ya sabéis que la vejez, por ser vecina de la muerte, es posada de achaques y mesón de toda clase de enfermedades. Andad con Dios —se despidió de repente.

—Aguardad —le gritó él, mientras, con disimulo, arrojaba al suelo un maravedí—, creo que se os ha caído una moneda.

—Ah, sí, ya la veo —exclamó ella, mirando hacia abajo—, se trata de un maravedí que traía conmigo.

—Observo que, para las monedas, tenéis buen ojo —señaló Rojas con ironía.

—Cuando se trata de monedas, hijo mío, los ojos me hacen chiribitas.

—Si es por eso, yo podría hacer que las niñas de los vuestros brincaran de alegría.

—¿A cambio de qué? —le preguntó con recelo.

—De responder sinceramente a unas preguntas.

—Si queréis saber dónde vive ahora la comadre Celestina —se adelantó a decir—, no os puedo ser de mucha utilidad. Hace tiempo que no la veo, pero, esté donde esté, seguro que vivirá mucho mejor que aquí. Es mujer de recursos, hasta treinta oficios sabe la muy ladina, y el pan y el vino no le han de faltar.

—¿Sabéis a qué se dedicaba últimamente?

—A lo poco que le dejaban hacer esos malditos inquisidores. Por eso se habrá ido. Ella, que lo tuvo todo, apenas sacaba ya para malvivir.

—Y, en cuanto al papel, ¿qué me podéis contar?

—Que no son cosas que os incumban. Más os valiera echarlo al fuego, si no queréis lamentar el haberlo encontrado.

—No me parece eso una respuesta.

—Tan sólo os digo lo mismo que os respondería Celestina, si estuviera ahora aquí. Así no habréis hecho en balde el viaje a este pestífero lugar.

—¿Y por qué sabéis que ese papel puede causarme algún mal? ¿Sois bruja o hechicera, acaso?

—¿Vos creéis que si yo fuera bruja o hechicera viviría en este muladar y vestiría con estos andrajos?

—En eso lleváis razón —se retractó—. Os pido disculpas. Pero, decidme, ¿qué tiene ese papel para que pueda causarme algún daño? ¿Es un hechizo o una maldición?

—Es una invitación al infierno, para que lo sepáis.

—¿Al infierno, decís? ¿Se trata, entonces, de un mapa para moverse por él?

—No queráis saber más, si no queréis perderos y perderme, de paso, a mí también —le dijo muy convencida—. Y ahora marchaos de una vez.

—Tomad, de todas formas, estas monedas, y rezad por mí.

—Así lo haré. Y vos haced caso a una vieja que, aunque sólo sea por sus muchos años, sabe del mundo mucho más que vos.

La conversación con la mujer no sólo no había resuelto ninguna de sus dudas, sino que le había provocado mayor incertidumbre e inquietud. Tampoco creía que Celestina, en el caso improbable de que la encontrara, fuera a serle de gran utilidad. A buen seguro que era tan taimada y escurridiza como ésta, y lo único que iba a conseguir era que le sacara unas monedas y, tal vez, algo más. Por otra parte, no creía que se tratara de un hechizo o de un conjuro; si acaso, de un mapa, como le había insinuado la mujer, aunque lo más probable era que se tratara de uno alegórico y, por lo tanto, imposible de ubicar.

Por la tarde, se vio con Hilario, que le informó de que había comenzado a infiltrarse en un pequeño círculo de amigos de Roa. Por ellos, había averiguado que sus seguidores se reunían varias veces a la semana en un lugar secreto, al que esperaba ser invitado alguna vez.

—A veces, tengo la sensación —le comentó, para concluir— de que, en esta ciudad, se podría estar preparando algo importante. A lo mejor, resulta que Diego de Deza tenía motivos para estar preocupado. ¿Has vuelto a tener noticias suyas?

—Lo último que he sabido es que está con los Reyes en la corte. En cuanto a lo otro, no creas que me importa. Para mí, el único problema sería saber de qué lado estoy yo.

—¿Y, para eso, no sería mejor saber primero de qué lado está la verdad? —le preguntó Hilario, extrañado.

—Me temo que ésta depende del lado en el que cada uno se sitúe.

—¿Y los crímenes, también dependen del lado en el que uno esté?

—Un crimen es un crimen —se exaltó Rojas— y, como tal, debe ser castigado, independientemente de sus fines o motivaciones.

—Pero ¿y si se cometen en nombre de una buena causa?

—Por ese camino, acabaríamos justificando las torturas y las ejecuciones hechas en nombre de Dios.

—No sabía que fueras tan hereje.

—No lo sería, si dejaras de asediarme con tantas preguntas.

—Entonces, ¿no crees que haya causas justas y buenas?

—Las causas, querido Hilario, por muy buenas y santas que sean, en manos de los hombres se acaban volviendo equívocas y corruptibles, por lo que suelen ser fuente de todo tipo de males.

—Me temo que exageras.

—Ya te convencerás por ti mismo —aseveró Rojas—. Y ahora, si me lo permites, debo ir a descansar al pupilaje.

A la mañana siguiente, se dejó caer por la mancebía para ver a Sabela. La encontró en la cámara de Rosa, tendida sobre un lecho, con el rostro desencajado y los ojos llenos de lágrimas. Nada más verlo, intentó incorporarse. Rosa lo miró con desprecio, como si diera por sentado que él era el culpable.

—¿Qué ha pasado? —preguntó Rojas, con la voz algo alterada.

—Es terrible, terrible —empezó a decir Sabela con la voz ahogada por los sollozos—. Esta mañana, cuando me he despertado, he descubierto que había una daga en la cabecera de mi cama. Vete a verla, todavía sigue allí. Yo no he querido tocarla. Llévatela, por favor.

Cuando entró en la cámara de Sabela, Rojas tuvo, por un momento, la sensación de que ése ya no era el mismo sitio en el que apenas un día antes había sido tan feliz; parecía como si una presencia ominosa lo hubiera alterado. El arma estaba sobre uno de los lados de la almohada. Se acercó a ella con precaución, temiendo que en cualquier momento fuera a saltar sobre él. Se trataba de una daga corriente, de esas que usaban, en sus riñas, algunos estudiantes. La cogió con cuidado y observó que estaba recién afilada, lo que no dudó en interpretar como un aviso de que su propietario estaba dispuesto a utilizarla, llegado el caso. La colocó junto a la que le había dado el obispo y regresó a la otra cámara.

—Dejadnos solos —le pidió a Rosa, que obedeció sin protestar.

—Pero ¿qué he hecho yo? ¿Por qué quieren matarme? —preguntó entonces Sabela fuera de sí.

—No va a pasarte nada, te lo aseguro —intentó tranquilizarla Rojas—. Si hubieran querido matarte, ya lo habrían hecho. De momento, es sólo un aviso, aunque no para ti.

—¿Qué quieres decir?

—Que la amenaza va dirigida a mí.

—Pero ¿qué está pasando? —quiso saber ella.

—No es nada fácil de explicar, pero voy a contarte todo lo que he averiguado. Tienes derecho a saberlo, ya que te he puesto en peligro. Si no lo he hecho antes —aclaró—, ha sido precisamente para no implicarte en ello, pero ahora ya da igual. Y no creo que al que dejó la daga le preocupe demasiado que se conozcan sus crímenes.

Conforme hacía partícipe a Sabela de lo sucedido, se iba dando cuenta de que no sólo no había logrado descubrir al culpable, sino que más bien era éste el que lo tenía a él a su merced. No en vano acababa de demostrarle que conocía todos sus pasos y, sobre todo, sus debilidades. Asimismo, parecía evidente que el estudiante tenía un plan y, desde luego, un lugar seguro donde guarecerse o una buena fachada tras la que ocultarse, lo que explicaba que aún siguiera ahí, actuando a su antojo, en lugar de haber huido a otro reino, fuera de Castilla, a una ciudad donde nadie lo buscara y donde sus crímenes pudieran quedar impunes. Por otra parte, el hecho de que lo hubiera amenazado a través de Sabela también podía ser un indicio de que él se estaba acercando peligrosamente al estudiante. Pero esto, en lugar de animarlo a seguir con la investigación, amenazaba con paralizarlo, ya que no estaba dispuesto a arriesgar la vida de Sabela. En cualquier caso, era demasiado tarde para volverse atrás; ni el obispo ni la Inquisición iban a permitírselo. Tampoco creía que el estudiante fuera a quedarse de brazos cruzados. Es más, estaba seguro de que éste no descansaría hasta que no se hiciera pública la verdad sobre la muerte del Príncipe, aunque para ello tuviera que volver a matar. Así pues, el mensaje de la daga era muy claro.

—Si al menos ahí fuera hiciera sol —suspiró Rojas, mientras miraba por la ventana—. ¿Cuánto tiempo hace que no lo vemos?

Capítulo 18

Desde la muerte del Príncipe, no había dejado de llover ni un solo día en Salamanca y sus alrededores; de hecho, el río Tormes traía tanta agua que parecía que, de un momento a otro, iba a desbordarse e inundar las casas y las tierras del arrabal del puente, como ya había ocurrido con otras avenidas. Y algo muy similar sucedía con los dos arroyos, el de los Milagros y el de Santo Domingo, que atravesaban de norte a sur la población, formando las dos vaguadas que la dividían en tres grandes tesos, los de San Vicente, al oeste, San Isidro, en el centro, y San Cristóbal, a levante, por lo que algunos la llamaban la ciudad de las tres colinas. Dentro del recinto amurallado, ni siquiera las pocas calles que habían sido empedradas, deprisa y corriendo, por orden del Príncipe se libraban del lodo, que, en algunos lugares, alcanzaba casi un palmo, lo que dificultaba el paso de las caballerías y hacía muy complicado el tránsito y, sobre todo, el abastecimiento de algunas zonas. Las plazas y *corrales* sin pavimentar estaban tan anegados y cubiertos de cieno que los resaltes de arenisca del terreno sobresalían como si fueran islas. También el frío, en fin, se había adelantado, como un anticipo de ese invierno gélido que durante varios meses solía atenazar la ciudad.

Al igual que la vida de los salmantinos, las pesquisas de Rojas amenazaban con estancarse, a pesar de sus muchos desvelos. Lo más sólido que tenía era ese trozo de papel con un mapa que nadie acertaba a comprender. Ni siquiera su amigo el herbolario, tan despierto por lo general, había sido capaz de interpretarlo, a pesar de que se lo sabía de memoria. Sumido en el marasmo y la tristeza desde la desaparición de sus plantas, sólo de cuando en cuando salía de su acedia para comunicarle a Rojas su intención de dejarlo todo y acompañar a Colón en un nuevo viaje a las Indias. «Seguro que allí —le explicó una vez— volvía a ilusionarme con algún proyecto y a encontrar la fortaleza de ánimo necesaria para llevarlo a cabo». Tampoco las aproximaciones de Hilario a los partidarios de Roa terminaban de dar frutos, debido a que no confiaban en él.

Rojas pasaba todo el tiempo que podía con Sabela. Y, cuando ésta trabajaba, se quedaba en la calle vigilando la entrada de la mancebía, por si volvía a aparecer el estudiante. Pero hacía ya tiempo que éste no daba señales de vida ni de muerte, como si él también se hubiera aletargado. Las horas en las que Rojas no estaba con Sabela discurrían, para él, con una lentitud tan desesperante que, a veces, deseaba que ocurriera un nuevo crimen o una catástrofe o una revuelta, le daba igual, con tal de que eso lo pusiera otra vez en marcha. Añoraba, por otra parte, aquellos tiempos en que se pasaba los días leyendo a Petrarca, a resguardo del mundo y de las inclemencias, en la seguridad de su cámara.

Una tarde, no sabía cómo, mientras le daba vueltas al dichoso papel, se acordó de uno de sus maestros del Estudio, fray Germán de Benavente, un franciscano que, después de jubilarse de su cátedra, se había retirado al convento para dedicarse al estudio de la brujería. Su intención, según le había dicho entonces, no era, claro está, practicarla ni mucho menos combatirla, sino llegar a conocer lo que de cierto había en ella, ya que estaba convencido de que la mayor parte de lo que se decía sobre las brujas no era más que supersticiones y supercherías. Pretendía rebatir así las atrocidades que podían leerse en algunos libros que habían comenzado a circular entre los inquisidores, como el célebre *Malleus maleficarum,* también conocido como *El martillo de las brujas,* que, no por casualidad —solía añadir—, estaba escrito por dos dominicos. Desde entonces, se habían distanciado, y hacía tiempo que Rojas no sabía nada de él, pero estaba seguro de que, si alguien podía ayudarle a resolver el enigma del mapa, ése era fray Germán, o al menos eso quería creer. «De todas formas —pensó—, no pierdo nada con intentarlo».

El convento de San Francisco estaba por poniente, justo en el lado opuesto al de los dominicos. Para llegar a él, desde el pupilaje, bastaba con tirar por la calle Traviesa, bajar por la de los Moros, cruzar por un puentecillo el arroyo de los Milagros y rodear los muros del convento hasta llegar a la entrada principal. Una vez en la portería, estuvo a punto de darse la vuelta; tenía miedo de que le dijeran que fray Germán ya no se encontraba en este mundo o que sí estaba, pero éste no quería recibirlo. Cuando por fin se decidió, lo condujeron a su celda.

—¡Amigo Rojas, qué sorpresa! —exclamó el fraile nada más verlo.

—Celebro encontraros tan bien —le dijo Rojas a modo de saludo.

—¿Y cómo por aquí? —preguntó el otro, intrigado—. No me digáis que venís a profesar, por fin, en el convento.

—Me temo que aún es pronto para eso, o tal vez demasiado tarde, no lo sé.

—Nunca es tarde para servir a Dios. Y nadie sabe dónde le aguarda su particular camino de Damasco. En cualquier caso, yo os animo a ello; podríais ser de gran utilidad para nuestra orden. Pero, decidme, ¿qué es lo que os trae por estos pagos?

—Vengo a pediros un dictamen —le explicó—, como experto que sois en cosas de brujas.

—Yo que vos no utilizaría ese tono tan irónico. ¿Sabéis lo que dice el *Malleus maleficarum*? —le preguntó como si estuviera hablando con un escolar—. Que no creer en las brujas es la mayor de las herejías; así que andaos con cuidado.

—Pero si vos mismo me habéis dicho, más de una vez, que casi todo lo relacionado con la brujería no era más que superstición y simpleza.

—Es cierto —reconoció el fraile— que muchas de las cosas que se les atribuyen son embustes, fruto de la ignorancia, o pueden ser explicadas de manera natural, pero eso, amigo mío, no niega totalmente su existencia.

—¿Y no creéis que, detrás de esa obsesión por las brujas, lo que hay es miedo y odio a las mujeres?

—No digo —replicó con calma fray Germán— que eso no pueda darse en algunos casos, como en el de esos dos desdichados dominicos, pero está más que probado que algunas mujeres le rinden culto al Diablo y hacen pactos con él, para que éste les conceda poderes mágicos o sobrenaturales. Y en ello radica, precisamente —le explicó—, la principal diferencia con las hechiceras, ya que éstas no necesitan someterse ni reverenciar al Maligno para ejercer sus habilidades.

—Me temo que el estudio, en lugar de volveros más cauto, os ha tornado más crédulo —bromeó Rojas—. ¿O será cosa de la edad?

—Hacéis muy mal en reíros de mí. Cuando empecé a estudiar este asunto, yo pensaba lo mismo que vos, pero he visto y leído tantas cosas, desde entonces, que ahora ya no lo tengo tan claro. Y no me refiero al asunto de en qué medida atentan contra la fe cristiana y cómo debemos castigarlas, pues eso sólo Dios, en su infinito saber, puede juzgarlo. Lo que me inquieta y, al mismo tiempo, me fascina, amigo mío, es que haya fenómenos misteriosos que escapan a todo intento de explicación racional. Pero dejemos de hablar de estas cosas, no siendo que haya escondido por aquí algún dominico y nos envíe a los dos a la hoguera.

Fray Germán aprovechaba cualquier oportunidad para atacar a los dominicos, a los que consideraba pedantes, soberbios y muy peligrosos. Como nadie ignoraba, entre las dos órdenes existía una antigua rivalidad, que no había hecho más que acrecentarse con el tiempo. Desde su llegada a Salamanca, en el siglo XIII, tanto unos como otros gozaban de una gran popularidad, y esto hacía que se disputaran entre ellos las mandas de los testamentos y, desde luego, algunas cátedras del Estudio, a pesar de ser muchas las órdenes religiosas y conventos que había en la ciudad.

—Lo que voy a preguntaros —comenzó a decir Rojas— tiene que ver con unas pesquisas que estoy realizando para descubrir a los autores de un crimen.

—¿Y qué hace un hombre tan preparado e inteligente como vos ejerciendo de justicia del Concejo? ¿Tan mal andáis de recursos?

—No se trata de eso, os lo garantizo.

—¿Entonces? —le preguntó el fraile, cada vez más intrigado.

Rojas llevaba un rato temiendo ese momento, la hora en la que, por fin, tendría que sincerarse con su viejo amigo y maestro, cuidando de no contarle todo.

—Seré honesto con vos. Estoy investigando la muerte de fray Tomás de Santo Domingo por encargo del obispo.

—¡Por Dios Santo! —exclamó el fraile, ofendido—. ¿Os habéis vuelto loco o es que os habéis pasado al enemigo y ahora venís a tentarme?

—No; por favor, escuchad. Hay razones de mucho peso que me han obligado a aceptar esta misión; a vos no tengo que recordaros las condiciones que tuve que aceptar en su día para salvar a mi padre.

—¡Malditos dominicos! —gritó agitando los puños—. Debí haberlo imaginado, no sabéis cuánto lo siento.

—Mucho más lo siento yo, pero ahora mi deseo es acabar cuanto antes con todo esto y volver a lo único que, de verdad, me interesa, que son mis estudios.

—En ese caso, contad con mi ayuda —le aseguró el fraile.

—En primer lugar, quiero que me digáis lo que os sugiere este papel. ¿Creéis que tiene algo que ver con la brujería?

—Dejadme ver. Esto de aquí, debajo de esta I, parece una cruz griega bastante peculiar. Y este otro dibujo que hay al lado, por la forma, podría ser un sepulcro o tal vez una barca. En cuanto a estos trazos de aquí, yo diría que representan el recorrido que hay que seguir a través de una especie de laberinto para llegar al círculo final, marcado con una C. Todo parece indicar que se trata de una especie de mapa.

—¿Creéis vos que esa I podría representar el Infierno?

—Podría ser, sí.

—¿La C, por tanto, sería el Cielo?

—Bueno, es una suposición razonable —concedió, no muy convencido.

—Se trataría, entonces, del difícil camino que hay que seguir para ir del Infierno al Cielo.

—Al menos, eso es lo que parecen indicar las flechas, aunque también podría tratarse de otra cosa: la I podría ser la Iglesia, como única vía posible para alcanzar el Cielo tras el tránsito de la muerte; de ahí la cruz y el sepulcro. El laberinto representaría entonces las tentaciones y las dificultades que hay que vencer para conseguirlo. En cualquier caso, es evidente que se trata de un dibujo alegórico. Y, en principio, nada indica que tenga que ver necesariamente con la brujería. Pero, decidme, ¿qué relación tiene esto con la muerte de fray Tomás?

—Eso, de momento, no puedo decíroslo —respondió Rojas, después de una pausa embarazosa.

—¿Y hay alguna cosa más que *pueda* saber? —preguntó fray Germán con cierto retintín.

—Veréis; el homicida dejó una moneda en la boca de fray Tomás.

—¿Una moneda?

—Exactamente, una moneda como ésta —le dijo, mostrándole el maravedí de cobre.

—Ya veo que, en el Estudio, no os han enseñado nada de mitología —comenzó a decir el fraile—; si no, sabríais que, en la antigua Grecia, los difuntos eran enterrados con una moneda, exactamente con un óbolo de plata, debajo de la lengua o sobre los ojos, para que pudieran pagar a Caronte, que era el encargado de llevarlos en su barca al otro lado de la laguna Estigia. Ésta, como bien sabéis, separaba el mundo de los vivos de la morada de los muertos o inframundo, también llamado Hades, por el dios que lo regentaba...

—Conozco muy bien a Hades y a toda su corte —lo interrumpió Rojas—. Lo que no veo es la relación...

—Todo a su tiempo, querido amigo —lo atajó el fraile—. De momento, lo único claro es que el criminal es una persona culta.

—Eso ya lo había deducido yo, dado que el único sospechoso es un estudiante, aunque imagino que, para vos, eso no quiere decir nada.

—¿Y a qué esperabais para contármelo? —le preguntó el fraile con tono de reproche.

—A que vos me lo confirmarais, cosa que os agradezco.

—Está bien. Por otro lado, está el hecho —continuó— de que la moneda sea de vellón y, por lo tanto, de muy poco valor. Pienso que con ello nos está indicando la escasa calidad de la víctima y su posible falsedad, lo que, tratándose de un miembro de la Iglesia, constituye una grave acusación.

—Os confieso que ni por lo más remoto había pensado en eso —comentó Rojas, sorprendido por los razonamientos del fraile—. Creí que lo de la moneda era una injuria a Nuestro Señor, una afrenta contra la fe católica.

—Bueno, una cosa no quita la otra. Sustituir la forma consagrada por una moneda de escaso valor es, sin duda, un ultraje a nuestra religión, y máxime cuando eso se hace en el cadáver de un ilustre teólogo al que, probablemente, no se le ha dado tiempo para confesarse.

—Aún hay algo más —anunció Rojas—. El cadáver tenía un rasguño en la cara.

—¿Queréis decir que era un rasguño hecho a propósito y no una simple herida?

—Eso es —confirmó—. He pensado que podría tratarse de una especie de firma o marca del homicida para que se reconozcan sus crímenes, dejando a salvo su identidad. O quizá sea un mensaje dirigido a alguien. No lo sé.

—Puede que tengáis razón. Pero esa firma —añadió el fraile, como si estuviera reflexionando en voz alta— sólo tendría sentido si el homicida ya hubiera matado antes o pensara volver a matar, y no es éste el caso. ¿O sí lo es? —preguntó, de repente, con tono capcioso.

Rojas no tuvo más remedio que reconocer que el fraile lo había cogido en falta; de hecho, él mismo se había delatado sin darse cuenta. Así que no tenía más remedio que confesárselo, si es que quería contar con su ayuda.

—No se trata sólo de la muerte de fray Tomás —comenzó a decir—; también está la del príncipe don Juan y la de una manceba que le habría servido de mano ejecutora o cómplice necesario para ese segundo crimen.

—¡Dios Santo! ¿Y por qué no me lo habíais dicho antes?

—Lo siento —se disculpó—. Le prometí al obispo que no hablaría de esto con nadie; oficialmente, el Príncipe murió a causa de una enfermedad. En cuanto a la mujer, ha muerto hace apenas unos días; concretamente, el mismo en el que este enigmático papel llegó a mis manos.

Estaba escondido en el arcón donde ella guardaba su ropa en la Casa de la Mancebía. No sabéis cómo lamento...

—Está bien, está bien. Dejemos eso ahora. ¿Debo entender, pues, que las tres víctimas portaban esa misma marca?

—En el caso del Príncipe, la mano que lo envenenó fue la de esa pobre mujer, probablemente obligada por el estudiante, pero don Juan no murió hasta varios días más tarde, en el palacio del obispo. Una vez enterrado, el instigador profanó su tumba para dejar la moneda y hacerle un rasguño en la cara, como yo mismo pude comprobar. A ella, la encontraron una mañana ahogada en un pilón, con la misma marca y una moneda en la boca, en este caso debajo de la lengua.

—Lo que confirma mi suposición —señaló el fraile, satisfecho.

—¿El rasguño en la cara os sugiere algo? —le preguntó Rojas.

—Tal vez pudiera tratarse de la marca del Diablo.

—¡¿La marca del Diablo?!

—Según se dice, el Diablo suele distinguir a sus adeptos con una marca hecha con su garra en alguna parte del cuerpo, preferentemente en la cara. Es posible que el homicida quiera hacernos creer, con esa firma, que actúa en nombre del Maligno o que tiene algún pacto con él.

—¿Creéis de veras que detrás de todo esto puede haber algo diabólico? —preguntó Rojas con incredulidad.

—Lo importante no es lo que vos o yo creamos, sino lo que crea el autor de los crímenes.

—O lo que él quiera que creamos.

—Pudiera ser —concedió el fraile—. Y vos ¿creéis en el Diablo?

—Ni creo ni dejo de creer. A mi parecer, éste no es más que el mal que anida en todos nosotros; sólo que preferimos verlo encarnado en una figura.

—¿Vais a decirme ahora que vos no habéis sido tentado alguna vez por el Diablo?

—Ahora que lo decís, recuerdo que una vez me aconsejó que me hiciera dominico —bromeó—, pero logré vencer la tentación, no os apuréis.

—Algún día se os aparecerá el Diablo de verdad —lo amonestó el fraile, con gesto severo— y no seréis capaz de reconocerlo. Entonces, seré yo quien se ría.

—El Diablo no es más que una metáfora o una personificación del mal.

—Pero vos sabéis bien cuál es la doctrina de la Iglesia a este respecto.

—No obstante, deberíais recordar que la existencia del Diablo no fue declarada dogma de fe de la Iglesia hasta el IV Concilio de Letrán, y eso fue en 1215, hace menos de trescientos años.

—Cómo lo iba a olvidar, si fue en ese Concilio donde se confirmó la regla de nuestra orden. Ya sabéis que en él estuvo presente nuestro fundador.

—También —replicó Rojas— Santo Domingo de Guzmán.

—En efecto, allí se conocieron; sin embargo, no hicieron buenas migas, como os podéis imaginar. Según se cuenta, éste tuvo la osadía de proponerle a San Francisco que unieran las dos órdenes en una sola, pero el de Asís le dijo que, para la Iglesia, lo más conveniente era mantener las dos. Desde entonces, vienen nuestras rivalidades y desavenencias. Nadie ignora, por otro lado, que Santo Domingo fue uno de los responsables de que se implantara, en algunos reinos, la Inquisición pontificia; de ahí que, después, los dominicos se hicieran cargo de los aspectos prácticos de la misma.

—Os recuerdo que también los franciscanos tuvieron algo que ver en ello.

—Pero eso fue más tarde —puntualizó—, y con la única intención de contrarrestar el rigor y la crueldad de los dominicos.

—Volviendo a la cuestión del Diablo...

—Veo que os obsesiona —replicó el fraile con ironía—. ¿Vais a discutir también lo que afirman sobre él las Escrituras?

—Pero allí nada se nos dice sobre su naturaleza y condición.

—Eso es lo malo de los que leen la Biblia por su cuenta y riesgo y sin la debida preparación, que no alcanzan nunca el verdadero significado de sus palabras y sólo encuentran en ellas lo que quieren ver.

—De todas formas, estaréis conmigo en que, a veces, es conveniente volver a los textos originales.

—No, cuando de lo que se trata es de algunos dogmas fundamentales de la fe.

—Ahora estáis hablando —le advirtió— como uno de esos dominicos a los que tanto detestáis. Tan sólo os falta pedir la hoguera para los que no piensan como vos.

—En eso os equivocáis —se defendió el franciscano—. Corregir no es castigar.

—Ni discrepar es cometer herejía o apostatar —sentenció Rojas con firmeza.

—Me había olvidado —reconoció el fraile— de lo bueno que sois en las disputas jurídicas y teológicas. No hay quien pueda con vos. Lamento que, en este caso, no os asista la verdad.

—De todas formas, lo que ahora me preocupa no es una cuestión teológica, sino atrapar a un homicida que ya ha dejado tras de sí a varios muertos y puede seguir matando.

—Veamos, pues, si podemos establecer alguna conexión entre la marca, la moneda y el mapa que nos permita descubrir al homicida, del que tan sólo sabemos, según vos, que es un estudiante. En cuanto a la marca, acabo de recordar que en griego existía una variante de la palabra ὀβολός (de la que, como sabéis, procede la caste-

215

llana *óbolo*, a través de la latina *obŏlus*, y de pasada os señalo su parecido con *diabŏlus*, del griego διάβολος), con la que se denominaba, en la época helenística, un signo utilizado por los filólogos alejandrinos en las anotaciones de textos antiguos; se trata del vocablo ὀβελός, en latín *obĕlus*, que en castellano ha dado *óbelo* u *obelo*. Ese signo consistía en un trazo horizontal, en el margen izquierdo del manuscrito, que servía para señalar una línea espuria o una interpolación falsa en las obras de Homero, y luego, por extensión, en las de otros autores. Así pues, parece que nuestro criminal nos está diciendo, una vez más, que sus víctimas son espurias, falsas o degeneradas y, por lo tanto, merecedoras de la muerte más ignominiosa.

—¿Y de qué manera encaja todo esto con el mapa?

—Como habéis visto, el homicida parece muy familiarizado con el mundo griego; de modo que es ahí donde debemos buscar la conexión. Ya de entrada resulta significativo que en el papel aparezca una cruz griega en lugar de una latina, aunque esto a lo mejor es una mera casualidad y no quiere decir nada. Lo que, desde luego, parece indudable es que las dos huellas que ha dejado en los cadáveres presentan una doble lectura o significado, puesto que cabe interpretarlos bien en clave griega, bien en clave cristiana. Así, el rasguño en la cara puede ser el signo alejandrino para indicar la falsedad de un texto o la famosa marca del Diablo, mientras que la moneda en la boca de la víctima puede verse como el óbolo para Caronte o como una afrenta a Nuestro Señor Jesucristo, o las dos cosas al mismo tiempo. Ya sé que esto puede pareceros una adivinanza, pero, según todos los indicios, el mapa debería referirse a un lugar de la ciudad que tenga alguna relación con el mundo griego o pagano y, a la vez, con la religión católica y, más concretamente, con el Diablo.

—¿Y tenéis en mente alguno? —preguntó Rojas intentando disimular su ansiedad.

—Desde hace rato, hay uno que está rondándome por la cabeza.

—¿Y se puede saber cuál es?

—Lo siento, pero le he prometido al criminal no contárselo a nadie —dijo el fraile, fingiendo estar enfadado.

—Ya veo que no os ha sentado nada bien el hecho de que quisiera mantener mi promesa de guardar secreto.

—Pero ¿qué esperabais? Venís a verme después de no sé cuánto tiempo, para que os ayude a resolver un enigma, y luego me entero de que me habéis ocultado lo más importante. ¿Y todavía queréis que esté contento?

—Ya os he pedido disculpas, y, al final, os he contado todo. ¿Qué más puedo hacer? Creo que os estáis comportando como un niño.

—Ya lo que me faltaba, que encima me faltéis al respeto. Tenéis suerte de que la regla de San Francisco nos exija devolver bien por mal, incluso a nuestros peores enemigos, que si no... En fin, no sé si sabéis que existe una antigua leyenda que dice que Hércules, el gran héroe pagano al que los griegos llamaban Heracles, cuando estaba de paso por estas tierras, con motivo de uno de sus famosos trabajos, instituyó en el solar de lo que luego sería Salamanca un Estudio en el que se enseñaban todas las ciencias. Para ello, excavó una profunda cueva en uno de sus tesos y depositó en ella diversos códices pertenecientes a las siete artes liberales, las que forman el *trivium* y el *quadrivium*, esas que se supone habéis estudiado vos en las Escuelas. Después, convocó al Estudio a todos los habitantes de los alrededores, pero éstos, como eran salvajes y toscos, no supieron apreciar tal maravilla. Así que Hércules decidió continuar con sus trabajos y dejó, como sustituta, dentro de la cueva, una estatua suya que tenía el don de contestar a todas las preguntas que se le hicieran, por muy difíciles que resultaran; de hecho, los lugareños acudían a ella como si fuera un oráculo o la mismísima Sibila.

El Estudio se mantuvo, de esta forma, activo durante muchos siglos, pero, según parece, desapareció, una vez que el apóstol Santiago vino a Hispania y los convirtió a todos a la verdadera fe. He ahí, pues, el origen mítico de nuestro Estudio General, tal y como lo cuenta Raoul Le Fèvre en el libro segundo de *Le Recueil des Histoires de Troyes,* compuesto en 1464.

—Un origen que indicaría que, en Salamanca —apuntó Rojas, intrigado—, la Universidad fue fundada antes que la ciudad.

—No obstante —volvió a decir—, hay otros libros más antiguos que señalan que, para llevar a cabo su último trabajo, el descenso a los infiernos en busca del can Cerbero, Hércules logró abrir un camino directo al inframundo a través de la famosa cueva, una vía que, mucho tiempo después, sería aprovechada por el Maligno para venir a estas tierras, a expandir sus enseñanzas y a combatir nuestra fe. Por eso, cuando en el año 1102, tras la reconquista definitiva de Salamanca por parte de los cristianos, llegó aquí Raimundo de Borgoña con los primeros repobladores, comenzó a decirse que, en el interior de la cueva, impartía clases de nigromancia y ciencias ocultas el mismísimo Diablo. Y era tal la atracción que esa maldita gruta suscitaba, dentro y fuera de la ciudad, que el obispo Berengario, a mediados del siglo XII, decidió construir sobre ella la Iglesia Mayor, en cuyo claustro, por cierto, muy pronto se establecería la Universidad, fundada por el rey Alfonso IX de León en 1218. Se pretendía acabar así con un lugar relacionado con el culto al Diablo que tenía, además, sus raíces en la antigüedad pagana, lo que lo hacía doblemente peligroso.

»Pero, al parecer, no era ésa la única entrada a la cueva, pues enseguida empezó a hablarse de otros accesos, a ambos lados del teso en el que se estaba alzando la Iglesia Mayor. Uno de ellos estaría situado al oeste, en la peña donde estaba el Alcázar, demolido, como sabéis, por cédula real en 1472, y, por tanto, muy próximo a la antigua aljama judía, mientras que el otro se encontraría en la ladera de levante, junto a la antigua cerca romana. Sobre el primero se edificó, en el siglo XII, la iglesia de San Juan del Alcázar y sobre el segundo, la de San Cebrián, que es donde ahora ha rebrotado con más fuerza la leyenda, aunque ya sin la mención directa de Hércules ni de sus empresas, sino ligada a una figura mucho más cercana en el tiempo y en el espacio, si bien es cierto que en Salamanca nunca estuvo en carne mortal. Me refiero a don Enrique de Aragón o de Villena, que, al igual que Virgilio, tenía fama de mago y nigromántico y que, no por casualidad, escribió una obra titulada *Los doce trabajos de Hércules,* en 1417.

—Y también un excelente *Tratado de Astrología* y una esforzada traducción de la *Commedia* de Dante, entre otras muchas obras, pero ¿qué papel tiene él en esta historia? —preguntó Rojas, sorprendido de encontrarse de nuevo con el nombre de este singular autor.

—Según esta nueva versión de la leyenda, don Enrique fue uno de los siete alumnos que asistieron, durante siete años, a las clases que daba el Diablo, bajo la luz de una vela incombustible, en la cripta de San Cebrián. Pero, una vez concluidos los estudios, le tocó en suerte quedarse en la cueva como pago por las enseñanzas recibidas, tal y como estaba estipulado. No obstante, logró escapar gracias a su gran astucia e inteligencia. Unos dicen que se escondió en una redoma o en una tinaja; otros, que se refugió detrás del altar de la iglesia, hasta que llegó la noche. El caso es que, cuando ya estaba a punto de salir del templo, apareció el Diablo y logró quedarse con su sombra, pues la perdió en la huida.

»Lo que, en definitiva, quiero deciros es que tal vez el mapa tenga algo que ver con esa famosa leyenda en la que el mundo pagano y el culto al Maligno se mezclan y conviven en un mismo escenario, una cueva que, según parece, conectaría directamente con el mismísimo infierno o inframundo. A lo mejor, con todo esto, lo único que el estudiante pretende es sublimar sus crímenes o, simplemente, crear más confusión, pero no puedo evitar ver en él a una especie de Abadón o Ángel Exterminador, venido del abismo más profundo para vengarse y llevarse el alma de aquellos que, según él, se han distinguido por su maldad. En fin, decidme, ¿qué opináis vos de todo esto? —le preguntó a Rojas, que se había quedado pensativo.

—Si he de seros sincero, os diré que no es la primera vez que oigo hablar de la dichosa cueva y su famosa leyenda, pero jamás pensé que pudiera tener un origen mítico y, al mismo tiempo, una base real.

—Todos los mitos y leyendas, amigo mío, tienen un fondo de verdad. Y, detrás de cada leyenda, siempre hay otra más antigua, al igual que, debajo de un templo cristiano, siempre hay otro de una religión pagana o de algún culto mágico o histérico, o hasta diabólico —añadió, con un gesto irónico—. No en vano son muchos todavía los que consideran que Salamanca es una ciudad mágica.

—Por fortuna —proclamó Rojas—, no es la magia la que le da ahora fama y prestigio, sino su Universidad.

—¿Y quién os dice que muchos de los estudiantes que aquí acuden todos los años no vienen buscando unos conocimientos muy distintos a aquellos de los que la Universidad más presume y se ufana? De hecho, algunas de las materias que se imparten en el Estudio no están libres de mancha; la astrología, sin ir más lejos, a la que vos erais tan aficionado, contiene en sí cosas harto sospechosas.

—Del mismo modo —puntualizó Rojas— que una buena parte de lo que muchos creen que es magia no es más que pura astronomía.

—Y es que no es fácil, amigo mío, marcar una separación neta entre uno y otro tipo de saberes. Los inquisidores, además, parecen empeñados en confundirlo todo, por aquello de que, a río revuelto, ganancia de pescadores. ¿Sabéis, en fin, cuál es la inscripción que el claustro piensa poner en el zaguán de las Escuelas? *Omnium scientiarum princeps Salmantica docet (Salamanca es la primera en la enseñanza de todas las ciencias).* Incluidas, supongo, las ocultas y las...

—Pero volvamos a lo que importa —lo interrumpió Rojas, con impaciencia—. Si no os he entendido mal, vos creéis que existe de verdad esa dichosa cueva e, incluso, que este mapa puede conducir a ella, ¿no es así?

—Yo diría que sí —contestó el fraile con toda naturalidad.

—Supongamos, entonces, que la C es la Cueva. ¿Qué sería entonces la I?

—Está claro que ya no se trataría de la Iglesia como institución, como yo había creído en un principio, sino de una iglesia particular, de un templo.

—En ese caso, tenemos, en principio, tres candidatas. ¿Creéis vos que puede tratarse de la Iglesia Mayor?

—Según lo que me habéis contado, allí fue donde mataron a fray Tomás y donde, una vez enterrado, el Príncipe fue marcado por el estudiante. Pero, si es verdad que la catedral fue construida sobre la entrada principal de la cueva, no parece probable que pueda estar ahí el acceso.

—Por cierto —apuntó Rojas, de repente—, no sé si estaréis enterado de que existe un conflicto entre el obispo y el cabildo por el lugar en el que ha de edificarse la nueva catedral, lo que, sin duda, afectará al destino de la ya existente. Por lo que se dice, el cabildo quiere que, primero, se derribe ésta y luego se construya la nueva en el mismo solar, ocupando también el terreno donde está ahora el claustro y es posible que una parte del palacio episcopal. El obispo, sin embargo, está muy empeñado en que la actual catedral permanezca en su sitio, y la otra se construya al lado. El deán piensa que es porque no consiente que se vea afectada su residencia, pero tal vez lo que no quiere es que vuelva a quedar al descubierto la entrada principal de la cueva.

—Lo que confirma, amigo Rojas, que, de momento, esa entrada sigue a buen recaudo.

—Así pues, nos quedan dos iglesias.

—Si, como es habitual en los mapas, la parte de arriba corresponde al norte y la de la derecha, al este, todo apunta necesariamente a la de San Cebrián, lo que coincide con el hecho de que sea allí donde ha rebrotado la leyenda.

—Admitamos que ése es el templo. ¿Qué se supone que debo buscar?

—Imagino que alguna puerta o trampilla de acceso a la cueva.

—Pero ¿dónde? —inquirió Rojas con impaciencia.

—Como sabéis, la iglesia está construida en la cuesta de Carvajal; así que aprovecharon el desnivel para hacer una cripta debajo del ábside de la capilla central, el que está pegado a la cerca vieja. En un principio, este espacio se usó como sacristía y más tarde como lugar de enterramiento. De haber alguna entrada, tiene que estar ahí.

—¿Se os ocurre alguna otra cosa?

—Ya sé que he sido yo el que os ha metido por este camino; y, por eso, ahora me siento un poco culpable. Así que os ruego que tengáis mucho cuidado; es posible que todo esto no sea más que una trampa o un indicio falso.

—Si fuera como sugerís, querría decir que el mapa no ha llegado a mí por casualidad, sino porque el homicida así lo ha querido.

—Tal vez se trate de un reto. Al estudiante puede que le guste demostrar lo astuto que es y, por eso, ha querido desafiaros; de modo que obrad con más prudencia a partir de ahora.

—Si es verdad lo que decís, tendré que intentar atraparlo por sorpresa.

—Siempre y cuando él no os atrape antes a vos.

—Ya es muy tarde —observó Rojas, tras mirar por la ventana de la celda—. Me habéis sido de una gran ayuda. No sé cómo agradecéroslo.

—No haciendo ninguna tontería y dándome noticias de todo lo que ocurra.

—Vendré a veros pronto, os lo aseguro.

—Eso dijisteis la última vez —replicó el fraile, sin poder resistirse a hacerle un último reproche, aunque éste fuera acompañado de un abrazo—. Pedidle al portero que os deje una antorcha —añadió—; está a punto de hacerse de noche.

Capítulo 19

Cuando Rojas salió del convento, la lluvia parecía haber concedido una pequeña tregua a la ciudad, tal vez para volver con redoblado ímpetu más tarde. Había estado tan tenso y concentrado durante el encuentro con fray Germán que ahora le dolían mucho las sienes; así que agradeció poder volver al pupilaje dando un paseo, sin tener que preocuparse por el agua. Tras volver a cruzar el arroyo de los Milagros, que estaba a punto ya de desbordarse, comenzó a subir por la calle de los Moros. Poco antes de llegar a un postigo abierto en la antigua cerca, tuvo la impresión de que alguien lo seguía. Intrigado, se detuvo junto a una esquina, para intentar confirmarlo, pero tan sólo se oía el agua que goteaba de los tejados; de modo que prosiguió su camino.

Al rato, creyó percibir de nuevo unos pasos en la distancia. Cuando llegó al portillo, se paró y, en lugar de cruzarlo, se ocultó detrás de un saliente que en ese punto hacía la vieja muralla, procurando que no se viera la luz de la antorcha. Tampoco entonces apareció nadie. Cansado de esperar, asomó la cabeza, y, de repente, le pareció ver una sombra al otro lado de la calle. Abandonó su escondrijo y se dirigió hacia allí, pero no observó nada extraño. Después, se dispuso a mirar por todos los rincones. En el momento en el que franqueaba el postigo, para comprobar si su perseguidor lo aguardaba tras una esquina, le dio la sensación de que alguien se deslizaba a sus espaldas. Se dio la vuelta, de un salto, para sorprenderlo, pero seguía sin haber nadie.

Mientras avanzaba calle arriba, no dejaba de dirigir la antorcha a uno u otro lado, como si estuviera dando estocadas al aire. De pronto, se detuvo; a esas alturas, se sentía tan ridículo que prefirió abandonar toda precaución. Estaba claro que la entrevista con el fraile lo había impresionado y ahora creía detectar la presencia del sospechoso en cualquier parte. Respiró hondo. Luego, se puso en marcha. Cuando llegó a la calle de los Serranos, desierta a esas horas, le pareció ver que, a su izquierda, alguien corría en dirección a la iglesia de San Isidro. No pudo contenerse y salió detrás, pero, al pasar junto a la entrada del templo, algo llamó su atención; se detuvo y se acercó con cuidado. A la luz vacilante de la antorcha, descubrió que había un aviso clavado en la puerta con una daga:

No sigáis por aquí, si no queréis
hacer compañía a los otros tres.

No le costó trabajo averiguar quién era el destinatario de la advertencia ni, menos aún, quiénes eran los aludidos. De nuevo, la daga hablaba por sí sola. Y ya eran muchas las armas con las que se había encontrado últimamente. La iglesia de San Isidro estaba justo al comienzo de la Rúa Nueva, donde se encontraba su pupilaje. Así que se encaminó hacia allí. Ya no tenía fuerzas para seguir buscando a nadie.

Esa noche, Rojas tuvo un sueño que, cuando despertó, se le antojó premonitorio. Estaba andando por una calle de la ciudad; del fondo de la misma, vio venir un carro tirado por dos bueyes que a duras penas podía avanzar a causa del barro. Al llegar a su altura, tuvo que hacerse a un lado para dejarlo pasar. El carro iba conducido por un hombre sin rostro y, en él, había un cadáver tapado con una capa; detrás, atado con una cuerda, iba un perro. Después, Rojas prosiguió su camino, pero, al cabo de un rato, sintió deseos de saber quién era el muerto. Se dio la vuelta y avanzó unos pasos; sin embargo, el carro había desaparecido. Justo a su lado, se abrió, en ese momento, una puerta y apareció en ella un hombre, vestido con una túnica, que lo invitó a pasar. Al ver que Rojas dudaba, el desconocido lo agarró por un brazo y tiró de él. Tras recorrer un pasillo que se le hizo interminable, entraron en una sala estrecha y alargada, ocupada por una mesa en la que había sentados diez comensales. En el centro, había dos asientos libres. Intrigado, Rojas le dirigió al hombre una mirada interrogativa. «Somos conversos, conversos auténticos —aclaró éste—, y nos hemos reunido para celebrar la última cena de Jesús. Bueno —añadió con un tono de misterio—, la verdad es que él ya ha cenado». «Sentaos, es muy tarde, os estábamos aguardando», le ordenó el hombre que estaba situado junto a uno de los puestos vacantes. Una vez en su silla, descubrió, horrorizado, que en la mesa habían servido como cena el cuerpo de Cristo. Entonces, la sala se vio inundada por un poderoso resplandor, tan intenso que le hizo cerrar los ojos. Cuando volvió a abrirlos, estaba al aire libre, sobre una loma donde soplaba una suave brisa y lucía el sol. Enfrente, se veía la ciudad de Salamanca, bajo unas nubes negras, espesas y amenazadoras. A su lado, había una mujer contemplando unas cruces clavadas en lo más alto de un promontorio. Aunque al principio no se le parecía mucho, enseguida supo que era Sabela. «¿Y esas cruces?», le preguntó. «Ésas ya están reservadas —le respondió ella, con una sonrisa cómplice—. Las nuestras no tardarán en venir».

Se despertó cubierto de sudor y angustiado por oscuros presentimientos. Era tal su inquietud que se arrojó de la cama y se dispuso a ir a ver a Sabela. Cuando ya estaba a punto de abrir la puerta, apareció el pupilero.

—Ha venido una mujer preguntando por vos —le espetó.

—¿Una mujer? ¿Qué quería? ¿Cómo se llamaba? —preguntó Rojas sobresaltado.

—No quiso decírmelo. Pero ya os advertí en su día que no quería ver mujeres en mi pupilaje, y menos aún...

—No os preocupéis —se disculpó Rojas, desde la calle—, no volverá a ocurrir.

Estaba tan preocupado por lo que pudiera haberle sucedido a Sabela, tan disgustado consigo mismo y tan lleno de aprensiones que no paraba de rumiar, una y otra vez, las mismas palabras. Estaba harto, harto de ese turbio asunto, harto de unos crímenes que no tenían nada que ver con él. Le daba ya igual quién los hubiera llevado a cabo, y le importaban muy poco los motivos. Lo único que quería era que a Sabela no le hubiera pasado nada. De ser así, la culpa sería sólo suya y jamás podría perdonárselo. En primer lugar, porque no tenía que haber aceptado nunca ese maldito encargo. Y, ya que lo había hecho, no tenía que haberse enamorado de ella. Y, dado que no había podido evitarlo, en ese mismo instante tenía que haberlo dejado todo y haber huido con Sabela, no importaba dónde, siempre y cuando fuera lejos de Salamanca. Pero, en lugar de haber hecho lo que, a todas luces, era razonable, se había ido metiendo, poco a poco, en un atolladero del que ahora iba a ser muy difícil salir con bien.

Conforme se acercaba a la mancebía, el miedo, el arrepentimiento y la cólera se iban turnando en su corazón sin parar de crecer. Cuando, al fin, llegó, se fue directamente a la cámara de Sabela. Desde el pasillo, le pareció oír un grito ahogado seguido de un golpe y, ya delante de la puerta, sintió como si forcejearan. Alarmado, la abrió de un empujón. Sabela estaba medio desnuda, de rodillas sobre la cama, intentando escapar de un estudiante que la tenía cogida por la cintura, mientras la golpeaba insistentemente por detrás. Sin perder un instante, Rojas sacó la daga y se abalanzó sobre él, dispuesto a matarlo. El otro, sorprendido, se hizo a un lado, para evitar la cuchillada, que fue a parar al colchón. Los dos cayeron al suelo a consecuencia del impulso.

—¡No le hagas nada, Fernando, por favor! —gritó entonces Sabela desde la cama—, es un cliente.

Pero Rojas, sordo y ciego a causa de la rabia, ya había comenzado a ensañarse con quien creía que era el homicida. Mientras con una mano lo sujetaba contra el suelo, con la otra lo golpeaba en la cara. La víctima, al ver que no podía zafarse de su agresor, buscaba, inútilmente, algo con lo que defenderse, hasta que, alertados por los gritos de Sabela, acudieron los dos rufianes encargados de mantener el orden en la mancebía.

—¡Quitádmelo de encima, os lo ruego, quiere matarme! —clamó con voz entrecortada el agredido.

—¡No le hagáis caso, es un criminal, un criminal!... —vociferaba Rojas sin dejar de pegarle.

Cuando, por fin, pudieron reducirlo, la víctima tenía el rostro completamente ensangrentado y apenas podía moverse. En ese momento, llegó el *padre* de la mancebía, para ver qué pasaba. Aunque de baja estatura, su mera presencia imponía respeto.

—¿Lo conocéis? —le preguntó al agredido, señalando con la cabeza hacia donde estaba Rojas, bien sujeto por los dos rufianes.

—Ni por asomo. O está loco de atar o me confunde con alguien.

—¿Y cómo sucedió?

—Ella y yo estábamos folgando tranquilamente, cuando llegó este energúmeno, y, sin mediar palabra, se lanzó sobre mí con un cuchillo. Preguntadle a ella, si no me creéis.

—¿Es cierto eso? —le preguntó a Sabela.

—Así es —comenzó a decir—, pero...

—Y tú —la interrumpió con brusquedad—, ¿lo conoces?

—Ella nada tiene que ver con este asunto —intervino Rojas, que, al fin, se había dado cuenta del tremendo error que había cometido y quería dejar fuera del mismo a Sabela—. Debéis perdonarme. Todo esto es fruto de una absurda equivocación. Llevo días buscando a un estudiante que me debe varios meses de alquiler y, hace un rato, me pareció verlo entrar en la mancebía. Lleno de cólera, al descubrir en qué malgastaba lo que a mí me pertenecía, he venido tras él, y me ha parecido verlo entrar en esta cámara; pero ahora me doy cuenta de que me he equivocado.

—¿Y creéis vos que una deuda privada es motivo suficiente para armar este escándalo en un lugar público? —le preguntó el encargado.

—Lo único que yo deseaba era darle una lección, pero se me ha ido la mano...

—Y la cabeza también —protestó el agredido.

—Os pido, de nuevo, perdón por el daño que os he causado —se apresuró a decir Rojas—, y, para compensaros, tomad de esta bolsa que llevo encima lo que os parezca oportuno. A vos también quisiera pagaros —añadió dirigiéndose al *padre* de la mancebía— por los desperfectos y las molestias.

—Está bien —aceptó éste—. Dejadme a mí la bolsa, que yo la repartiré como me parezca más justo. Sabela, pídele a Rosa que te ayude a limpiarle la sangre a este pobre estudiante. Y a vos —le dijo a Rojas— no quiero volver a veros nunca más por aquí. Marchaos, antes de que me arrepienta; y vosotros —ordenó a los rufianes—, acompañadlo hasta la salida, no siendo que vuelva a hacer de las suyas.

Estaba tan confundido y avergonzado por lo que acababa de suceder que sintió un gran alivio cuando se vio en la calle, aunque al final fuera arrojado a patadas por los dos rufianes. Lo único que lamentaba era no haber podido hablar con Sabela, no haberle podido contar que, si se había visto envuelto en todo aquello, era tan sólo por ella, por el miedo que tenía a que le ocurriera algo. Por amor a Sabela, había urdido también esa ridícula mentira con la que, al menos, había logrado dejarla a salvo, sin tener que dar demasiadas explicaciones, pues estaba seguro de que, si hubiera intentado decir la verdad, no habría hecho más que empeorar las cosas, sobre todo para ella, a quien sin duda habrían expulsado del burdel. Por fortuna, esa farsa, inspirada por las palabras del propio estudiante al que había atacado, había servido para salvar, de alguna forma, la situación, si bien es cierto que a partir de entonces ya no podría volver a poner los pies en la mancebía. Pero tal vez fuera mejor así; de este modo, ella estaría más segura y él podría dedicarse de lleno a salir del enredo en el que se había metido, aunque, para ello, tuviera que llamar a las mismísimas puertas del infierno.

Imaginaba que el estudiante ya se habría enterado de lo que había sucedido en el lupanar y, en cualquier momento, vendría a reírse de él, pero eso ya no le importaba; de hecho, era eso lo que quería. «Lo bueno de haber tocado fondo —llegó a pensar— es que, hagas lo que hagas, ya no puedes caer más bajo». De repente, mientras caminaba bajo una lluvia torrencial, volvió a sentir, a sus espaldas, una presencia ominosa. Sin detenerse, miró hacia atrás. En este caso, no se trataba de una sombra ni de una falsa impresión, producto del miedo, de sus obsesiones o de su fantasía. Aunque no estaba muy lejos, no había podido distinguir quién era, pues llevaba puesta una capucha que le ocultaba el rostro, pero lo que sí había visto con claridad era que a una de las puntas de su capa le faltaba un trozo de paño. Cansado de tener que huir y abrirse paso a través del barro y el agua, optó por esperar a su perseguidor en una bocacalle. Se pegó bien al muro y empuñó con fuerza la daga que le había entregado el obispo, para infundirse más valor. En cualquier caso, estaba decidido a hacerle frente y, si era posible, a capturarlo; o a matarlo, si fuera menester; o a morir, si no quedaba más remedio. Lo que fuera con tal de que esa pesadilla terminara de una vez por todas.

Desde su refugio, no tardó en oír los pasos de su enemigo. Seguramente, éste había apretado la marcha, en cuanto lo perdió de vista, y pasó por delante a gran velocidad.

—¿Por qué me seguís? —le gritó entonces Rojas desde la bocacalle amenazándolo con la daga.

La lluvia era tan espesa que apenas le dejaba ver el bulto. El hombre, sorprendido, se dio la vuelta de golpe e intentó defenderse con la espada, pero la capa entorpecía sus movimientos y no pudo impedir que Rojas le hundiera la daga en el brazo derecho. La cuchillada fue tan violenta que lo hizo tambalearse y lo obligó a soltar la espada, que se perdió en un charco, en medio de la calle. No obstante, logró librarse de su agresor y emprendió la huida. De perseguido, Rojas había vuelto a convertirse en perseguidor.

No era mucha, desde luego, la distancia que el otro le sacaba, pero, cubierto de agua y de barro, era incapaz de ir más deprisa. De todas formas, confiaba en que, a causa de la herida, terminara por desfallecer. Sin embargo, fue Rojas el que estuvo a punto de ir a parar al suelo, tras meter el pie en un gran charco de lodo, circunstancia que el estudiante aprovechó para doblar la esquina de una calle y desaparecer, una vez más, delante de sus ojos, sólo que, en esta ocasión, no iba a rendirse tan fácilmente.

Había vagado durante tanto tiempo, bajo la lluvia, que no sabía muy bien dónde se encontraba. En primer lugar, recorrió la calle de una punta a otra, intentando buscar algún escondrijo, alguna puerta abierta o entornada, alguna huella de su paso; después, examinó las bocacalles por las que el estudiante podía haber tirado. Había una que le resultaba muy familiar; se adentró en ella, y descubrió que se trataba de la misma calle sin salida en la que el estudiante había desaparecido durante su primera persecución. Desconcertado, comenzó a llamar a las puertas de las casas con la intención de registrarlas, hasta que vio una mancha de sangre en el marco de un portillo. Sin pensárselo dos veces, se lanzó contra él y lo abrió de un empujón. Éste daba a un corral muy estrecho, con una tenada para resguardar la leña y recoger el ganado. Mientras buscaba a su enemigo en el cobertizo, descubrió que en la parte de atrás había otra puerta. La abrió y vio con sorpresa que estaba frente a la iglesia de San Cebrián.

—No puede ser una casualidad —se dijo Rojas entre dientes, encaminándose hacia el templo.

Tras comprobar que la puerta de la iglesia estaba cerrada con llave, comenzó a golpearla con desesperación. Alarmada por el ruido, se asomó una vecina a un ventanuco:

—Pero ¿qué es lo que hacéis? —le preguntó—. ¿No veis que a estas horas no hay nadie?

—Soy un enviado del obispo —se presentó Rojas—, y necesito entrar en la iglesia sin falta.

—Si tanta urgencia tenéis, id a buscar al sacristán; vive ahí al lado, junto a la muralla.

La casa había sido construida en uno de los laterales de la iglesia, aprovechando un lienzo de la cerca vieja que estaba próximo a un torreón. Era la hora del almuerzo y el sacristán se tomó su tiempo para contestar.

—Ya va, ya va. ¿Se puede saber qué es lo que queréis? —gruñó al fin.

Sólo tras mostrarle, por debajo de la puerta, la credencial que le había dado el obispo, el hombre accedió a abrir.

—Es importante que me dejéis entrar en la iglesia —lo apremió—. Se trata de una investigación.

—¿Una investigación? ¿Qué queréis decir? —comenzó a preguntar el sacristán, con cierta inquietud.

—Eso a vos no os incumbe —le replicó Rojas—. Haced lo que os he ordenado.

—Enseguida estoy con vos —anunció el sacristán, mucho más sumiso.

Al instante, salió cubierto con una capa y un manojo de llaves. Una vez abierta la puerta de la iglesia, le preguntó Rojas:

—¿Podéis decirme dónde está la cripta?

—Justo debajo del altar.

—¿Alguien más tiene llave de la iglesia?

—En la catedral tienen una.

—¿Y sabéis, por casualidad, si viene gente a la iglesia a horas extemporáneas?

—¿Estáis pensando acaso en la dichosa leyenda? Sabed que eso son cuentos de viejas. Que yo sepa —explicó—, no viene nadie fuera de las horas de culto.

—Oídme bien —le dijo Rojas con impaciencia—. Si al caer la noche no he vuelto a avisaros, id al convento de San Esteban y preguntad por fray Antonio, el herbolario. Contadle lo que ha pasado y pedidle que vaya al convento de San Francisco a buscar a fray Germán; ellos sabrán lo que hay que hacer. ¿Me habéis entendido?

El sacristán tardó algún tiempo en asentir, y, además, no parecía muy convencido, pero no había tiempo para tomar más precauciones. Por último, tras adentrarse en el templo, Rojas le pidió que dejara la puerta entornada.

La iglesia era pequeña y pobre, y la única presencia que en ella se advertía era el Cristo que había detrás del altar, iluminado por dos gruesos cirios. Cogió uno de ellos y comenzó la exploración. Cerca de la entrada, se veían manchas recientes de barro y pequeños charcos de agua; también unas gotas más oscuras y densas de cuando en cuando. Siguió su rastro hasta el ábside. En el suelo, en un rincón oculto, se abrían unas escaleras de piedra muy empinadas. Supuso que serían las que conducían a la cripta. Apretó el cirio con fuerza, por si tenía que utilizarlo para defenderse, y comenzó a descender. Se trataba, en efecto, de una pequeña cripta abovedada que había sido construida debajo del altar aprovechando el gran desnivel de la calle. Tanto en las escaleras como en el suelo había huellas de barro y algunas manchas de sangre, lo que indicaba que el criminal había pasado por allí. Ahora el problema era encontrar el acceso a la cueva. Buscó entre los sillares y entre las lápidas que había en el suelo alguna puerta o trampilla oculta, pero sin éxito; tampoco se veía ningún resorte.

En la lápida del centro, había una inscripción latina que le llamó la atención: *Te prosterne atque signum crucis fac (Póstrate y haz la señal de la cruz)*. ¿Y si se tratara de un mensaje cifrado o de alguna clave? Intrigado, se puso de rodillas sobre la inscripción y comenzó a persignarse, pero, como era de esperar, nada pasó. Fue entonces cuando descubrió, en uno de los sillares que tenía enfrente, lo que parecía una marca de cantero, una marca que le era muy familiar, pues ya la había visto antes. Sin moverse del sitio, sacó el papel del bolsillo interior de su manteo. Al igual que el de la credencial, estaba algo mojado. Lo desplegó con cuidado y comprobó que, en efecto, era el mismo signo: una cruz griega o *quadrata* con una línea añadida que iba desde la base del palo vertical hasta la punta del brazo izquierdo y la particularidad de que el brazo derecho terminaba en punta de flecha. Bien mirado, podría tratarse de un esquema de la señal de la cruz: de la frente al pecho, del pecho al hombro izquierdo y del hombro izquierdo al derecho. Pero ¿dónde había que hacer la señal? Volvió a arrodillarse sobre la lápida y vio que el sillar con la marca estaba más o menos a la altura de su pecho. ¿Y si ése fuera el centro de una cruz imaginaria? Dos piedras más arriba estaría la parte alta de la misma y dos más abajo, siguiendo un eje, la base; después, en el sillar de la izquierda y en el de la derecha, estarían los dos extremos del palo horizontal. Intrigado, apoyó su mano derecha en el sillar que se correspondía con la frente, y, enseguida, pudo notar cómo éste cedía y se movía un poco hacia el fondo. A continuación, empujó el de abajo, con el mismo resultado; luego, el de la izquierda y, por último, el de la derecha. Cuando se movió éste, se oyó un gran ruido bajo la cripta, como si se estuviera accionando un complicado artificio. De hecho, el extremo posterior de la lápida sobre la que se había puesto de rodillas se había desencajado. Se puso en pie, y con una sola mano pudo levantarla sin gran dificultad, gracias a una hendidura practicada al efecto. En el hueco, se abría un nuevo tramo de escaleras.

La nueva cripta era algo más grande que la anterior, pero tampoco en ella había nadie, al menos nadie con vida, pues en el suelo se veían varios sepulcros abiertos con sendos esqueletos, así como numerosos huesos amontonados en un rincón. En algunos lugares, eso sí, le pareció ver de nuevo restos de sangre, lo que indicaba que en alguna parte tenía que haber un acceso. Al menos, ahora sabía que la clave para pasar al otro lado estaba en el papel. Sin duda, el dibujo que había al lado de la cruz era el de uno de los sepulcros. Pero ¿cuál de ellos? Los miró uno a uno y observó que todos tenían inscripciones en los laterales. La mayor parte parecían fechas y nombres, con algún breve epitafio. No obstante, había uno que le llamó enseguida la atención: *Post mortem, ultro resurges (Tras la muerte, resucitarás al otro lado).* Y al otro lado era justamente adonde él quería llegar. Lo que no le gustaba era que para ello tuviera antes que morir. Claro que a lo mejor no había que entenderlo al pie de la letra. Tal vez bastara con una muerte simbólica o con un simulacro. Eso le dio la idea de meterse dentro del sepulcro. El hecho de tener que tumbarse junto a un esqueleto no le repugnaba especialmente ni le causaba ningún temor, pero le hacía sentirse un poco ridículo, por no hablar de que ese acto suponía una profanación. De todas formas, se decidió a probar; no le quedaba más remedio, si quería seguir adelante. Permaneció un buen rato echado boca arriba con el cirio encima del pecho, procurando no pensar en la muerte. Estaba ya a punto de rendirse, cuando se dio cuenta de que, en un lateral, había una piedra, de forma cilíndrica, que sobresalía un poco. La empujó con firmeza hasta que, de repente, la base del sepulcro se abrió por uno de los lados, como si fuera una trampilla, y sin poder evitarlo, cayó rodando hacia el fondo por una breve pendiente. Pero los huesos no bajaron con él, por lo que debían de estar sujetos a la piedra.

Por fortuna, el descenso fue leve y el cirio no llegó a apagarse. A su luz, pudo ver que ahora sí se encontraba dentro de una cueva. Sobre una roca había varias hachas y, en una caja de madera, eslabón, yesca y pedernal para encender fuego. Cogió una de aquéllas y, tras prender la mecha con el cirio, se animó a explorar el fondo del antro. De allí salían varias galerías en distintas direcciones. Miró el papel de nuevo y comprobó que, a la izquierda del dibujo del sepulcro, se veían tres trazos, pero sólo uno se prolongaba y terminaba en punta de flecha; era el de la derecha. Así que decidió seguir confiando en el mapa y tomó ese derrotero. Mientras se adentraba en el túnel, no cesaba de pensar en lo que podría aguardarle al final de esa galería. En cualquier caso, estaba dispuesto a arrostrar cualquier clase de peligro para atrapar al estudiante. Después de lo que había pasado esa mañana en la mancebía, el asunto se había convertido, para él, en una cuestión de honor.

De pronto, las paredes comenzaron a poblarse de pinturas de animales. Lo primero que vio fue una salamandra que parecía envuelta en llamas; después, surgió un gran sapo y, a continuación, una víbora, rodeada de varios viboreznos que se devoraban entre sí. Los dibujos estaban tan bien perfilados y los colores eran tan vivos que verdaderamente atemorizaban, no sólo por su estampa, sino también por su capacidad para provocar ilusiones, ya que, si los miraba fijamente, parecía que se movían e iban a atacarle, y, si no lo hacía, era peor aún, pues él mismo imaginaba con gran viveza sus movimientos de asedio. Tras un recodo, se dejó ver un endriago, agitando sus incontables cabezas de dragón, y, con él, varios hipogrifos, que dieron luego paso a un desfile de animales cada vez más aterradores y monstruosos. Entre ellos, había un basilisco. Lo reconoció por su cabeza y cola de serpiente y sus espolones y cresta de gallo; los ojos no quiso verlos, por si era cierto lo que se decía.

Para librarse de su inmenso poder de sugestión, comenzó a repetir, a modo de conjuro, unos versos del Marqués de Santillana:

Vi fieras disformes y animalias brutas
salir de sus cuevas, cavernas e grutas.

Y, como por ensalmo, los animales desaparecieron. No habría sabido decir si es que se habían acabado las pinturas o verdaderamente se habían disipado, pero por nada del mundo pensaba volver para cerciorarse. Bastante tenía con estar atento e intentar no perderse, ya que, de vez en cuando, la galería se bifurcaba o se trifurcaba y debía pararse a consultar el papel, para ver qué ramal era el correcto. Cada una de esas bifurcaciones estaba señalada con un círculo y un número romano en su interior. Según el mapa, eran nueve, como los de Dante. Los tres primeros no presentaron ningún problema, pero, al llegar al siguiente, comprobó que había una discrepancia entre el dibujo, que mostraba tan sólo dos ramales, y el natural, que ofrecía tres. Pensó que lo más probable era que se hubieran olvidado de dibujar el tercero, y, dado que en el mapa la opción correcta era la de la derecha, la duda que se le planteaba era si tirar por ese lado o por el centro, pues no había manera de saber a cuál de los dos correspondía. Claro que también podía ocurrir que se tratara de una trampa para despistar a los intrusos. Trató de ver si el recorrido seguía alguna pauta que le pudiera ayudar a elegir la opción acertada, pero no la encontró. Al final, decidió escoger el camino del medio, con la intención, eso sí, de darse la vuelta y tomar el otro, si no aparecía pronto el siguiente número. Llevaba ya un buen trecho recorrido, cuando divisó un círculo y una nueva bifurcación. Estaba tan impaciente por leer la cifra que no vio el agujero que se abría a sus pies hasta que no cayó en él. Mientras se hundía en el abismo, le pareció advertir que no era el número V, sino una flecha que indicaba hacia abajo.

Capítulo 20

—Dinos, Rojas, ¿por qué nos buscas?, ¿por qué nos persigues?

La voz le llegaba como a través de espesas telarañas o densas cortinas de niebla. Le dolía tanto la cabeza que era incapaz de concentrarse; tampoco sabía dónde se encontraba. Intentó abrir los párpados, pero le pesaban de tal forma que parecían estar pegados a los ojos. Palpó con las dos manos a su alrededor, hasta comprobar que estaba tendido sobre un camastro.

—¿Qué te hemos hecho? Dinos, ¿qué mal te hemos causado? —volvió a decir la voz, que ahora le horadaba la cabeza como una cuña golpeada por una maza.

Trató de hablar, sin conseguirlo. Tenía la sensación de que su boca estuviera llena de arena. Luego, intentó incorporarse, pero no pudo. Cada pequeño movimiento que hacía era como si le clavaran un cuchillo en las articulaciones, y no podía soportar por más tiempo esa voz insistente que le pedía cuentas.

—¿Quiénes sois? —preguntó, al fin, de forma vacilante y temerosa.

—Somos los tuyos, ¿no nos reconoces? —le contestó una voz cavernosa—. Estás en un sanedrín.

Sorprendido, se volvió hacia el lugar de donde procedía la voz. Iluminados por el resplandor de unas hachas que había en las paredes de la cueva, vio a varios ancianos sentados en el suelo, no muy lejos de su yacija. No podía distinguir bien sus facciones, pero creía adivinar sus rostros ceñudos y severos.

—¿Estáis de broma? Yo no soy judío —protestó.

—Sí lo eres, aunque no lo creas —le replicó un anciano con sequedad—. Tu padre, Hernando de Rojas, es un judaizante, de esos que en nuestra lengua llamamos *anusim*, los forzados, y, en el fondo de tu alma, tú también lo eres.

—Mentís, os digo —gritó Rojas, revolviéndose en el lecho—. Mi padre es un converso, como lo fueron sus padres y como lo somos ahora sus hijos.

Los ancianos parecían escandalizados por sus palabras; durante unos instantes, cuchichearon entre ellos. Por fin, intervino uno:

—Pero ¿no te das cuenta de que ha estado fingiendo todo el tiempo? Lo hacía para conservar la vida y evitaros problemas. Ya sabes lo que se dice de los auténticos judíos; somos como el metal fundido: nos acomodamos a cualquier molde, pero mantenemos inalterable nuestra esencia.

—¿Por qué queréis confundirme? —preguntó Rojas, desesperado.

—¡¿Nosotros?! —exclamó con asombro el que parecía tener más autoridad—. Eres tú quien ha venido hasta aquí, a nuestro refugio, y a saber con qué oscuras intenciones. Te hemos encontrado perdido y moribundo en una de las galerías. Te habías dado un golpe en la cabeza y habías perdido la conciencia. Nosotros te hemos traído de nuevo a la vida.

—En ese caso, os estoy obligado y muy agradecido —dijo Rojas más tranquilo—. Decidme, ¿qué puedo hacer por vosotros?

—Sólo una cosa te pedimos —le explicó—, conviértete de nuevo; queremos devolverte a la verdadera fe, la de tu padre y tus antepasados.

—Eso que me pedís es imposible —replicó Rojas, intentando mantener la calma—. Nadie es dueño de su propia fe. Es una cuestión de conciencia.

—También para nosotros lo es. No podemos dejar que vuelvas otra vez al redil de Cristo, ahora que te hemos encontrado y te hemos salvado la vida.

—Pero yo no pedí que me la salvarais a ese precio.

—Si no te hubiéramos encontrado, habrías muerto, te lo aseguro. O te habrían encontrado otros menos compasivos.

—Supongo que así habría sido, si ésa fuera la voluntad de Dios —concedió Rojas.

—Pero resulta que ha querido que te salváramos nosotros. ¿No te parece eso una señal?

—No intentéis enredarme, os lo suplico. No tengo la cabeza para adivinanzas. Tan sólo decidme qué hacéis en un lugar tan siniestro como éste.

—Vivimos aquí, ¿no lo sabías? Éste es nuestro único hogar desde hace un lustro, cuando los Reyes decidieron expulsarnos. Algunos, claro está, no quisimos irnos de Salamanca. ¿Por qué habíamos de hacerlo? Esta ciudad es tan nuestra como de ellos, incluso más. Así que simulamos abandonar la aljama, para refugiarnos en esta cueva. Aquí está ahora nuestro hogar y nuestra sinagoga; en una de sus paredes, hemos vuelto a escribir estas palabras: *Ésta es la puerta de Dios: por ella entrarán los justos.*

—Pero ¿por qué en este lugar?

—Esta cueva ha sido utilizada por nuestros antepasados desde su llegada, en el siglo XII, cuando vinieron desde Provenza como repobladores. En ella, han ido descifrando y transmitiendo, de generación en generación, los misterios y saberes de la Cábala a un pequeño grupo de iniciados y escogidos, entre los que se encuentra algún miembro de este sanedrín.

—¡Esto que estoy oyendo no puede ser cierto! —exclamó Rojas—. Es tan sólo el producto de mi delirio, ¿no es verdad? O tal vez esté soñando, y, en cualquier momento, abriré los ojos en mi celda del Colegio.

—¿Por qué te niegas a aceptar la realidad? Somos de carne y hueso, como tú.

—Mira, puedes tocarnos —dijeron todos poniéndose en pie.

243

—No, por favor, no os acerquéis a mí —gritó Rojas, dándoles la espalda.

—No tengas miedo, no vamos a mancharte con nuestra culpa —señaló uno.

—Somos tus hermanos, ¿no lo recuerdas? —añadió otro.

—¿Por qué no quieres nada con nosotros? —preguntó un tercero—. ¿Es acaso porque te han pagado para que nos descubras y delates?

Cuando Rojas se dio la vuelta, comprobó que los tres se habían sentado junto a su lecho.

—Yo ni siquiera sabía que existíais —se excusó—, quiero decir que no tenía noticia de que hubiera todavía judíos en Salamanca.

—Ciertamente, pareces saber muy poco de lo que ocurre a tu alrededor, como si hubieras pasado todos estos años encerrado con tus libros, ajeno a todo. ¿Estuviste alguna vez en nuestras aljamas? —continuó, con un tono cada vez más indignado—. ¿Te interesaste por las tristes condiciones en las que vivíamos? ¿Oíste hablar de las conversiones masivas de judíos provocadas por las predicaciones de Vicente Ferrer? ¿Tienes noticia del sermón que dio en la Sinagoga Nueva, en 1411, con la connivencia de alguno de los nuestros? ¿Sabías que, tiempo antes de la expulsión, a algunos nos echaron de nuestras casas de la aljama vieja y nos trasladaron al arrabal? A nosotros, que vinimos aquí como repobladores cuando esta ciudad era poco más que un solar abandonado.

—En eso tenéis toda la razón, hasta ahora apenas sabía nada de vosotros —admitió Rojas apesadumbrado—. Y tampoco conocía la existencia de esta cueva en la que nos encontramos, os lo aseguro.

—Entonces, ¿qué haces aquí?

La pregunta lo cogió por sorpresa, como si, de alguna forma, se hubiera olvidado de la finalidad de su visita a la cueva. Se tomó un tiempo para pensar.

—He venido tras el rastro de un homicida —confesó al fin—, el autor de la muerte del príncipe don Juan y de fray Tomás de Santo Domingo, un catedrático del Estudio.

—Ah, era eso. Piensas que hemos sido nosotros, ¿no es cierto? «Motivos no les faltan, desde luego», habrás pensado. Pero no, no somos criminales. Ni estamos en condiciones de serlo. ¿Qué ganaríamos ahora con esas muertes?

—Yo no he dicho que sospechara de vosotros.

—Habría sido absurdo, dado que ignorabas nuestra peregrina existencia. Pero ¿ahora?

—Ahora tampoco, ¿por qué habría de hacerlo?

—Me imagino que, si no das pronto con los verdaderos culpables, necesitarás un chivo expiatorio, ¿y quiénes mejor que nosotros, que ya estamos más que acostumbrados a representar ese papel?, ¿no es cierto?

—Puede ser, pero no es éste el caso, os lo aseguro. He venido aquí siguiendo las huellas del criminal, y he debido de perderme.

—Para nosotros, ya hace mucho que te perdiste, pero tú sigues empeñado en no reconocerlo.

—Vosotros, que conocéis este lugar mejor que yo, tal vez podáis ayudarme a encontrarlo. No conozco su identidad, tan sólo sé que es estudiante. ¿No habréis visto por esta cueva a alguien que os resulte sospechoso?

—Por esta cueva, desde luego, pasan muchos conversos. Y no te ofendas por lo que voy a decirte, pero no deberías fiarte de ninguno. No me refiero, claro, a los que fingen haberse convertido, pues a ésos no les queda otro remedio, si es que quieren conservar la vida, y, en el interior de su alma, siguen estando con nosotros, sino a los auténticos conversos. Algunos están tan convencidos de sus nuevas creencias que se han hecho más papistas que el papa y más rigurosos que el Santo Oficio. Otros, por el contrario, pretenden ser más puros y más auténticos que los cristianos viejos. Y no me extrañaría que estuvieran intentando promover una reforma dentro de la Iglesia para devolverla a sus supuestos orígenes. Sabemos con certeza que en algún lugar de esta cueva celebran reuniones y ágapes como los primitivos cristianos. Son tan fanáticos que no dudarían en matar a quienes piensen que son sus enemigos. Fíjate hasta dónde puede llegar su locura.

Rojas lo escuchaba atónito, con la creciente sensación de que el que iba a volverse loco, de un momento a otro, era él. De repente, empezó a notar una cierta humedad en la entrepierna. Alarmado, palpó sus ropas y descubrió con sorpresa que tenía el miembro vendado.

—Pero ¿qué me habéis hecho? —preguntó con horror, sin atreverse a levantar la manta para comprobar el daño.

—Tan sólo te hemos circuncidado —explicó el hombre con toda naturalidad—, pero no debes tomártelo como un castigo. Es el *brit milah,* que recuerda la alianza entre Yahveh y Abraham, y, por tanto, la señal de tu vuelta a la fe de tus antepasados.

—¿Desde cuándo la fe se mide por el tamaño del prepucio? —preguntó con tono sarcástico e irritado—. ¿Reside ahí la esencia judía de la que antes hablabais?

—¡Silencio! —le gritó el hombre tapándose los oídos—. No vamos a permitirte que sigas blasfemando.

—Y vosotros, ¿con qué permiso me habéis circuncidado?

—Con el que nos otorga el hecho de haberte devuelto a la vida.

—Pero ¿es que no os dais cuenta de que todo esto es indigno?

—Nosotros, sin embargo, estamos seguros de que tu padre se sentirá orgulloso en cuanto lo sepa.

—¡¿Mi padre, decís?! Si lo conocierais bien, sabríais que, hace años, tuve que hacer un sacrificio enorme para librarlo de la hoguera y que, como único garante de su vida, quedé comprometido para siempre con la Inquisición. Por eso, ahora tengo que hacer cosas que no me gustan, como buscar a la persona que mató a un fraile deshonesto y a un Príncipe que no merecía tal dignidad. De modo que, si estoy aquí, prisionero y herido y maltratado en una cueva, es precisamente por seguir manteniendo a salvo la vida de mi padre. ¿No os parece esto trágico? Y todavía vosotros, que os decís mis hermanos y que pretendéis hablar en su nombre, queréis exigirme un pago por haberme socorrido. ¿No pensáis que ya he pagado suficiente y que, ya que no puedo hacer mi voluntad, al menos, en mi interior, tengo derecho a creer lo que me venga en gana?

Los miembros del sanedrín, como antaño los inquisidores, se habían quedado mudos ante la elocuencia de Rojas. Sin embargo, no parecían muy dispuestos a dejar escapar fácilmente a su oveja descarriada, a su hijo pródigo. Después de hablar unos instantes entre ellos en hebreo, volvió a tomar la palabra el que parecía tener más autoridad:

—No es éste un buen momento para tomar decisiones. Hablaremos de nuevo cuando te repongas del todo. Hasta entonces, considérate un invitado, no un prisionero. Te aconsejamos, eso sí, que, durante tu estancia, no te muevas de esta gruta, podrías volver a perderte y tener un grave contratiempo, no todos los que aquí moran son tan benévolos y pacientes como nosotros. Ahora te mandaremos a un físico para que te cure. En cuanto a tu padre, quiero decirte que sabemos que es un buen hombre. Él no es responsable, de ninguna manera, de la situación en que te has visto envuelto. La culpa es de esos locos intolerantes que nos persiguen. Por nuestra parte, te pedimos perdón por las ofensas que te hayamos podido causar. Si hemos obrado mal, ha sido siempre movidos por la buena fe.

Dicho esto, se levantaron todos los presentes, salvo Rojas, y se dirigieron hacia otra estancia. El físico y su joven ayudante no tardaron en venir. Después de asearlo y de cambiarle con cuidado los vendajes, el médico le pidió a su acompañante que fuera a buscar ropa nueva para el convaleciente.

—¿Notáis todavía algún dolor? —le preguntó entonces a Rojas—. Decidme exactamente dónde.

—¿Que si noto algún dolor? Preguntadme más bien dónde no me duele.

—Os daré a beber algo que os lo debería calmar.

El médico le alargó un pocillo con un brebaje oscuro y espeso que despedía un olor muy desagradable. Rojas se quedó mirándolo durante un rato, sin decidirse a tomarlo.

—Bebed sin miedo —insistió el médico—, no os voy a envenenar, ni siquiera a dormir. En cuanto a esto —le dijo señalando su miembro vendado—, quiero que sepáis que yo no tuve nada que ver con el asunto. Fue una decisión del sanedrín, pero no todos los que estamos aquí pensamos igual.

—Sin embargo, son ellos los que mandan, ¿no es así?

—No creo que por mucho tiempo; de hecho, algunos estamos pensando en huir a Portugal. Si yo aún no me he ido, es porque me necesitan, pero la mayoría ya no pueden soportar esta situación, y menos ahora que los miembros del sanedrín parecen haber perdido la cabeza. Ellos son muy viejos y apenas tienen ganas de vivir pero a los demás, no nos ha abandonado todavía la esperanza.

—¿Tenéis idea de lo que quieren hacer conmigo?

—Sólo sé que se aferran a cualquier cosa, con tal de permanecer aquí. Tal vez hayan pensado que podríais ayudarnos de alguna forma desde fuera, dadas vuestras relaciones. Por eso, quieren que os convirtáis al judaísmo, para así poder estar seguros de que no vais a traicionarnos, una vez que estéis en la calle.

—Os ayudaré de buen grado, siempre y cuando se respete mi conciencia y no se fuerce mi voluntad. Podéis decírselo. Y añadid también que estoy dispuesto a olvidarlo todo, incluido lo de la circuncisión, si ellos desisten de su empeño.

—Los conozco de sobra, y sé que no van a dar su brazo a torcer. No confiarán en vos, si no abjuráis públicamente de la religión cristiana y hacéis un nuevo pacto con ellos.

—Pero eso es ridículo. ¿No se dan cuenta de que quieren hacer lo mismo que aquellos de los que tanto abominan?

—Lo sé muy bien. Por eso, quiero ayudaros a escapar.

—¿Significa eso que estoy en peligro?

—Todos estamos en peligro en estos tiempos, y más en un sitio así. Estoy seguro de que, en cualquier momento, vuestros amigos comenzarán a buscaros, y ello sí que podría suponer un gran riesgo para nosotros, pues no tardarían en encontrar la cueva.

—Por mis amigos, si es que vienen, no debéis preocuparos.

—En cualquier caso, os pido que me juréis que no vais a denunciarnos. Sé que sois hombre de palabra, lo habéis demostrado con creces.

—Podéis contar con ello.

—Mirad —le dijo, mostrándole un papel—. Os he hecho un mapa para encontrar la salida. No la misma por la que habéis venido, pues ésa nosotros no la utilizamos. Tenéis que andar con precaución, pues la cueva es inmensa y nosotros no somos, ni mucho menos, sus únicos pobladores.

—¿Queréis decir que...?

—Lo único que puedo aseguraros es que aquí vienen a refugiarse todos los excluidos de la ciudad, que, dicho sea de paso, son ya multitud. Nosotros sólo tenemos relación con algunos, y nos hemos comprometido, bajo juramento, a no revelar nada a nadie que venga de fuera. Tampoco os oculto que entre los moradores de estos oscuros reinos puede haber gente realmente peligrosa. Por ello, os conviene ir con cuidado.

Capítulo 21

Aunque el nuevo mapa pretendía ser exacto y preciso, Rojas no tardó mucho tiempo en volver a extraviarse. Estaba tan ansioso por dejar atrás ese mundo de pesadilla del que acababa de salir y proseguir su búsqueda que era incapaz de descubrir ninguna marca o referencia que lo pudiera guiar en su trayecto, y, cuando la hallaba, no sabía situarla dentro del recorrido. Después de vagar un buen rato por galerías y pasadizos que se le antojaban idénticos, comenzó a perder la serenidad y se puso a andar cada vez más deprisa, a la desesperada, sin intentar seguir ninguna pauta. De repente, a la vuelta de un recodo muy pronunciado, casi se da de bruces con un hombre.

—¿Vos también os habéis perdido? —le preguntó éste con cortesía—. Suele pasar. Hasta que logré memorizar el recorrido, yo también me extraviaba. Los mapas no son muy útiles en un subterráneo. Vale más orientarse por el olfato y el oído. Para la vista, aquí abajo casi todo es igual, pero cada gruta y cada galería huelen de manera distinta. Yo podría ir a ciegas por este laberinto y sin necesidad de ningún hilo de Ariadna. Me basta con la nariz y, si acaso, la ayuda de las orejas. Parece que aquí abajo reina un silencio absoluto, ¿no es cierto? Pues no es así. Escuchad. ¿No oís allá a lo lejos un ruido constante? Son corrientes de agua, y suenan distinto según el caudal y la forma e inclinación del cauce. Sabed que por estas profundidades discurren varios ríos, arroyos y regatos y hay varios lagos subterráneos. ¿Y qué me decís de las ratas? —dijo cambiando bruscamente de tema—. Cuando se desplazan en grupo producen un ruido ensordecedor, peor aún que el de un ejército al entrar en combate. Y os lo digo yo, que he estado en muchas batallas.

Rojas estaba tan confundido que no era capaz de pronunciar palabra. El aspecto del hombre, además, no era muy tranquilizador, y menos aún en una cueva. Era alto, cenceño y andrajoso, en todo semejante a una estantigua. Tenía una barba larga y descuidada y unos ojos tan saltones que parecían querer salírsele de las órbitas para ir a ver el mundo por su cuenta. Poseía, no obstante, una voz bien timbrada y cadenciosa, de esas que encantan y seducen al que la escucha, aunque no se entienda nada de lo que dicen.

—Se os ve cansado y aturdido —volvió a hablar la estantigua—, pero no debéis preocuparos.

Miraba a Rojas con mucha simpatía y una cierta condescendencia, como un padre contempla a un hijo pequeño que no sabe todavía desenvolverse.

—El mundo de aquí abajo —continuó—, cuando se lo conoce, es más sencillo que el de la superficie, ya lo veréis. Dejadme que yo sea vuestro Virgilio en estos lares. ¿Habéis leído acaso la *Commedia* de Dante?

—La he leído, sí —respondió tímidamente Rojas.

—Pues os será de gran ayuda en este sitio. Con esto no pretendo asustaros, ni mucho menos. Se trata sólo de una analogía. En los tiempos que corren, el infierno está más bien ahí fuera, en los tribunales y las hogueras de la Inquisición. Aquí abajo estamos los bienaventurados, los perseguidos por causa de la justicia y los que buscamos la verdad por otras vías, en medio de tanta mentira y fingimiento. Es el mundo al revés, ¿no os resulta gracioso? —le preguntó a Rojas, con tal vehemencia que éste no tuvo más remedio que asentir—. Pues reíd, hombre, reíd. La risa es el mejor bálsamo para el cuerpo y el alma. Habéis de saber que no hay desgracia que no tenga su lado risible, ni tragedia que no esconda en su seno una comedia. Vedme a mí, que lo he perdido todo y estoy hecho un adefesio, pero no paro de reír y hacer reír de la mañana a la noche.

A Rojas, sin embargo, aquello no le hacía ninguna gracia. «He aquí un necio guiado por un loco», se dijo para sí. Desde que había comenzado sus pesquisas tenía la impresión de que todo el mundo, y él el primero, había empezado a perder el juicio. Pero lo más curioso es que casi todos parecían empeñados en detectar la demencia en el prójimo, pero no eran capaces de sentir la piedra de la locura en su propia cabeza. Incluso, había llegado a pensar que podría tratarse de una nueva forma de epidemia, una enfermedad contagiosa que no atacara al cuerpo, sino al alma, sin que los afectados se dieran cuenta de ello. Aún recordaba la peste que, en 1492, había puesto en jaque a Salamanca, obligando a una buena parte de sus habitantes a abandonar la ciudad, bastante diezmada ya a causa de la reciente expulsión de los judíos; de hecho, no faltó quien, como siempre, culpó a éstos de haberla provocado, al igual que los hacían responsables de las inundaciones y de todos los desastres que acontecían. Pero esta nueva forma de peste era aún más nociva, pues nadie estaba a salvo de su invisible flagelo. Y lo peor es que nadie parecía haberse enterado de que la ciudad ya se había convertido en una gran casa llena de locos, estultos y melancólicos.

—Ya hemos llegado —le dijo de pronto su acompañante—; pasad vos primero y no olvidéis el santo y seña.

—¿El santo y seña? —preguntó con asombro Rojas.

—No me digáis que con las prisas lo habéis olvidado.

—Me temo que sí.

—Pero si es muy fácil. Se trata de las palabras que Dante vio escritas a la entrada del infierno, sólo que al revés.

—¿Os referís a lo de *lasciate ogni speranza voi ch'entrate*?

—Sí, pero en romance castellano y volviendo del revés el sentido de la primera palabra. No *perded*, sino...

—¿*Recobrad*? ¿*Recobrad la esperanza los que entráis*? —propuso Rojas poco convencido.

—¡Eso es! Ya sabía yo que no ibais a fallarme.

Superada la prueba, Rojas se dirigió al lugar donde estaba el portero, un hombre de aspecto hercúleo que, con el ceño fruncido y los brazos cruzados sobre el pecho, le pidió la contraseña. Cuando se la dijo, el guardián se hizo a un lado y le franqueó la entrada con un gesto de bienvenida. Tras ella se abría un pequeño pasadizo que conducía a una enorme gruta. Una vez en su interior, vio cómo las rocas de uno de los lados formaban una especie de gradas naturales en las que se habían acomodado numerosas personas. Abajo, sobre un pequeño círculo central, había un hombre dirigiéndoles la palabra. Al principio, no lo reconoció, dada la escasez de luz, pero, nada más oír su voz, se dio cuenta de quién se trataba.

—Como sabéis aquellos que me conocéis —estaba diciendo Roa, en ese momento, con voz potente y bien modulada—, siempre he sido partidario de la monarquía electiva, frente a la hereditaria, pero, en la situación presente, el sentido práctico nos obliga a una solución de compromiso entre una y otra. Y ya que, por el momento, los reyes no pueden ser elegidos por sufragio, tengo a bien proponeros que exijamos que al menos se cumplan tres reglas de oro en la designación del futuro rey. La primera es que aquel que se declare heredero no sea débil de carácter ni tenga disminuida su capacidad de juicio ni posea ningún defecto físico que sea incompatible con la dignidad real; si así fuera, deberá ser sustituido por otro de la misma casa o dinastía. La segunda, que sea persona grave y que inspire reverencia, pero no temor, lo cual sólo es factible en el virtuoso, así como moderado en sus gastos y costumbres; de lo contrario, habría de ser inmediatamente destituido. Y la tercera, y más importante, que el heredero proceda siempre del mismo reino que va a regir, y no de otra nación; y, en el caso de que no se cumpla este último requisito, el pueblo entero tendría derecho, si lo considerara necesario, a levantarse en armas y a elegir a otro rey.

—¡Así ha de ser! —gritó uno.

—¡Por supuesto que sí! —añadió un segundo.

—¡Estamos de acuerdo contigo! —se sumaron aquí y allá.

—Sin duda, todos sabréis —continuó— que, una vez muerto el príncipe don Juan, la heredera de la Corona es su hermana Isabel, actual Princesa de Asturias, casada con el rey de Portugal, lo que significa que, si Dios no lo remedia, un portugués podría convertirse muy pronto en el futuro rey de Castilla y Aragón.

—¡No, eso nunca! No con nuestro consentimiento —exclamaron algunos.

—Dejadle que siga hablando —pidió otro.

—Nosotros siempre dijimos —prosiguió, cada vez más exaltado— que la política de alianzas de los Reyes con algunas dinastías extranjeras, a través del matrimonio de sus hijos, podría traer ventajas inmediatas, pero entrañaba, asimismo, algunos riesgos. Pues bien, aquellos riesgos son ahora una terrible amenaza real. La pregunta es: ¿qué podemos hacer nosotros ante lo que se nos viene encima? ¿Vamos a quedarnos callados o vamos a pedirles cuentas a los Reyes?

—Por supuesto, debemos actuar —le respondió un anciano que estaba sentado en la primera fila—. No podemos seguir con los brazos cruzados. Todos sabemos de sobra que un rey portugués favorecería sólo sus propios intereses y los de su natural reino y, por tanto, anularía enseguida nuestros fueros y muchos de nuestros privilegios.

—Si os parece —intervino Roa—, redactaré, en estos días, una propuesta para que sea sometida a debate y, si se estima oportuno, a votación en la próxima asamblea.

—Así se hará —confirmó el anciano.

—Y ahora, si me lo permitís, quisiera presentaros a un amigo que acaba de llegar precisamente de Portugal para contarnos cómo están las cosas por allí. Adelante —le rogó Roa a alguien que se encontraba a su espalda—, es vuestro turno.

Mientras decía las últimas palabras, emergió de las sombras un hombre joven vestido con extraños indumentos. Rojas no estaba del todo seguro, pero habría jurado que se trataba del misterioso forastero que había visto salir del mesón junto a Roa.

—A pesar de mis apariencias, yo también soy castellano, como vosotros, si bien llevo ya muchos años desterrado en diferentes lugares, el motivo es ahora lo de menos. En los últimos meses, he estado en Portugal, donde, a mi entender, no soplan buenos vientos para nuestra causa. En cuanto a la muerte del príncipe don Juan, son muchos los que piensan que el rey Manuel, el Afortunado, ha tenido algo que ver en ello, pero, hasta el momento, no hay ninguna prueba fehaciente de una posible conspiración; tan sólo son rumores, aunque muy bien fundados.

Desde el lugar en el que se encontraba, Rojas podía observar cómo la inquietud se iba apoderando poco a poco de los que allí estaban, como un mar de fondo.

—Sabemos, además —continuó el orador—, que la suerte de los judíos ha empeorado a causa de la ambigüedad del Rey, que, con sus cambiantes y contradictorias medidas respecto a ellos, intenta hacer compatible la codicia de sus bienes con el deseo de unificar los reinos peninsulares. Pero sus consejeros ya le han advertido que no podrá alcanzar la unión política sin conseguir antes la unidad religiosa. De ahí que su esposa, la Princesa de Asturias, le haya exigido que no deje entrar en el reino a ningún judío ni converso procedente de Castilla. Incluso, es posible que le haya pedido que implante la Inquisición en Portugal, con el fin de controlar y vigilar las conversiones masivas de judíos, aunque esto, de momento, no parece viable.

—Creo que todo esto confirma nuestros peores presagios —apuntó Roa a modo de conclusión—. Os damos, una vez más, las gracias por tan valiosas noticias.

—Gracias a vosotros por la hospitalidad.

Rojas se daba cuenta de que la situación de los judíos no era precisamente lo que más les preocupaba a Roa y a sus amigos. Para ellos, era tan sólo un indicio más de lo que podría estar fraguándose, en ese momento, en el reino lusitano. Él, sin embargo, no dejaba de pensar en Alonso Juanes y su prometida.

—Un momento —gritó Rojas para llamar la atención de los presentes—; antes de que os vayáis, me gustaría decir algo.

Roa, intrigado, levantó su antorcha y la dirigió hacia el sitio de donde procedía la voz, hasta descubrir el rostro del entrometido.

—¡Qué sorpresa, amigo Rojas, vos por aquí! —exclamó al reconocerlo—. Si me hubierais dicho que os interesaban tanto nuestras charlas —añadió con ironía—, yo mismo os hubiera invitado.

—La verdad es que no había venido a oír vuestras charlas, ni siquiera esperaba encontraros en esta cueva, pero os confieso que todo esto es de gran interés para mí.

—No le hagáis caso —dijo alguien a su lado—, es un espía del obispo.

—Es cierto —confirmó otro—, sé de alguien que los ha visto juntos en el palacio episcopal.

—Si fuera un espía —empezó a decir Roa en su defensa—, no actuaría a pecho descubierto. En cuanto a vos —añadió, dirigiéndose al que había hablado en último lugar—, debo reprocharos públicamente que, sin daros cuenta, hayáis revelado que nosotros sí que tenemos espías cerca del obispo.

—Os ruego que perdonéis mi gran torpeza —se disculpó el hombre, avergonzado—; como podéis imaginar, no era mi intención...

—En cualquier caso —lo interrumpió el catedrático—, no debemos inquietarnos por mi amigo Rojas. Nuestras actividades en sí mismas no le preocupan ni le interesan. Son otros los problemas que le quitan el sueño, como el de descubrir al matador de fray Tomás. También es muy sensible, por lo que parece —añadió, no sin cierta ironía—, a la situación de los conversos y judíos.

—Os agradezco, de veras, que habléis en mi defensa, pero eso no os da derecho a hablar en mi nombre —puntualizó Rojas—. Por desgracia, son muchas las cosas que me preocupan en este momento y una de ellas es, en efecto, averiguar la identidad de un peligroso homicida, pero lo que más me importa, a este respecto, es dejar libres de toda sospecha a los que, siendo inocentes, puedan ser inculpados por el Santo Oficio. Todos vosotros sabéis que, desde que los judíos fueron expulsados de Castilla y Aragón, los conversos se están convirtiendo en el principal chivo expiatorio de todas nuestras desgracias. Y, sin embargo, en la calle o en vuestras reuniones nadie protesta contra ello. Pero ¿os imagináis lo que ocurrirá cuando terminen con los conversos, sean falsos o no? Que os tocará el turno a vosotros, los descontentos con su política. Y de nada os servirá entonces esconderos en estas catacumbas...

—Pero ¿a qué viene todo esto? —protestó uno de los asistentes.

—¿Es que os habéis vuelto loco? —preguntó otro a su lado.

—Cuando, hace cinco años, expulsaron a los judíos de Castilla —continuó Rojas sin inmutarse—, ninguno de vosotros, que yo sepa, movió un dedo o levantó la voz. Tampoco lo hacéis ahora, cada vez que, en vuestra misma calle, detienen a un converso por el mero hecho de ser sospechoso de judaizar. Así que no os extrañe si pronto sois vosotros los que sufrís en el tormento, os consumís en la cárcel o ardéis en la hoguera, acusados de herejía, apostasía o traición. Porque, lo queráis o no, todos vamos ahora en el mismo barco. Y si ayer arrojaron por la borda a los judíos y hoy expulsan por la sentina a los conversos, mañana seréis vosotros, los descontentos, los que iréis a parar al fondo del mar. Y entonces, oídme bien, ya no podréis cerrar los ojos ni mirar para otro lado, pues estaréis muertos y convertidos en cenizas.

—No aguanto más —exclamó el anciano de la primera fila.

—Esto es una provocación —se animó a decir otro.

Desde todas las gradas, se fueron sumando voces de protesta, hasta que el griterío se hizo ensordecedor. Roa, mientras tanto, pedía calma de manera insistente. Cuando, por fin, logró imponer un poco de silencio, decidió clausurar la reunión:

—Es tarde, debéis iros a descansar. En cuanto a nuestro impulsivo visitante, no os preocupéis, que yo me encargaré de él. Somos viejos conocidos.

Mientras Rojas bajaba por la gradería de piedra, notaba que los demás lo observaban con desprecio y desagrado, como se mira a un malhechor que se ha metido en nuestra casa y encima quiere darnos lecciones morales.

—¿De qué os sorprendéis? —le dijo Roa al ver su cara de estupefacción—. No ha sido muy prudente presentaros en medio de una reunión que se supone secreta y poneros luego a largar todo lo que os viene en gana. Como habéis visto, no todos mis amigos son tan pacientes como yo. Algunos deben de estar pidiendo a gritos vuestra cabeza.

—Si he logrado acceder aquí, ha sido gracias al azar y a la ineptitud de vuestros vigilantes. Mi intención, de todas formas, no era provocar ni inmiscuirme en vuestros asuntos. Yo simplemente entré en la cueva siguiendo el rastro de un sospechoso.

—De modo que se trataba de eso —replicó Roa, decepcionado—. ¿Pensáis, pues, que el homicida se esconde entre mis partidarios?

—No lo sé, puesto que aún no conozco su identidad, pero estoy seguro de que tiene su refugio en esta maldita cueva. Imaginad mi sorpresa cuando, hace un momento, descubrí que erais vos el que hablaba en la asamblea.

—Decidme, entonces, ¿qué os hace pensar que el sospechoso se dirigía precisamente aquí? —inquirió Roa, al borde del enfado—. Deberíais saber que son muchas las entradas, y muchas las galerías y las grutas que existen en esta cueva; juntas forman un laberinto, y nosotros sólo ocupamos una parte.

Aunque trataba de conservar la calma, se le veía dolido por el hecho de que Rojas pudiera considerarlo sospechoso de haber instigado los crímenes. Éste, por su parte, estaba totalmente convencido de su inocencia, pero no podía descartar la posibilidad de que estuviera implicado alguno de sus partidarios.

—El sospechoso —empezó a decir— entró por la cripta de la iglesia de San Cebrián; eso os lo puedo asegurar, yo iba tras él.

—Si es así, no es de los nuestros, os lo garantizo. Nosotros nunca usamos esa entrada —le explicó—, pues no resulta práctica para un grupo tan numeroso, y la mayoría ni siquiera la conoce.

—¿Y cuál es entonces la que utilizáis?

—Eso importa poco ahora. Lo que debéis saber es que el homicida no está entre nosotros; tenéis que creerme. Comprendo que por el hecho de reunirnos en una cueva podamos despertar sospechas, pero, en los tiempos que corren, ésta es la única salida que nos queda. Sabéis bien que la muerte del Príncipe no nos ha entristecido demasiado, pero no somos criminales. Es posible que algún día apoyemos un levantamiento o una insurrección contra un rey perverso, ilegítimo o tirano, pero nosotros no practicamos la violencia o el terror; nuestro mundo son las palabras y las ideas. Además, es evidente que, si yo hubiera ordenado matar al Príncipe por alguna causa, jamás habría permitido que este hecho permaneciera oculto, sino que lo habría pregonado por todas partes. El otro día os señalé a quién podría beneficiar su muerte; y ya habéis comprobado que mis sospechas eran razonables y se están viendo confirmadas. Otra cosa es que podamos probarlo, pero indicios no nos faltan.

—Sea como fuere —insistió Rojas—, el sospechoso se halla oculto en esta cueva, y no descansaré hasta dar con él.

—Siempre y cuando no os perdáis antes en ella —le advirtió—. Ya os he dicho que esta cueva es muy grande, es casi una ciudad subterránea, una especie de reverso especular de la que está arriba, un verdadero inframundo. ¿Sabéis que en ella se refugiaron los antiguos pobladores de este territorio, los vacceos, que compartían su dominio con los vetones, cuando fueron invadidos por los cartagineses?

—Lo ignoro casi todo —reconoció Rojas— acerca de la historia de esta ciudad.

—Pues se cuenta —continuó Roa— que, cuando los enviados del ejército de Aníbal llegaron a Helmántica o Salmántica, que es como entonces se llamaba, en el año 220 antes de Jesucristo, vieron que todas las puertas de la muralla estaban abiertas de par en par. Con las debidas precauciones, se adentraron en ella para saquearla y comprobaron que las calles y las casas estaban completamente vacías, por lo que pensaron que sus habitantes habían huido. Esa noche, para celebrarlo, organizaron una gran fiesta con el vino que encontraron en las bodegas. De madrugada, cuando los cartagineses cayeron agotados, salieron los vacceos de la cueva y, con gran sigilo, los pasaron a cuchillo, sin hacer ningún prisionero ni sufrir ni una sola baja. Aníbal, en cuanto se enteró de aquello, quedó tan admirado por su astucia que vino personalmente a conquistar la ciudad, con el fin de convertirla en su aliada; de ahí que la puerta del Río lleve también el nombre de Arco de Aníbal. Si lo pensáis bien, se trata de una táctica muy similar a la del caballo de Troya, sólo que al revés.

—Seguramente, fue Hércules quien se la inspiró, o, en su defecto, su famosa estatua —bromeó Rojas sin poder evitarlo, pues le había venido a la memoria lo que le había dicho fray Germán.

—No sé quién os lo habrá contado —comentó Roa, con extrañeza—, pero debo confirmaros que esa estatua existe. Nosotros la encontramos hace tiempo, enterrada en una de las grutas. Si no me creéis, yo mismo puedo enseñárosla.

—¡Y no me digáis que también hay un tesoro, como en las cuevas de Toledo!

—No sé a qué viene ese escepticismo. No os hablo de leyendas, sino de hechos de los que han quedado pruebas y testimonios, como la famosa estatua. Lo de menos es si Hércules, en persona, estuvo o no por aquí, pues su figura es un símbolo y su leyenda, el vestigio de un mundo que había sido olvidado. Pero yo os puedo asegurar que por estas cuevas ha pasado mucha gente. Los romanos, siempre tan prácticos y emprendedores, aprovecharon algunas de sus galerías bien como cloacas, bien como depósitos, arquetas y esguevas para repartir el agua que extraían de sus veneros por toda la ciudad. Fueron ellos también los que, en sus exploraciones, encontraron algunos restos del pasado de la cueva y pequeños yacimientos de diversos minerales, de los que dieron buena cuenta enseguida. Los visigodos, por el contrario, la utilizaron sólo como lugar de enterramiento. Luego, durante la ocupación árabe, la cueva volvió a vivir cierto momento de esplendor, puesto que a ella acudieron numerosos alquimistas, atraídos por su fuerza mágica, lo que la convertía en el lugar ideal para sus prácticas. Pero fueron tantas las incursiones cristianas que en ese tiempo sufrió la ciudad que, al final, quedó destruida, en tierra de nadie y en un estado de total abandono, incluida la cueva, donde, como veréis, están las verdaderas raíces de Salamanca y de su Universidad.

El resto de la historia Rojas ya lo conocía y así se lo dijo al catedrático, que, sorprendido, quiso saber cómo se había enterado y cómo había logrado acceder a la cueva. Rojas le habló entonces de fray Germán, a quien Roa había tratado en otro tiempo. A éste le causó gran regocijo la noticia de que era un estudioso de la brujería y buen conocedor del mundo pagano y de todo lo relacionado con la cueva.

—Y vos ¿cómo llegasteis aquí? —inquirió Rojas.

—Fue precisamente la leyenda la que nos puso tras la pista de la cueva, de la que teníamos vagas referencias y testimonios en algunos libros. Como vos bien sabéis, ésta se localiza en la cripta de San Cebrián, pero pronto descubrimos que éste era sólo uno de sus accesos, la parte digamos visible de algo mucho más profundo, complejo e importante. Ya se sabe que cuanto más se oculta una cosa más pugna ésta por salir a la luz, aunque sea de forma simbólica o alterada o bajo el disfraz de una leyenda, como en este caso. Así que nos pusimos a buscar otros accesos. Esto fue hace veinticinco años; por entonces, acababan de demoler el viejo Alcázar, y ello hizo que aflorara a la superficie una nueva entrada, más cómoda y segura que la otra, que nos permitió explorar bien la cueva. Al principio nos movía, sobre todo, el interés por el pasado, especialmente por la antigüedad romana y griega, y la natural curiosidad por lo desconocido, pero, enseguida, nos dimos cuenta de que estos subterráneos podrían ser también un excelente refugio, en caso de necesidad; de modo que, tras el proceso a Pedro de Osma y la llegada de la Inquisición a Castilla, comenzamos a utilizarla para nuestras reuniones y nuestros estudios. Desde entonces, se ha convertido en nuestra Academia y casi en nuestra casa.

—¿Y no teméis que la leyenda de la cueva pueda perjudicaros?

—Lejos de causarnos ningún daño, la leyenda ha sido una excelente fachada para encubrir nuestras actividades. Por un lado, el miedo al Diablo y otras supersticiones mantienen alejados a los curiosos. Por otro, la mayor parte de los teólogos e inquisidores consideran que todo lo que tiene que ver con la cueva y su leyenda no son más que cuentos de viejas; así que no se molestan en clamar contra ella. De todas formas, no somos los únicos habitantes del lugar.

—¿Qué queréis decir? —preguntó Rojas haciéndose de nuevas.

—Que cada vez son más los que buscan cobijo entre sus paredes. Sabemos, por ejemplo, que aquí se esconden algunos judíos que no quisieron irse tras el decreto de expulsión.

—¿Y tenéis algún trato con ellos?

—Les hemos ofrecido nuestra ayuda en diversas ocasiones, pero sus dirigentes son tan dogmáticos y desconfiados como la mayor parte de nuestro clero, y su religión no les permite unirse a nosotros. No obstante, también hay judíos en nuestra Academia, como no podía ser menos; recordad la gran amistad de Pedro de Osma con Abraham Zacut.

—¿Y conversos? —preguntó Rojas.

—Nosotros no tenemos estatutos de limpieza de sangre ni hacemos distinciones entre cristianos nuevos y viejos ni desconfiamos de aquellos que, en un momento dado, cambian de fe. Hacerlo sería contrario a nuestras ideas. De modo que aquí no tiene sentido hablar de conversos. Por otra parte, todos lo somos, en una medida u otra; yo mismo me he convertido a los *Studia Humanitatis* de los que hablaba, hace un siglo, Coluccio Salutati, autor, por cierto, de una curiosa interpretación alegórica de los doce trabajos de Hércules; por desgracia, incompleta.

—¿Y qué me decís de vuestras ideas políticas? —inquirió Rojas—. Parece ser que os apoyan muchos descontentos con la monarquía.

—Como podéis imaginar, los judíos y los conversos no son las únicas víctimas de los Reyes. También las hay entre los llamados cristianos viejos. Unos porque se han empobrecido o han sufrido algún tipo de abuso; otros porque han perdido poder y privilegios; y la mayoría porque tienen que pagar unos impuestos cada vez más abusivos. Sólo la Iglesia, una parte de la nobleza y aquellos que han medrado en la actual situación, entre los que no deja de haber algunos confesos, parecen verdaderamente complacidos con esta monarquía. Lo importante ahora es que los que no lo están, y aquí incluyo a la mayor parte de los conversos, quieran hacer causa común con nosotros. Por eso, es necesario olvidar las diferencias e intentar acentuar las afinidades. Pero estad seguros de que, tarde o temprano, vamos a enfrentarnos al poder real.

—¿Por medio de la intriga, la conjura o el regicidio? —inquirió Rojas sin poder evitarlo.

—De momento, amigo mío, nuestras únicas armas son las palabras y las ideas. Por eso, hemos fundado esta Academia, una especie de Universidad oculta y paralela a la de allá arriba, directa heredera de la que, en su día, creó Hércules en esta misma cueva.

—¿Y cuál es vuestra doctrina? —preguntó Rojas, con verdadera curiosidad.

—Para explicárosla, haría falta mucho tiempo. Pero, a modo de conclusión, os diré que somos partidarios de una monarquía electiva donde puedan convivir las diferentes religiones y creencias y donde exista un reparto más justo de los deberes y los privilegios. Asimismo, queremos reformar la Iglesia, revisar sus dogmas, sus métodos y su jerarquía. Por último, somos totalmente contrarios a la escolástica y a la preeminencia de los estudios teológicos; por eso, propugnamos una vuelta a la antigüedad romana y griega y un programa en el que el hombre sea el verdadero centro de nuestras enseñanzas. Nada hay, pues, de mágico, hermético o diabólico en nuestra cueva; todo es aquí muy humano. En una época en la que Salamanca y su Universidad se resisten a salir de la oscuridad, este lugar subterráneo representa, paradójicamente, la única luz y esperanza posible.

—Dicho así, suena muy bien —comentó Rojas.

—Pues, visto de cerca, suena aún mejor. Venid por esta galería —le indicó—; quiero enseñaros algo. Sé que os va a agradar mucho y que lo mantendréis en secreto fuera de aquí.

Capítulo 22

Cuando llegaron al otro lado de la galería, Rojas tuvo que abrir y cerrar varias veces los ojos, y no sólo a causa del cambio de luz. Ante su asombrado rostro, se hizo visible una especie de ágora o foro, rodeado de una pequeña grada sobre la que descansaban varias hileras de columnas y de estatuas antiguas. El suelo estaba cubierto de mosaicos con escenas históricas y mitológicas, y aquí y allá se veían grupos de jóvenes vestidos con túnicas y togas romanas que dialogaban entre sí, bajo la mirada atenta de su maestro, o escuchaban con interés las explicaciones que éste les daba o leían textos y los comentaban en diversas lenguas.

—¡He aquí nuestra Academia! —exclamó Roa con satisfacción—. En ella no hay dogmas ni lecciones magistrales ni libros prohibidos o censurados. Nuestro principal fin es la vuelta a las fuentes antiguas, y, ya que tenemos que hacerlo en estas condiciones —dijo, extendiendo sus brazos, como para abarcarlo todo—, hemos querido crear el ambiente más adecuado para ello. Os sorprenderá saber que las columnas, estatuas y mosaicos son originales. La mayor parte de estas obras estaban en la cueva u ocultas bajo tierra en diversas partes de la ciudad; el resto lo hemos traído con paciencia de otros lugares. Y esa del centro, sí, es la estatua de Hércules, nuestro antecesor.

Se trataba de una estatua de gran tamaño, hecha de bronce, en la que se veía al esforzado héroe impartiendo sabiduría con un rollo de papiro en las manos. A sus pies, había varias arcas llenas de libros, mapas y manuscritos y, entre ellas, diversos objetos de cerámica y madera, armas antiguas, estelas y lápidas con inscripciones, figuras e instrumentos de metal... Todo un compendio del pasado de la cueva puesto al alcance de la vista, para uso de maestros y escolares.

Mientras terminaban de contemplar la estancia. Roa fue llamando a varios mozos, para darles, al parecer, algunas instrucciones al oído, pues de inmediato se dirigieron a algunos puntos concretos de la grada. Rojas estaba tan maravillado con lo que veía que apenas podía creerlo; tampoco se atrevía a pronunciar palabra, por miedo a romper el hechizo.

—Pues aún os falta por ver lo más hermoso —le comunicó Roa, que parecía estar leyéndole los pensamientos.

Dicho esto, dio varias palmadas, y, al instante, se encendieron las antorchas que había colocadas en lo alto del fuste de las columnas. Al principio, fue como si el techo de la cueva se hubiera abierto, de par en par, para mostrar el cielo estrellado, pero enseguida comenzó a distinguir en él varias figuras que le resultaban familiares.

—¡Dios Santo! —exclamó Rojas—. ¡Es una copia de la bóveda celeste que hay en la biblioteca del Estudio!

—Me temo que os equivocáis, querido Rojas; no es una copia, es la original, si bien es cierto que la otra se pintó antes.

—No os entiendo —confesó éste, perplejo.

—La del Estudio —explicó Roa— es, en efecto, algo anterior en el tiempo, pero las dos son hijas de la misma idea, con la diferencia de que ésta es más perfecta y más fiel al proyecto original.

—¿Conocéis vos al autor que lo diseñó?

—Hace más de veinte años, el 21 de agosto de 1475, el teólogo Pedro de Osma, el astrólogo Abraham Zacut y el gramático Antonio de Nebrija, que se había formado en el Colegio de San Clemente de Bolonia, decidieron unir sus fuerzas para traer nuevos métodos al Estudio salmantino, amenazado desde hacía tiempo por la dejadez y la barbarie. Para conmemorar ese día, entre los tres dibujaron una gran bóveda astrológica que simbolizara su proyecto reformador. Se trataba de una representación, real y alegórica a la vez, del cielo estrellado en aquella fecha concreta en la que los tres maestros se reunieron; de modo que en ella aparecían las figuras de los siete planetas y de las diferentes constelaciones de la octava esfera, dentro de las que se encontraban los doce signos del Zodiaco, que, a su vez, se corresponden con los doce trabajos de Hércules, así como una personificación de los cuatro vientos y los emblemas de las siete artes liberales.

»Por desgracia, a los pocos años, Pedro de Osma fue condenado y despojado de su cátedra y el judío Abraham Zacut, conminado a convertirse al cristianismo, lo que lo llevó a refugiarse en la pequeña corte de estudiosos fundada por don Juan de Zúñiga; de forma que sólo el maestro de Gramática pudo seguir adelante con el proyecto reformador y con su particular lucha contra los enemigos de la lengua latina, a los que, como sabéis, declaró la guerra en sus *Introductiones latinae,* publicadas en 1481. Como Hércules, algunos siglos antes, Nebrija también había venido a Salamanca para restaurar la antigüedad y desterrar la barbarie. De ahí que, cuando, en 1483, la Universidad decide encargarle al pintor Fernando Gallego la decoración de la bóveda de la nueva biblioteca, no dudara en poner a su disposición el programa iconográfico que había diseñado con sus dos amigos. Sin embargo, el pintor no fue del todo fiel al proyecto; lo que hizo que, a su término, en 1486, Nebrija se desentendiera del mismo y decidiera abandonar la Universidad. Fue entonces cuando él también se acogió al mecenazgo de don Juan de Zúñiga, en Zalamea de la Serena, donde pudo dedicarse con tranquilidad a la preparación de su *Gramática de la lengua castellana* y de algunos vocabularios. Allí volvió a coincidir, además, con Abraham Zacut, que por entonces acababa de escribir su *Tratado de las influencias del cielo,* con el que tanto tiene que ver esta bóveda astrológica.

—¿Y de quién fue entonces la idea de pintarla aquí?

—Poco antes de morir, Pedro Martínez de Osma me donó todos sus papeles, entre los que se encontraba una copia completa del programa iconográfico. Después de ver lo que había pasado con la bóveda de la biblioteca del Estudio, la Academia decidió hacerse cargo del proyecto, y éste es el resultado.

El techo natural de la caverna tenía, más o menos, la forma de una bóveda de medio cañón y había sido pulido y recubierto con una capa de revoque para poder pintar al fresco sobre él. El fondo era de color azul celeste y, a lo largo de su superficie, destacaban numerosas estrellas, revestidas de oro y en ligero relieve, que parecía que titilaban a la luz de las antorchas, así como las imágenes de los dioses planetarios, las constelaciones y demás figuras.

—Como podéis ver —explicó Roa—, la bóveda tiene tres partes, una por cada maestro. En la primera, la dedicada a Abraham Zacut, están los dioses Sol y Mercurio, sentados en sus respectivos carros triunfales, camino de sus moradas nocturnas y diurnas. Después están los signos zodiacales correspondientes a la segunda parte del año solar, esto es, Leo, Virgo, Libra, Escorpio y Sagitario, que con su trayectoria separan las constelaciones boreales de las australes; a la izquierda, las figuras de Boyero, Hércules y Serpentario; y a la derecha, las de la Hidra, el Cuervo, la Copa, el Roble, la Corona Austral, el Ara y el Centauro. Y, por último, en la parte de abajo están las cabezas que representan los cuatro vientos.

Conforme hablaba, le iba mostrando a Rojas todas y cada una de las figuras de esa singular bóveda. Así pudo comprobar cómo las partes dedicadas a Pedro de Osma y Antonio de Nebrija se repartían el resto de las constelaciones, los planetas y, lo más importante, las siete artes liberales: gramática, dialéctica, retórica, aritmética, geometría, astronomía y música.

—Si os fijáis bien —le advirtió Roa—, la principal diferencia entre esta bóveda y la de Fernando Gallego es la presencia de estos emblemas, que, como podéis imaginar, representan las enseñanzas que Hércules comenzó a impartir en esta cueva. Precisamente, la otra discrepancia es la figura de este semidiós, que, en la biblioteca, aparece como un guerrero en actitud de atacar, desnudo y armado con una maza y la piel del león de Nemea, mientras que aquí lo vemos como un héroe civilizador, en el acto de fundar su Estudio en esta cueva y, por tanto, de poner los cimientos o raíces de la futura Universidad y de nuestra Academia. De modo que, como podéis comprobar —concluyó—, esta pintura es mucho más compleja y muy superior a la otra.

—Ciertamente, lo es —reconoció Rojas, absorto ante tanta maravilla.

—El autor es un célebre pintor florentino del que, por el momento, no puedo revelar el nombre.

—Extraños tiempos estos —comentó Rojas— en los que lo superior tiene que permanecer oculto en una cueva y su artífice, en el anonimato, mientras arriba arraiga y triunfa lo mediocre.

—Pues más os maravillará entonces saber que, según nuestros cálculos, esta bóveda se encuentra justo debajo de la otra, como si fuera su reverso infernal, aunque, para nosotros, sea el cielo de este infierno. Y lo más sorprendente —señaló Roa, con creciente entusiasmo— es que ésta tiene también como misión cubrir y adornar una biblioteca, sólo que, en este caso, los libros no son de pergamino ni de papel, sino de piedra; de hecho, este gran fresco —reveló, por fin— no es más que una *iluminación* de lo que aquí llamamos el manuscrito de piedra.

—¿Qué queréis decir? —le preguntó Rojas, intrigado.

—Acompañadme, y lo veréis con vuestros propios ojos.

Se dirigieron al fondo del ágora y subieron los tres escalones de la grada, hasta llegar al peristilo. Una vez allí, quedó a la vista la pared frontal de la cueva, que aparecía tallada como si fuera un muro. A la luz de las antorchas, Rojas comprobó que la mayor parte de su superficie estaba cubierta con letras de almagre.

—Mirad esto de aquí —le aconsejó Roa.

No eran letras, sino dibujos de animales: toros, jabalíes, ciervos..., hechos con cierta tosquedad, pero llenos de viveza; también había figuras humanas, unas armadas con arcos y flechas y otras mirando hacia arriba, hacia una serie de círculos y puntos de diferente tamaño: la luna, el sol, las infinitas estrellas... No muy lejos de esas imágenes, se veían unos signos misteriosos, tal vez de alguna lengua desconocida. Y, de repente, unos textos en griego que Rojas leyó y tradujo para sí; algunos hacían alusión a Orfeo, otros, cómo no, a Heracles y sus trabajos; y, en lo más alto, la célebre inscripción del templo de Apolo, en Delfos, atribuida a los siete sabios: γνοστι τε αυτῶν (*Conócete a ti mismo*). Pero la mayor parte del muro estaba ocupada por los escritos en latín. Había sentencias, poemas, epitafios, citas de grandes autores..., todos ellos en letras romanas. Por último, se veían palabras en árabe y en hebreo, que Roa le fue descifrando con gran destreza.

—En esta pared —concluyó—, están los testimonios de épocas pasadas, tal y como, en su día, los encontramos; en las demás, los que nosotros hemos ido escribiendo. Y aún queda mucho espacio libre para el futuro. Espero que no tengamos que utilizarlo.

Rojas siguió en silencio a su guía en su recorrido por el peristilo. Estaba realmente impresionado por el manuscrito de piedra. Todas esas palabras, leídas a la luz de las antorchas, parecían escritas con sangre y fuego sobre la roca viva.

—Aquí tenéis, en un lugar de honor —señaló Roa—, las nueve proposiciones de Pedro de Osma, aquellas por las que fue condenado y lo perdió todo, las mismas que nos decidieron a utilizar este refugio. Y, junto a ellas, numerosos pasajes sacados del *Nuevo Testamento* que contradicen muchas prácticas y dogmas de la Iglesia. Luego, viene la explicación de la bóveda astrológica, según el libro que ya os he mencionado de Abraham Zacut. Como veis, también está el decálogo sobre el buen gobierno que yo mismo he redactado, a partir de los comentarios a la *Política* de Aristóteles y del magisterio de Pedro de Osma.

Rojas leyó, en voz alta, algunos de los puntos del decálogo:

El rey debe procurar la promoción del bien común, cuidando de las rentas y demás ingresos empleados en el acrecentamiento del mismo.

No se debe ensanchar el reino en contra de los dictados de la justicia. La guerra sólo es justa cuando tiende a reparar una injusticia. Las guerras de conquista, por lo tanto, han de ser rechazadas.

—Espero que algún día puedan servir para algo —comentó Roa—. Con frecuencia, imagino que, cuando todos nosotros hayamos muerto, este muro de piedra seguirá en pie, manteniendo vivas y a salvo nuestra memoria y nuestras ideas. Pero no dejemos que la tristeza nos embargue. Decidme, ¿qué os parece todo esto?

—Os confieso que estoy conmovido y maravillado.

—¿Tanto como para uniros a nosotros?

—Espero hacerlo, si me lo permitís —respondió Rojas, un tanto sorprendido por la propuesta—, pero antes debo cumplir una misión.

—Tenéis razón; por un momento, lo había olvidado. Cuando llevo varias horas aquí, se me va la cabeza. Debe de ser la falta de aire —bromeó.

—Por desgracia, yo no puedo olvidarlo —se lamentó Rojas.

—Antes de que prosigáis vuestro camino, quiero haceros una advertencia: en esta cueva puede haber individuos muy peligrosos. Y no me refiero sólo a criminales, bandidos y prófugos de la justicia, que también los hay, sino a seres deformes y monstruosos, absolutamente envilecidos; la mayoría son enfermos o locos a los que abandonaron aquí sus propias familias, algunas de ellas de noble linaje, y vagan de un lado a otro sin cesar, en busca de algún incauto con el que alimentarse. Por eso, conviene ir siempre en grupo. Por otra parte, están los adoradores del Diablo...

—¿A qué os referís? —preguntó Rojas, interesado.

—Como ya os conté, la supuesta presencia del Diablo mantiene alejados de la cueva a los curiosos y entrometidos, pero también atrae, de cuando en cuando, a algún adepto del Maligno. Suele ser gente dispuesta a rendirle culto y sumisión para obtener poderes sobrenaturales o lograr sus deseos y ambiciones. Pero éstos tienen su sitio en la parte más recóndita y profunda de la cueva, también la más peligrosa.

—¿Habéis estado vos allí?

—En esta cueva, amigo mío, hay lugares que nosotros no conocemos, simas en las que nadie o casi nadie, salvo tales adeptos, ha querido adentrarse, grutas llenas de azufre o con las paredes cubiertas de rejalgar...

—¡¿Rejalgar?! —exclamó Rojas con asombro.

—Es un extraño mineral; también lo llaman polvo de la cueva, y es muy venenoso.

—Sé lo que es el rejalgar. ¿Sabéis vos cómo acceder hasta allí?

—Ya os he dicho que hay lugares que, por precaución, no hemos explorado. También existe un acuerdo tácito por el que los moradores de la cueva se comprometen a no entrar en territorio ajeno.

—¿Y por qué sabéis que hay allí rejalgar?

—Un día —explicó Roa—, encontramos a un hombre moribundo en una de nuestras galerías. Venía en busca de ayuda. En su piel, tenía restos de polvo de la cueva. No pudimos hacer nada por él.

—¿Tenéis al menos idea de qué camino tengo que seguir?

—No muy lejos de donde acaba una de nuestras galerías, hay un túnel por el que se internan los que buscan al Diablo. Según parece, conduce a una bifurcación marcada con un círculo y un VIII.

—Un círculo y un VIII —repitió Rojas—, eso es todo cuanto necesito saber.

—También puedo ofreceros algún remedio para protegeros del rejalgar. Pero me temo que éste es un viaje que tendréis que hacer solo. Si os acompañara, pondría en peligro la Academia y la vida de muchas personas.

—Por mí, no debéis preocuparos. Cuando entré aquí, ya sabía que iniciaba una especie de descenso a los infiernos, un camino difícil y lleno de pruebas que alguien había trazado sólo para mí. Sé que en esta aventura puedo morir, pero, si salgo con bien de todo esto, lo haré fortalecido y transformado. En cambio, si lo dejara y me rindiera, ya no podría mirar a nadie a la cara, y eso sería peor que estar muerto.

—Sin duda, volveréis convertido —confirmó Roa— en lo que, en el fondo, ya sois, un hombre libre, justo y sabio, puesto que obráis sólo movido por la búsqueda de la verdad.

Antes de abandonar la gruta en la que estaba la Academia, Rojas echó un último vistazo a la bóveda astrológica y al manuscrito de piedra.

—A mí también me gustaría dejar pronto algún testimonio —le confesó a Roa.

275

—El muro os está esperando.

—Gracias por todo —se despidió Rojas.

—Cuidaos mucho —le pidió Roa, dándole un abrazo.

—Lo mismo os digo; son muchos los que dependen de vos.

En ese momento, se acercó a ellos un estudiante; en una mano, portaba un par de antorchas, y, en la otra, un zurrón.

—Os presento a Felipe —dijo Roa—, uno de mis discípulos. Él os acompañará hasta la bifurcación. En el zurrón, lleváis agua y comida, por si el camino es largo. El bálsamo os protegerá del posible contacto con el rejalgar, pero cubríos bien la boca y la nariz con un lienzo.

—Cuando queráis —le dijo Rojas a su nuevo guía, abrumado por tantas atenciones.

Tras atravesar varias grutas, se internaron en lo que a Rojas le pareció un laberinto de galerías. Muchas estaban recubiertas con bóveda de sillares, y de ellas salía, de vez en cuando, un pasadizo que terminaba en unas escaleras empinadas, por lo que Rojas imaginó que algunas casas o edificios de la ciudad tendrían acceso directo al inframundo. Asimismo, se fijó en que, al final de algunos túneles, se abría un hueco en uno de los lados; en él había una gran piedra redonda, como de molino, sobre una rodera.

—Son puertas para sellar las galerías, en caso de peligro —le explicó Felipe—; de esta forma, podemos dejar completamente aislada la zona de la Academia.

—¿Y cómo se mueven? —preguntó Rojas.

—Por medio de una máquina de agua; así lo hacían los antiguos romanos. Ellos fueron los primeros en domesticar el agua.

—Es una suerte poder contar con tan buenos aliados —comentó Rojas.

—Ya hemos llegado —dijo de pronto Felipe—; al final de ese tramo, está el túnel que conduce a la bifurcación.

—Os doy las gracias por todo.

—Que Dios os proteja.

Capítulo 23

Tal y como le habían dicho, Rojas no tardó en llegar a la bifurcación número VIII. Aunque había perdido el mapa en la caída que lo llevó ante el sanedrín, recordaba muy bien cuál era el ramal que ahora tenía que tomar. Al poco rato de caminar por él, comenzó a notar que éste se ensanchaba hasta alcanzar las dimensiones de una pequeña plaza. A un lado de la misma, se amontonaban contra la pared, formando una pendiente, lo que, en un principio, le parecieron cascotes. Mientras se acercaba para examinarlos, pisó algo que, al romperse, produjo un crujido muy desagradable. Se agachó y vio que se trataba de la calavera de un niño muy pequeño, probablemente de un recién nacido. Pero no era la única; la galería entera estaba cubierta de esqueletos de niños, montones y montones de pequeños cráneos y huesecillos que se quebraban con sólo tocarlos o acercarles la antorcha.

Sobrecogido, miró a lo alto y descubrió una gran oquedad, en forma de embudo invertido, que seguramente comunicaba con el exterior. En alguna ocasión, había oído contar que, en los conventos, las monjas se libraban del fruto de su pecado arrojándolo, nada más nacer, por el brocal de un pozo; y que lo mismo hacían con los niños que las mujeres descarriadas dejaban en el torno o en la puerta de la clausura. Sin embargo, nunca se había atrevido a imaginar la existencia de un limbo como ése. Mientras se alejaba de allí procurando no pisar ninguna calavera, se preguntó qué más horribles sorpresas lo aguardarían en su recorrido.

Cuando llegó, por fin, a la última bifurcación, comenzó a dudar. Pensó, incluso, en darse la vuelta y olvidarlo todo, pero sabía de sobra que eso no era posible; no le quedaba otra salida que concluir la prueba y llegar hasta el final del camino emprendido. «Si Orfeo, Eneas y Dante volvieron, ¿por qué no habría de regresar yo?», se dijo a sí mismo para infundirse aliento. Pero, en lugar de animarse, sintió de golpe el cansancio de los últimos días. El aire, por otra parte, se hacía cada vez más irrespirable, y, en las paredes, comenzaban a verse algunas costras rojizas de un mineral extraño que despedía un intenso olor a azufre, probablemente el tan temido rejalgar. Así que se detuvo para aplicarse en las partes visibles de la piel el ungüento protector. Luego, dobló el pequeño lienzo que le había dado Roa por dos de las puntas, se lo colocó delante de la boca y la nariz y se lo ató por detrás, a la altura de la nuca.

Al poco rato de reiniciar la marcha, la galería empezó a estrecharse y la pendiente se hizo mucho más pronunciada, hasta terminar en una especie de grieta o hendidura vertical, en forma de vulva, por la que salía un resplandor rojizo. Antes de franquearla, se asomó con cuidado para comprobar si existía algún peligro. Al otro lado, se abría una gruta de regular tamaño y, al fondo de la misma, encorvada sobre un caldero puesto a la lumbre, se veía a una vieja dándole vueltas a lo que allí se cocía con una gran cuchara de madera. Pegados a la pared, había varios haces de leña, algunas tinajas y numerosos cacharros, y, en la parte alta, se adivinaban unos agujeros, a modo de chimeneas, por los que, al parecer, salía el humo al exterior. En ese instante, comenzó a hablar la mujer con voz estentórea:

—Conjúrote, triste Plutón, señor de la profundidad infernal, emperador de la corte dañada, capitán soberbio de los condenados ángeles, señor de los sulfúreos fuegos que los hirvientes étnicos montes manan, gobernador y veedor de los tormentos y atormentadores de las pecadoras ánimas, regidor de las tres furias, Tesífone, Megera y Aleto, administrador de todas las cosas negras del reino de Éstige y Dite, con todas sus lagunas y sombras infernales y litigioso caos, mantenedor de las volantes harpías, con toda la otra compañía de espantables y pavorosas hidras. Yo, Celestina —y aquí Rojas dio tal respingo que casi se cayó al suelo—, tu más conocida cliéntula, te conjuro por la virtud y fuerza de estas bermejas letras, por la sangre de aquella nocturna ave con que están escritas, por la gravedad de estos nombres y signos que en este papel se contienen, por la áspera ponzoña de las víboras de que este aceite fue hecho, con el cual unto este hilado, vengas sin tardanza a obedecer mi voluntad.

Cuando terminó el conjuro, una bandada de murciélagos que había en lo alto de la gruta se lanzó volando hacia la salida, lo que obligó a Rojas a apartarse de forma violenta.

—Ah, estás ahí —dijo la vieja dirigiendo su voz hacia donde él estaba—. Seguro que eres ese tal Fernando de Rojas del que tanto he oído hablar. Pasa, no tengas miedo; llevo ya mucho tiempo esperándote.

—¡¿A mí?!

—¿A quién si no? ¿Conoces acaso a otro que lleve tu mismo nombre y sea igual de entrometido que tú? A fe mía, que no. ¿Tan bien te paga ese malnacido de Diego de Deza que no has dudado en venir hasta lo más profundo del Averno para encontrarme? ¿O lo haces simplemente porque eres igual que esa sabandija?

—No lo hago por codicia —replicó Rojas— ni, desde luego, me mueven los mismos motivos que a él.

—¿Entonces?

—Lo hago sólo por lealtad y por amor a la verdad.

—¡¿Por lealtad a esa alimaña, dices?! Antes me acostaría yo con un cocodrilo que sentarme a comer con ese hipócrita.

—A mí, sin embargo, me ayudó en momentos difíciles —se justificó Rojas—, y, para bien o para mal, no soy de los que olvidan.

—Tampoco yo, tenlo por seguro. Pero entra, no te quedes ahí. Las corrientes de aire subterráneas son muy peligrosas. Acércate, ¿no irás a tenerle miedo a una pobre vieja?

Conforme se acercaba, fue notando que en los movimientos de la mujer había algo extraño, una mezcla de torpeza y rigidez, tal vez inseguridad.

—Observo que ya te has dado cuenta de mi ceguera. No es necesario que te apiades ahora de mí; al igual que los murciélagos, puedo verte con las orejas. Tan sólo falta que me salgan unas alas membranosas en los brazos para ser uno de ellos, pero todo se andará, si sigo viviendo en esta cueva.

Tenía los ojos descoloridos y acuosos, y, entre las muchas arrugas de su mejilla izquierda, destacaba una tremenda cicatriz, que, a pesar de ser muy antigua, parecía que le latía, como un segundo corazón.

—Entonces, ¿eres tú la famosa Celestina? —preguntó Rojas, como si todavía no pudiera creerlo.

—Me alegra mucho saber que aún no me han olvidado —respondió ella—. Aquí donde me ves, tuve mis buenos tiempos allá fuera, cuando regentaba uno de los burdeles más prósperos de la ciudad, con nada menos que nueve pupilas, que la mayor no pasaba de dieciocho años y ninguna había menor de catorce. En él recalaban caballeros viejos y mozos y clérigos de todas las dignidades, desde obispos hasta sacristanes, que, cuando entraba en un templo, se quitaban los bonetes en mi honor como si yo fuera una duquesa. Hasta que un día, de repente, ese maldito Príncipe, azuzado por Diego de Deza, ordenó construir la Casa de la Mancebía y cerrar todos los lupanares intramuros; supuestamente lo hizo con el loable fin de sacar a las putas y rufianes de la parte donde está el Estudio y la catedral y evitar así la ocasión de pecado a los clérigos y estudiantes y el mal ejemplo a las doncellas honradas, si es que queda alguna, pero, en realidad, fue con el objeto de sacar dineros con los que pagar las deudas de ese niñato y de todo el Concejo. Y hete aquí que yo me quedé en la calle con lo puesto y ellos con mis clientes y mis pupilas, esas a las que yo había enseñado todo lo que saben, que hasta besaban el suelo por donde yo pisaba y me querían como a una madre, sí, la madre Celestina.

»Fue entonces —continuó— cuando me trasladé a una casa ruinosa del arrabal, donde tan sólo disponía de mi fiel Alicia, que debía, además, ejercer de tapadillo. Pero el negocio iba tan mal que, para salir del aprieto, tuve que volver a practicar algunos viejos oficios, como el de labrandera, perfumera, maestra de hacer afeites y de componer virgos, alcahueta y hechicera. Así que pronto volvió a llenarse mi casa de gente en busca de remedio para sus achaques y ayuda para cumplir sus deseos. Celestina esto, Celestina lo otro, que aquello parecía un mercado en día de feria, y mi arca y mi despensa estaban cada vez más abastecidas. Pero, entonces, vino ese bujarrón de fray Tomás y comenzó a ponerme en entredicho en sus prédicas, diciendo que yo era una bruja y una hechicera y que, por tanto, representaba un grave peligro para la ciudad. Tanto dio la matraca con este asunto que, al final, me empicotaron por hechicera, aunque no por vender mozas a los clérigos, que era mi principal dedicación. En pocos días, envejecí tanto que parecía de doblada edad. Sin embargo, el sodomita no se sintió satisfecho y volvió a arremeter contra mí, y no cejó hasta que la Inquisición decidió abrirme un nuevo proceso, amparándose en no sé qué ley, promulgada por Juan II y vigente aún en Castilla, por la que se castiga con la muerte a los brujos y hechiceros. De modo que, una vez más, tuve que abandonar mi casa y mi ganancia, para venir ahora a refugiarme en esta oscura cueva, donde he perdido la vista y el gusto de vivir y donde lo único que me ha mantenido en pie es el deseo de verme vengada.

—¿Debo entender entonces que tú eres la instigadora de los crímenes? —preguntó Rojas con formalidad, para poder dar fe luego de su testimonio.

—Y a mucha honra —puntualizó la mujer—. Lo único que lamento es no haberlos podido matar yo con mis propias manos. Por suerte, he tenido quien lo hiciera en mi nombre, pero la tarea aún no está acabada.

—¿Qué quieres decir? —inquirió Rojas.

—Muy pronto lo sabrás. Antes debes dormir un rato.

Las últimas palabras de la mujer le llegaron distorsionadas, al tiempo que las formas empezaban a perder sus contornos.

—No lo... —comenzó a decir él, mientras todo se desvanecía a su alrededor.

Cuando volvió en sí, descubrió que estaba encadenado con grilletes a la pared de la gruta. Tenía los miembros algo entumecidos y le daba vueltas la cabeza; por otra parte, la boca se le había acorchado y sentía náuseas en el estómago, como si hubiera ingerido una vianda descompuesta.

—Bienvenido al reino de las sombras —lo saludó Celestina entre risas ahogadas—. ¿Preparado para conocer la verdad?

—¿Qué me has dado, vieja bruja?

—En primer lugar, te has dormido con los vapores que salen de mi caldero —le informó ella, sin poder contener la carcajada, desapacible y chillona, como el graznido de un pájaro—; a mí no me hacen efecto, ya estoy acostumbrada. Luego, te he dado una pócima para despertarte. Nada grave, no te apures.

—¿Y qué piensas hacer conmigo?

—De momento, no pienso matarte, si es eso lo que te preocupa, siempre y cuando colabores en mis planes.

—Para eso, no cuentes conmigo —protestó él—; además, no creo que tarden en venir a buscarme.

—Dudo mucho de que vengan a rescatarte y, si lo hicieran, podría usarte como rehén para escapar; nadie como yo conoce estos andurriales, y aquí ser ciego es una ventaja. Pero olvidemos eso ahora. Como sé que estás impaciente por saberlo todo, voy a contarte la historia de mi singular venganza.

Después, hizo una breve pausa dramática, que aprovechó para sentarse en una piedra, junto a Rojas. Éste, a pesar de las circunstancias, estaba muy impaciente por oírla; si, al final, tenía que morir, prefería que sucediera tras conocer la verdad, aunque ésta ya no fuera a servirle de nada.

—Hace no mucho tiempo —comenzó a decir Celestina con voz algo engolada—, descubrí merodeando por la iglesia de San Cebrián a un joven estudiante. El pobre parecía tan perdido y desconcertado que me apiadé de él y me acerqué a interesarme por su persona. Me dijo que, meses atrás, había venido caminando desde Santiago de Compostela, como si fuera un peregrino, para proseguir sus estudios en Salamanca. El muy ingenuo había oído decir que aquí había una cueva en la que daba clases de nigromancia el mismo Demonio, pero, por más que había indagado, no había conseguido averiguar si ello era cierto ni dar con la entrada de la dichosa cueva. Yo le dije muy convencida que hacía tiempo que el Diablo no ejercía en esta cueva, pero que no se preocupara, que yo era precisamente una de sus discípulas más aventajadas y que, para demostrárselo, le iba a enseñar por dónde se accedía a la caverna. Al principio, me miró con desconfianza, como si yo fuera una loca. No se podía creer que una vieja tan astrosa y desdentada como yo pudiera ser la sustituta del Diablo en su cátedra de Salamanca. Pero lo peor fue cuando le dije que, para llegar al interior, había que pasar por la iglesia.

»—Vade retro, vieja estúpida —me dijo muy ofendido—. No he venido yo andando desde tan lejos, para meterme ahora en una iglesia; para eso, me hubiera quedado en Santiago, donde al menos tenemos una bien grande y acomodada. Yo lo que quiero es ver la cueva.

»—¿No has oído nunca decir que los caminos del Diablo son muy retorcidos? Pues entonces —le expliqué yo— no debería extrañarte que, en este caso, la entrada de la cueva esté en el interior de una iglesia dedicada a San Cebrián o San Cipriano, que, como sabrás, fue mago antes de ser santo, y no de los peores, al menos hasta que fue convertido a la fe cristiana por una doncella que, según dicen, había logrado resistirse a sus hechizos.

»—A mí esos cuentos de viejas me importan poco —me replicó—. Sabe que, desde el día en que salí de Santiago, no he vuelto a pisar una iglesia, así fuera para huir de la justicia o protegerme del frío. Les tengo tanta inquina y ojeriza a esos lugares que cada vez que oigo sonar una campana me pongo malo y salgo corriendo.

»—Pues me temo que, en este caso —le advertí yo—, tendrás que resignarte y pasar bajo el arco de la iglesia si quieres conseguir lo que tanto anhelas.

»Dios y ayuda me costó luego convencerlo para que cruzara por delante del Cristo y bajara a la cripta, pues tenía miedo de que fuera a encerrarlo para siempre en un lugar sagrado. Cualquiera hubiera dicho al ver cómo temblaba en el interior de la iglesia que estaba endemoniado, con lo que bien podía haberse ahorrado el viaje de venir a buscar al Diablo a Salamanca, ya que parecía tenerlo dentro de sí. Y no digamos, cuando tuve que hacer la cruz en la pared de la cripta o él tuvo que meterse en el sepulcro con los restos de un clérigo.

»—Ahí arriba —le dije para terminar de convencerlo— está la ciudad de Dios y aquí abajo la del Diablo; así que tú verás lo que haces.

»El caso es que, una vez en la cueva, comenzó a tranquilizarse un poco y a tomarme confianza. Al final, parecía tan convencido de que estábamos entrando en el mismísimo Averno que no me costó nada hacer que se tragara todos los embustes que quise. A cambio de algunas promesas que me hizo y de otros servicios que, de momento, me callaré, yo le fui enseñando todo lo que sabía sobre ciencias ocultas y algunas cosas más que yo misma me inventaba sobre la marcha. Mi discípulo, al que yo llamo Asmodeo en la intimidad, pues nunca ha querido revelarme su verdadero nombre, se mostraba tan predispuesto para hacer el mal que todo lo daba por bueno y bien empleado.

»Hasta que un día decidí que había llegado el momento de convertirlo en el instrumento de mi venganza. Fue entonces cuando le dije que las lecciones habían terminado y que para aprobar los cursos y ser bachiller en ciencias ocultas debía superar algunas pruebas y hacer todo lo que le mandara sin osar discutirlo; y, desde ese instante, él ha sido mis ojos, mis manos y mis pies, dentro y fuera de la cueva. Yo sabía de muy buena fuente que fray Tomás sentía gran debilidad por los mancebos y más si éstos eran imberbes e instruidos. Así que le ordené que comenzara a asistir a las clases de Prima de teología, pues convenía, le dije, conocer bien las estrategias y doctrinas del enemigo. Asimismo, le aconsejé que, de vez en cuando, se acercara al maestro con el pretexto de pedir alguna aclaración, una vez terminada la clase, junto al poste que hay en el patio de las Escuelas, como es costumbre. De esta forma, fray Tomás no tardó en interesarse por el muchacho, al que comenzó a invitar a su celda del convento, con la excusa de mostrarle ciertos libros y de enseñarle algunas otras cosillas, tú ya me entiendes.

»Y, por fin, una mañana me dijo que la fruta estaba ya madura y que el fraile haría todo lo que él quisiera, pues le había conquistado la voluntad, sobre todo después de haberle concedido unos favores de cuya naturaleza no quería hablar. Le pedí que, si era cierto, me lo demostrara y que esa misma tarde me lo trajera, con cualquier pretexto, a la cueva.

»—Eso está hecho —me dijo muy ufano.

»Mi primera intención no era matar a fray Tomás, sino extorsionarlo y darle tormento hasta llegar a un acuerdo con él; de modo que yo me comprometería a liberarlo y a no revelar a nadie su secreto si él me dejaba volver a ejercer mis oficios con cierta dignidad y sin temor a que, en cualquier momento, pudieran detenerme los *familiares* de la Inquisición. Pero, estando todavía en la calle, el muy cabrón debió de olerse algo y, en el último momento, cuando ya estaba a punto de entrar en la cueva, se volvió atrás. El muchacho, que se jugaba mucho en este asunto, trató de convencerlo con todo tipo de argucias y promesas, mas, al final, lo único que consiguió fue terminar de asustarlo.

»Así que no hubo más remedio que darle muerte, si no queríamos correr el riesgo de que fuera a contarle todo al obispo, su principal cómplice y amigo, como, de hecho, iba a hacer, cuando Asmodeo lo abordó en la entrada principal de la Iglesia Mayor, donde yo le había ordenado que lo esperara. Lo de meterle una moneda en la boca y hacerle un rasguño en la mejilla, como si fuera la marca del Diablo, se le ocurrió a él solito. Y suya fue también la idea de dejar entre sus libros una nota que desviara las sospechas hacia otra parte. Me imagino, en fin, que tu incapacidad para descubrir lo que había sucedido se debe a que sus artimañas produjeron el efecto deseado.

—¿Y la muerte del Príncipe? —preguntó Rojas, algo molesto con el comentario.

—Como ya te dije, ese maldito hideputa era el responsable, junto con Diego de Deza, de que me hubieran cerrado el burdel y me dejaran tirada en la calle. De modo que su llegada a Salamanca, pocos días después de la muerte de fray Tomás, me pareció poco menos que providencial. "¿Por qué no intentarlo?", me dije. Al fin y al cabo, yo ya estaba condenada a permanecer en este agujero para siempre. Y si él me había arruinado la vida, yo tenía derecho a hacer lo mismo con la suya. ¿O acaso sus negocios como Señor de Salamanca eran más importantes que los míos? Por desgracia, esta vez mi discípulo no pudo serme de gran ayuda, a pesar de lo mucho que lo intentó, pues no resultaba fácil acercarse al Príncipe, y menos contigo cerca. Por eso, no tuve más remedio que acudir a Alicia, mi antigua pupila. Si de algo yo podía estar segura era de que ese mentecato no tardaría en dejarse caer por la mancebía. Así que envié allí a Asmodeo con el encargo de que la persuadiera de colaborar conmigo y le regalara, como prueba de mi generosidad, un collar que yo sabía que le gustaba mucho. Alicia era muy codiciosa y no tardó en aceptar el arreglo que, a través de mi discípulo, le propuse. Lo único que tenía que hacer era conseguir que el Príncipe la eligiera, cuando fuera de visita, algo que no iba a resultarle difícil, dada su hermosura y lo bien adiestrada que estaba, y, una vez a solas, convencerlo para que se dejara poner el ungüento que yo le había preparado, y cuyo supuesto fin era aumentar su fortaleza y virilidad. Y, a cambio, le prometí una buena bolsa de monedas que guardaba para caso de necesidad. Asimismo, le hice creer que, si el ungüento resultaba eficaz, el Príncipe nos recompensaría con largueza y a mí me daría licencia para volver a abrir un burdel dentro de la ciudad. Por último, mi enviado le dijo que, una vez realizara su misión, debería ponerse en contacto con él, para poder llevarla hasta mi escondrijo, donde yo le pagaría lo concertado.

»Y eso fue más o menos lo que sucedió. Después, cuando le contamos lo que en verdad había ocurrido y le advertimos de que, en mucho tiempo, no podría salir de la cueva, se revolvió como una fiera herida contra nosotros y amenazó con denunciarnos. Así que no hubo más remedio que atarla corto y aprovecharnos de sus servicios. Yo ya soy vieja y, en la cueva, no faltan cosas que hacer, y al estudiante le venía bien tener a alguien con quien desfogarse. Hasta que, un día en que él y yo estábamos durmiendo una borrachera, logró escapar y, lo que es más increíble, salir con vida de la cueva. Asmodeo la encontró a las pocas horas, cerca del puente, y, lleno de justa ira, la arrastró por los pelos y la ahogó en un pilón, como bien sabes. Yo hubiera preferido que la hubiera arrojado al muladar para que se la comieran los perros, pero el muy cabezota prefirió dejarla a la vista, para que al menos tú supieras de quién se trataba y quién se suponía que lo había hecho, lo que demuestra —añadió con ironía— el mucho aprecio que te tiene.

»La otra tarde, cuando se encontró contigo en la calle, bajo la lluvia, no tenía intención de hacerte nada, como tú pensabas; lo único que quería era hablar contigo. Pero, según me ha dicho, tú sí parecías dispuesto a matarlo. Reconoce —señaló con tono de censura— que lo de la cuchillada en el brazo no estuvo nada bien. Por suerte, he podido curárselo. Ahora está fuera buscándote. Le alegrará mucho saber que tú mismo te has metido en la boca del lobo. De todas formas, no te haremos nada, si nos ayudas a acabar con Diego de Deza.

—Si me conocieras un poco —le advirtió Rojas—, sabrías de sobra que nunca aceptaría ningún trato contigo, aunque me fuera la vida en ello.

—El problema no es si yo te conozco o te desconozco, sino hasta qué punto te conoces tú. Nadie sabe, mientras no llega el momento, lo que es capaz de hacer en determinadas situaciones. Yo, no hace mucho, me ganaba bien la vida con mis pupilas, mis tercerías y mis trapicheos y mira en lo que me he convertido por culpa de unos canallas. En cuanto a mi estudiante, no quiero que le guardes ningún rencor. En mi vida he visto a nadie matar de una forma tan desinteresada y, al mismo tiempo, con tanta afición, que hasta parece que nació para ello. ¡Y cómo cuida los detalles! Tanto que una vez le dije: «Pero ¿por qué te esfuerzas en adornar los crímenes, si nadie lo va a saber apreciar?». «En eso te equivocas —me replicó él—; al fin y al cabo, Salamanca es la cuna de todas las artes». Y tendrías que ver cómo se transforma, cuando tiene entre manos un trabajillo, o cómo cambia de aspecto para que no lo reconozcan. Podría ser, si lo quisiera, un gran actor de comedia o de tragedia; ahora no sabría decir qué se le da mejor. Pero estoy segura de que, con sus tretas, sería capaz de engañar al mismísimo Diablo, si lo tuviera delante. Por otra parte, es muy instruido, casi tanto como tú. Yo diría que estáis condenados a entenderos.

—Me temo que exageras, querida Celestina —se oyó decir, de repente, a la entrada de la cueva.

Capítulo 24

—¡Dios Santo, Hilario, eres tú! —exclamó Rojas al reconocer a su amigo.

—¡¿Hilario?! —graznó Celestina.

—Soy Hilario, sí —le dijo a ella—, pero no el que tú te crees —añadió, dirigiéndose a Rojas.

—¿Qué quieres decir? —preguntó éste.

—¡No me digas que todavía no lo has adivinado!

—¡¿Os conocíais?! —intervino la vieja, sorprendida—. Ahora veo que, en efecto, estás hecho de la piel y las entrañas del Diablo.

—¡Calla, puta vieja! —la atajó Hilario—. Digamos más bien que cada uno conocía del otro solamente una sola cara, la más visible y, por tanto, la menos verdadera, ¿no es cierto, amigo Rojas?

—Debo de estar soñando —exclamó éste, desconcertado—; no puede ser verdad.

—¿Y no te dice nada este brazo inútil? —le preguntó Hilario, mostrándoselo—. ¿Quieres tocar la herida con tu mano, como Santo Tomás, para comprobar que soy yo? Ya veo que te has quedado mudo. Yo también me quedaría sin habla, si me encontrara en tu situación. Hilario, tu amigo, la inocencia personificada, convertido en un criminal sin entrañas; y tú, un importante colegial de San Bartolomé, protegido del obispo y protector del mismísimo Príncipe, que en paz descanse, derrotado por un criado, por un fámulo, varios años menor que tú.

—Lo que no entiendo es por qué has hecho todo eso.

—Ni yo mismo lo sé. Al fin y al cabo, tenías razón; no se mata por ideas, se mata por pasiones, y mi corazón rebosa de odio, de envidia, de rencor... Yo era sólo un montón de yesca esperando que alguien la encendiera.

—Pero ¿de dónde viene todo ese odio? —preguntó Rojas, incrédulo.

—Ya que tanto te interesa, te contaré, a grandes rasgos, mi historia. Me imagino que tienes derecho a saberla, dado tu empeño en perseguirme. Yo soy hijo de uno de los hombres más notables de Santiago de Compostela, pero, cuando mi madre me trajo al mundo, mi padre me rechazó, porque decía que no era de su sangre. Y todo porque mi pelo era rojizo y no moreno, como el suyo. Mi madre, para tranquilizarlo, le aseguró que en su familia había varios pelirrojos, pero él seguía empeñado en que yo era fruto del adulterio. Así que nos encerró en una torre del palacio en el que vivíamos, y sólo nos dejaba salir para ir a la iglesia. Después, le dio por decir que, como todos los rufos, yo era hijo del Demonio. Y tanto lo repitió que, al final, me lo creí, y, con el tiempo, comencé a sentirme orgulloso de ello. Mi madre, sin embargo, no pudo soportar todo ese desprecio y murió antes de que yo cumpliera los trece años. Pasado el luto, mi padre volvió a casarse con una doncella poco mayor que yo, a la que muy pronto seduje, con la esperanza de que le diera un hijo pelirrojo, pero éste nació moreno, con lo que mi padre decidió quitarme su apellido y echarme de casa, a fin de convertirlo a él en el heredero.

»No obstante, en el último momento, debió de sentir un pequeño escrúpulo de conciencia y me hizo ingresar en el Estudio de Gramática que por entonces se acababa de abrir en el monasterio de San Paio de Antealtares, uno de los más antiguos de esas tierras. En realidad, se trataba de una escuela para pobres creada por el notario

Lope Gómez de Marzoa, con el apoyo de su hermano, el abad de San Martín Pinario. Allí aprendí lo suficiente como para darme cuenta de que era poco lo que esos monjes me podían enseñar; así que me escapé en cuanto tuve ocasión. En el Estudio, yo había oído hablar mucho de Salamanca, aunque siempre con menosprecio, pues mis maestros decían que en ella daba clases de nigromancia el Diablo, y no en un aula, sino en una cueva, motivo más que suficiente para que decidiera dirigirme a esta ciudad. Por desgracia, pronto comprobé que la fama de su Universidad está muy por encima de su verdadera valía, y tampoco encontré aquí lo que buscaba, hasta que apareció la vieja Celestina. Pero esa historia, según acabo de ver, ya la conoces. Como me vine con lo puesto, no me quedó más opción, si quería estudiar, que entrar de criado en el Colegio de San Bartolomé. Desde el principio, me di cuenta de que tú eras el único que no hacías distinción entre conversos y cristianos viejos ni, menos aún, entre colegiales y fámulos, lo que me llevó a acercarme a ti. Para ello, claro, tuve que fingir ser alguien que, en realidad, no era; tú, sin embargo, parecías mostrarte con total franqueza y naturalidad. Cuando luego me enteré de que eras converso y de que tu vida tampoco había sido fácil, pensé que podía hallar en ti a un cómplice, pero enseguida vi que tú no albergabas ninguna clase de resentimiento, lo que hizo que comenzara a detestarte con todas mis fuerzas. Tampoco soportaba tus virtudes ni tus capacidades ni el mal uso que, en mi opinión, hacías de ellas. De modo que lo que tú creías amistad y admiración no era más que envidia y odio.

»Por eso, cuando, en su día, me confesaste que Diego de Deza te había elegido a ti para encontrar al culpable de la muerte de fray Tomás, le diste sin quererlo un nuevo aliciente a mis crímenes. Durante todo este tiempo, te he estado utilizando a conciencia. He jugado contigo al ratón y al gato (excuso decirte quién era cada quien), te he dejado indicios falsos y, a continuación, te he revelado cosas que tú solo jamás habrías descubierto; y hasta me he permitido el lujo de salvarte la vida, ¿te acuerdas? Le he sacado, en fin, partido a lo que, para otro, hubiera sido una desventaja. Sin embargo, tú, que te las das de sabueso, no te has olido nada. No creas que con esto te estoy despreciando. Más bien al contrario. Sé de sobra que eres instruido e inteligente, pero, como te dijo fray Antonio y yo mismo he corroborado, tu sabiduría sigue siendo demasiado libresca y escolástica; hasta el amor es para ti una cosa de libros. Te faltaba, en verdad, experiencia de la vida y yo diría que un poco de astucia y de maldad. No obstante, ya has comprobado que eso se aprende pronto, cuando se cuenta con los maestros idóneos; mira, si no, mi caso. De momento, ya he visto que ahora vas armado y también que le has cogido gusto a las dagas. Menuda sorpresa me diste el otro día. De todas formas, estabas tan aterrorizado que ni siquiera fuiste capaz de reconocerme. ¿Y si no hubiera sido yo, quiero decir el que tú creías que era? ¿Y si hubiera sido, en realidad, una persona inocente, tu amigo Hilario, por ejemplo, que quería darte una buena noticia?

—Siento decirte —comentó Rojas con satisfacción— que pude ver tu capa, y observé que le faltaba un trozo, el que te arrancó Bruto, el lebrel del Príncipe.

—*Tu quoque, Brute, fili mi (¿Tú también, Bruto, hijo mío?)* —dijo con voz sorprendida y quejumbrosa, como si acabaran de apuñalarlo—. Es una broma, tranquilo —añadió enseguida, soltando una risotada—. Son, como sabes, las últimas palabras que pronunció Julio César. Lo cierto es que, cuando me heriste con tanta saña y deliberación, yo quería hablar contigo como tu amigo Hilario. Mi intención era contarte que había encontrado la entrada de la cueva y luego traerte hasta aquí. No sé por qué, sospechaba que, tras tu conversación con fray Germán, podrías haber descubierto algo importante, tal vez el significado del mapa o la existencia misma de la cueva. Por eso, quise asustarte la noche anterior. Pero, después de lo que pasó en la mancebía al día siguiente, temí que pudieras hacer una locura y ponerlo todo en peligro. Así que intenté adelantarme a los acontecimientos. Lo que no me esperaba es que fueras a atacarme. Se ve que, a esas alturas, ya habías acumulado mucha rabia y desesperación. Y, por un momento, hasta llegué a sentirme orgulloso de ti. Un poco más, me dije, y te convertirías en una bestia sanguinaria como yo.

—Eso nunca ocurrirá —protestó Rojas, con firmeza.

—Lo mismo habrías dicho de tu amigo Hilario hasta hace apenas un momento, pero ya ves cómo cambian las cosas. De todas formas, preferí no quedarme allí para comprobarlo.

—Hiciste bien, te habría matado sin pensármelo dos veces.

—¿Y qué hubieras hecho al descubrir que el muerto era Hilario? —preguntó con tono irónico—. No sabes lo que habría dado por verte la cara en ese instante. Pero lo que ahora importa es que estás aquí. ¿Te fue difícil llegar? ¿Tuviste algún percance por el camino? En cualquier caso, te felicito, pues me has facilitado mucho las cosas. En cuanto a ti —añadió dirigiéndose a Celestina—, quisiera darte las gracias por todas esas alabanzas que me has dedicado antes. Tan sólo hay una cosa en la que no estoy de acuerdo contigo: mi supuesto desinterés. En realidad, formaba parte también de mi papel; de esa forma, tú creías que me utilizabas, pero era yo quien me servía de ti; de hecho, ya no tengo intención de seguir matando para tu beneficio. Yo también he descubierto mi lugar en el mundo y ahora tengo mis propios planes. Pero, antes de despedirme, vieja bruja, tendrás que pagarme, de alguna forma, lo que me debes. ¿O pensabas que todo esto iba a salirte gratis?

—Claro que voy a pagarte, ¿qué te creías? —le dijo ella—. En cuanto matemos a Diego de Deza, con la ayuda de tu amigo.

—Ni Rojas es ya mi amigo ni vamos a matar a ese maldito obispo. Esto ya se acabó.

—Entonces, ¿qué vas a hacer?

—«¿Qué vas a hacer?», le preguntó la rana al escorpión —replicó Hilario con voz sarcástica—. Ya que me lo preguntas, te diré que pienso mataros a los dos. Y, después, le echaré la culpa al famoso estudiante. Contaré a todos que me enfrenté a él, pero me hirió en el brazo y logró escapar. «Mirad —añadió, como si estuviera representando un papel—, aquí dejó su capa, a la que le falta el trozo que le quitó Bruto».

—¿Y por qué habías de matar a una pobre vieja como yo? Mátalo a él, si te apetece, pero yo todavía puedo darte muchas cosas.

—Eres pobre, tú siempre me lo has dicho.

—Aún tengo algunas monedas de oro escondidas en la cueva.

—No me lo creo, tan sólo tratas de engatusarme, para ganar tiempo.

—Si no me crees, espera a que vaya a buscarlas.

—Si no te importa, te acompañaré yo; no me fío de tus tretas, recuerda que he sido tu discípulo.

Mientras echaba a andar, vio que Celestina se guardaba algo entre las sayas.

—Un momento, ¿qué tienes ahí? —le preguntó suspicaz.

Rojas, alarmado por el rumbo que estaban tomando las cosas, intentaba librarse con todas sus fuerzas de los grilletes, que, como enseguida vio, no parecían encontrarse en muy buen estado, a causa de la humedad.

—Es tan sólo una joya —contestó la vieja—, la tenía tu amigo entre las ropas.

—¿Una joya, dices? Enséñamela.

—Yo también tengo derecho a quedarme algo —protestó Celestina.

—He dicho que me la muestres —le ordenó Hilario agarrándola por un brazo.

—Mírala, aquí está —gritó Celestina, sacando la daga que le había quitado a Rojas, con la intención de clavársela.

Hilario, a pesar de la sorpresa, consiguió desviar el arma, que le pasó rozando la mejilla.

—Me has cortado, maldita vieja —exclamó al sentir la herida.

Rojas, por su parte, tiró con tanta fuerza de las cadenas que lo aprisionaban que consiguió abrir uno de los grilletes; después, con la mano libre, comenzó a quitarse el otro.

—¿No querías quedarte con la daga? —le preguntó Hilario a Celestina, después de arrebatarle el arma—. Pues tómala, aquí la tienes.

—¡Socorro, ayuda —gritó la vieja—, este cabrón quiere matarme!

Rojas hizo un último esfuerzo para tratar de evitarlo, pero ya era demasiado tarde. Mientras corría hacia donde se encontraban, pudo ver cómo Hilario clavaba, con furia, la daga en el cuello de la mujer y ésta caía al suelo, como si fuera un montón de paja.

—Al final, va a resultar que se trataba de una joya —comentó Hilario, cuando vio brillar la empuñadura del arma sobre un charco de sangre.

—Tú, sin embargo, no eres más que escoria —le escupió Rojas, atenazándolo con los dos brazos—. Y, por fin, ha llegado el momento de que pagues por tus delitos.

—Ni lo pienses —replicó Hilario revolviéndose—. Tan sólo el de cerrar este capítulo y volver la hoja —añadió, al tiempo que, con el codo, le asestaba un golpe en el estómago.

Rojas cayó de rodillas retorciéndose de dolor. No obstante, sacó fuerzas para agarrar al otro por las piernas y derribarlo.

—No, si puedo impedirlo —le advirtió con voz entrecortada, inmovilizándolo contra el suelo.

—¿Y qué piensas hacer? —preguntó Hilario, tanteando en la sangre de Celestina en busca de la daga.

—Poner el punto final a tu historia.

Rojas había logrado colocarse a horcajadas encima de Hilario y no paraba de golpearlo en el rostro con ambos puños.

—Eso habrá que verlo —repuso éste, con la daga ya en la mano.

Rojas, que lo advirtió, tuvo el tiempo justo de esquivarla echándose hacia un lado. Hilario consiguió entonces incorporarse, para volver a intentarlo. En ese momento, se oyeron gritos y pasos en la entrada de la gruta.

—¡Alto, en nombre de la Inquisición! —gritaron dos familiares del Santo Oficio dirigiéndose hacia ellos.

Cuando Hilario, tras un momento de desconcierto, estaba a punto de acuchillar a Rojas, uno de los familiares logró atravesarlo con su espada.

—¡Maldito seas! —exclamó, antes de morir.

—¿Es éste Fernando de Rojas? —le preguntó el otro familiar a una tercera persona que venía detrás.

—Ése es —respondió fray Antonio, sin poder disimular su júbilo—. ¡Y, gracias a Dios, sigue vivo!

—¡Fray Antonio! —exclamó Rojas, emocionado—. ¡Qué alegría me da veros!

—Aunque no lo creáis, todavía hay gente ahí fuera que se preocupa por vos. Pero, decidme, ¿estáis bien?

—Más o menos.

—Y ese canalla que os iba a matar, ¿no es Hilario?

—Así es —reconoció Rojas con pesadumbre—. Por desgracia, él era el homicida. Aún me resisto a creerlo; lo he tenido todo el tiempo ahí, delante de mis ojos, y no me he dado cuenta.

—Erais amigos. Y la amistad, como el amor, con frecuencia nos ciega. ¡Mirad quién viene conmigo!

—¡Eres tú, no puedo creerlo! —exclamó Rojas al descubrir a Sabela.

—Si sigues sin dar crédito a lo que ven tus propios ojos —lo reprendió ella con una sonrisa—, deja que sean tus manos las que me reconozcan.

—¿Puedo abrazarte? —preguntó él, todavía avergonzado por su comportamiento en la mancebía.

—Lo estoy deseando.

—En esto veo, Sabela, la grandeza de Dios.

—¿En qué, Fernando?

—En haberte dotado a ti de tan perfecta hermosura y en otorgarme a mí la dicha de volver a contemplarte. Ten por seguro que ni los gloriosos santos que se deleitan en la visión divina gozan más que yo ahora mirándote.

—Sin duda —intervino el fraile—, la alegría del encuentro os hace blasfemar.

—Tenéis razón —admitió Rojas—, y, por ello, os ruego que me perdonéis. Pero decidme, ¿os alertó el sacristán, como le pedí?

—Ayer por la noche vino a verme muy confuso y me contó que habíais desaparecido dentro de la iglesia y lo que le habíais mandado. Coincidió que, unas horas antes, me habían preguntado por vos estos dos *familiares* del Santo Oficio, que os estaban buscando por orden de Diego de Deza, pues el pupilero le había escrito para quejarse de vuestro comportamiento. De modo que fui a avisarlos, y, juntos, acudimos a ver a Sabela, que estaba también muy preocupada, para ver si ella sabía algo, y, por último, a fray Germán, que nos explicó lo de la cueva, pero se negó a venir a rescataros en compañía de dos *familiares*, una mundaria y un dominico. Eso fue lo que me soltó.

—No se lo tengáis en cuenta —lo disculpó Rojas—; vive retirado del mundo y no siente mucha simpatía por vuestros hermanos ni por las mujeres ni, menos aún, por el Santo Oficio. Lo importante es que gracias a él, a vos y a Sabela he podido salir con bien de todo este enredo. Y, por supuesto, gracias a estos señores —añadió, refiriéndose a los dos miembros del Santo Oficio—, que me han salvado *in extremis.*

—¿Son éstos, según vos —le preguntó uno de ellos a Rojas—, los culpables de la muerte de fray Tomás de Santo Domingo?

—Así es.

—¿Sabéis sus nombres?

—El homicida es un estudiante, llamado Hilario, que estaba de fámulo en el Colegio de San Bartolomé. La vieja fue la instigadora; se llamaba Celestina, y era muy conocida en la ciudad. Ella era la C del mapa —añadió, dirigiéndose a fray Antonio.

—¿Habéis averiguado cómo ocurrió?

—Ellos mismos me lo contaron hace un momento, antes de que el estudiante confesara sus intenciones de matarnos a los dos. Yo estaba sujeto con esos grilletes de ahí y no pude hacer nada para salvarla.

—Ahora, lo más urgente es que a vos os vea un médico —comentó fray Antonio—. ¿Podréis llegar hasta la iglesia de San Cebrián?

—No necesito ningún médico. Lo único que me hace falta es descansar un poco. Os ruego que os adelantéis con estos amigos. Así ellos podrán avisar a sus superiores y pedir que vengan a buscar los cadáveres. Y vos iréis a tranquilizar a fray Germán, que estará pendiente de nuestro regreso. Yo, mientras tanto, me quedaré con Sabela para reponerme. Ella cuidará de mí.

—Creo que es lo mejor —confirmó el fraile, guiñándole un ojo.

—Os ruego, en ese caso, que no toquéis nada —dijo uno de los familiares.

—No tengáis cuidado —lo tranquilizó Rojas.

—De todas formas, vendremos pronto —prometió el otro.

—Haced las cosas bien, no tengáis prisa. Estos dos ya no se van a escapar —bromeó.

—En eso tenéis razón.

En cuanto se fueron, Rojas puso al corriente a Sabela de sus descubrimientos. Le habló de los otros pobladores de la cueva y de lo mucho que algunos de ellos le habían ayudado; también del gran peligro que correrían, si no los avisaba a tiempo, cuando vinieran los inquisidores a registrarla.

—Debemos prevenirlos enseguida, para que puedan sellar las galerías y ayudar a escapar a los judíos que aquí se refugian.

—¿Judíos? —preguntó Sabela con asombro.

—Es una larga historia —explicó él—, ya os la contaré. De momento, debo pedirle a Roa que les encuentre un lugar seguro hasta que yo los avise.

—Entonces, no perdamos más tiempo —le dijo Sabela—. ¿Puedes andar? Agárrate bien a mí.

—¿Hace sol fuera? —le preguntó Rojas, antes de ponerse en marcha.

—Espero que sí. Después de mucho tiempo, el día amaneció despejado.

—También quiero que me prometáis una cosa, que, hasta que no estemos bajo la luz del sol, no me dejarás volver la cabeza. Ahora que te he recuperado, no me gustaría perderte, como le ocurrió a Orfeo con Eurídice, si bien en este caso has sido tú la que ha venido a sacarme del infierno.

Epílogo

(Lo que pasó después)

La vieja Celestina y el estudiante Hilario fueron juzgados *in absentia* por el Tribunal del Santo Oficio de Valladolid y declarados culpables de brujería y de la muerte de fray Tomás de Santo Domingo, por lo que sus cadáveres fueron desenterrados y *quemados en huesos* en la hoguera, en el transcurso de un auto de fe.

Nada se dijo, durante el proceso, de las muertes del Príncipe y de Alicia. Una vez más, Fernando de Rojas obedeció a Diego de Deza y no reveló nada referente al asunto; a cambio de ello, consiguió que, a los judíos que habían estado ocultos en la gruta, se les permitiera huir al norte de África. No obstante, algunos prefirieron permanecer en Salamanca, en paradero desconocido.

Gracias al aviso dado por Rojas y Sabela, Fernando de Roa y sus partidarios pudieron sellar a tiempo las galerías de la cueva, por lo que no hubo destrozo de bienes ni se produjeron detenciones. De todas formas, como medida de seguridad, la Academia estuvo cerrada durante algún tiempo y algunos de sus túneles ya no volvieron a abrirse.

La entrada de la cripta de San Cebrián fue clausurada, con argamasa y piedras, por orden expresa de la reina Isabel. Tiempo después, se mandó derribar la propia iglesia y sus sillares fueron reutilizados para levantar la pared este de la nueva catedral. Tras muchas deliberaciones e informes por parte de los arquitectos consultados, ésta se acabó construyendo al norte de la primitiva, sobre la plaza del Azogue Viejo, justo encima del laberinto de galerías que conducía a la Academia de Roa, que, como éste había adivinado, estaba situada debajo de las Escuelas Mayores. Para ello, hubo que derruir algunas casas que pertenecían al cabildo, con lo que éste perdió una importante fuente de ingresos. Asimismo, se derribó una parte de la nave lateral izquierda de la catedral vieja y el brazo norte del crucero, con su hermosa torrecilla escamada. Al final, los dos templos quedaron unidos por un grueso muro de engarce y por la torre de campanas. Ni el palacio del obispo ni la Universidad se vieron, eso sí, afectados.

También se cegó, a cal y canto, la entrada de la cueva situada a poniente, entre las ruinas del Alcázar. Desde entonces, ese lugar comenzó a conocerse popularmente como la Peña Celestina. En cuanto al cuerpo sin sombra de Enrique de Aragón o de Villena, la última vez que se le vio fue en las famosas cuevas de Hércules, en Toledo, donde, según algunos, se dedicaba a dar clases de nigromancia.

Tras la muerte de Tomás de Torquemada, enterrado, por cierto, en el mismo monasterio que el príncipe don Juan, Diego de Deza fue nombrado, en diciembre de 1498, Inquisidor General, como premio a los muchos servicios prestados a la Corona. Durante su mandato, mostró una gran intolerancia con los conversos y un espíritu cruel y vengativo, hasta el punto de que tuvo que ser llamado al orden por el propio rey por permitir las iniquidades del inquisidor cordobés Diego Rodríguez Lucero contra fray Hernando de Talavera; al final, fue sustituido, en 1507, por el cardenal Cisneros, su eterno rival. Entre otras cosas, Diego de Deza fue nombrado también obispo de Jaén (1498) y de Palencia (1500) y arzobispo de Sevilla (1504) y de Toledo (1523), si bien no llegó a tomar posesión de este último cargo a causa de su muerte, que tuvo lugar el 9 de junio de 1523. Curiosamente, el médico converso Juan de la Parra llegó a ser obispo de Almería en 1521, así como alcalde mayor de médicos y cirujanos.

El 8 de diciembre de 1497, la princesa Margarita de Austria, viuda del príncipe don Juan, dio a luz, de forma prematura, a una niña que nació muerta. Esto hizo que el rey Manuel I de Portugal y su esposa Isabel fueran proclamados herederos del reino de Castilla el 7 de abril de 1498. Por desgracia, la Princesa de Asturias murió de parto el 23 de agosto de 1498; en él, dio a luz a un niño, de nombre Miguel de la Paz de Avís y Trastámara, que, al nacer, se convirtió en Príncipe de Asturias y heredero de la Corona de Portugal, Castilla, Aragón, Nápoles y todo ese «acervo ingente de reinos», en palabras de Pedro Mártir de Anglería, que los Reyes Católicos habían ido acumulando. Pero el niño murió con sólo dos años, en julio de 1500. Apenas tres meses después, don Manuel de Portugal, que no se resignaba a abandonar sus esperanzas de coronarse rey de Castilla y Aragón, se casó con doña María, tercera hija de los Reyes Católicos, de la que enviudó en 1517. Como por esas fechas las otras dos hijas de Sus Altezas ya estaban infelizmente casadas, no le quedó más remedio que contraer nupcias, en 1519, con la infanta Leonor de Austria, primogénita de Juana la Loca y Felipe el Hermoso, y, por tanto, hermana del futuro rey Carlos y sobrina de sus dos anteriores esposas. Frustrado y desconsolado, murió en 1521. Tras varios intentos fallidos, su hijo Juan III introdujo la Inquisición en Portugal en 1536.

En septiembre de 1512, el obispo de Málaga, don Diego Ramírez Villaescusa, realizó una visita al Estudio salmantino, en nombre de los Reyes, con el fin de comprobar personalmente la lamentable situación en la que se encontraban los estudios de Gramática y promover las reformas necesarias para su rehabilitación. Tan sólo dos meses después, la Universidad hizo pública la orden de que, dentro de las Escuelas, todos hablaran latín. Para el maestro Antonio de Nebrija, esto significaba un gran triunfo sobre la barbarie y, sin duda, el comienzo de una nueva época. No obstante, al año siguiente, fue derrotado en una oposición a la cátedra de Prima de Gramática por un tal García del Castillo, un recién graduado sin ningún mérito, salvo el de ser el candidato del Estudio. Dolido e indignado, Nebrija abandonó la ciudad, jurando no volver a poner los pies en ella. Cuando el cardenal Cisneros se enteró de lo que le había sucedido, le ofreció una cátedra de Retórica en la Universidad de Alcalá de Henares, con un sueldo anual de sesenta mil maravedís, más cien fanegas de pan y la prerrogativa de «que leyese lo que él quisiese, y si no quisiese leer, que no leyese; y que esto no lo mandaba dar porque trabajase, sino por pagarle lo mucho que le debía España».

Fray Germán de Benavente, por su parte, escribió un libro sobre la cueva de Salamanca, pero no se atrevió a publicarlo por miedo a ser llevado a la hoguera por la Inquisición. Irónicamente, murió en un incendio declarado en el convento de San Francisco. Según el testimonio de un fraile, había entrado en su celda para intentar salvar el manuscrito de las llamas; apenas quedó rastro de ninguno de los dos.

Fernando de Roa se jubiló muy pronto de la cátedra de Filosofía Moral y renunció a presentarse otra vez a la de Prima de teología, para dedicarse por entero a sus clases en la Academia y a conspirar contra los Reyes. En 1502, publicó en Salamanca unos comentarios a la *Política* de Aristóteles que provocaron una gran polémica. Aunque murió en 1507, sus propuestas sobre el buen gobierno acabaron inspirando la revuelta de las Comunidades de Castilla contra el emperador Carlos I, que tuvo lugar entre 1520 y 1521, así como el Proyecto de Ley Perpetua de las Comunidades, con el que los comuneros pretendían defender la soberanía local y limitar el poder del Rey.

Fray Antonio de Zamora logró cumplir pronto su sueño de trasladarse a las Indias; fue en 1498, en el tercer viaje de Colón, bastante accidentado por cierto, al menos para el almirante de la Mar Océana y ya por poco tiempo virrey y gobernador de las Indias. El antiguo herbolario tuvo mejor suerte, pues se quedó a vivir en La Española, cerca de la naciente Santo Domingo, en la costa sur de la isla. Algunos dicen que colgó los hábitos —los religiosos, no los de consumir hojas de tabaco— y se casó con una nativa, pero esto no ha podido probarse; lo que sí se ha verificado es que fue el primero en clamar contra la explotación y la esclavitud de los indios, llegando a tener gran influencia en el joven Bartolomé de Las Casas, que acabó haciéndose dominico, como él.

El abogado converso Alonso Juanes y la judía Ruth Ben-Yashar se casaron, por el rito judaico, en mayo de 1498, en la ciudad de Amberes, adonde habían huido con la ayuda de Rojas. No obstante, a los pocos meses, tuvieron que marcharse; unos dicen que huyeron al norte de África, pero lo cierto es que regresaron a Castilla.

Se sabe que lo primero que hizo Fernando de Rojas cuando salió de la cueva fue pasarse por la habitación de Hilario en el Colegio de San Bartolomé. Iba buscando algún indicio que arrojara algo de luz sobre los orígenes y el comportamiento de quien fuera su amigo. Aparentemente, nada delataba que allí hubiera vivido un homicida y un devoto del Diablo; tampoco, que se tratara de una persona excepcional. Debajo de la cama, encontró, eso sí, una arqueta de madera cerrada con llave, que se llevó, a escondidas, al pupilaje para que no pudiera ser requisada por los familiares del Santo Oficio. Cuando, por fin, pudo abrirla, no sin ciertas prevenciones, pues no sabía lo que podría haber en su interior, descubrió que contenía varios libros, como un florilegio escolar titulado *Auctoritates Aristotelis et aliorum philosophorum,* y algunos papeles de Hilario, todos ellos de su puño y letra. Entre estos últimos, había cartas, poemas y escritos de diverso género. El que más llamó su atención fue uno que parecía el inicio de una comedia. Su lectura le complació tanto que decidió completarla. Con ello pretendía cerrar un ciclo, aunque sólo fuera de forma simbólica.

Así que, unos meses después, ya en 1498, aprovechó los quince días de las vacaciones de Pascua para retocarla y continuarla hasta alcanzar un total de dieciséis autos. Según parece, la escribió en casa de unos parientes lejanos de Sabela, Tomé González y Antona Pérez, en la aldea de Tejares, que era donde se retiraban las mozas de la mancebía durante la Cuaresma, no muy lejos de la ciudad. La terminó justo el Lunes de Aguas, esto es, el siguiente al de Pascua, que era cuando expiraba el período de abstinencia y éstas volvían a Salamanca, vitoreadas por los estudiantes, para bailar y comer el hornazo en las riberas del Tormes. Aunque la tituló *Comedia de Calisto y Melibea,* el personaje más importante de la obra resultó ser Celestina, que estaba inspirada en la vieja del mismo nombre que había conocido.

La *Comedia* se publicó, por primera vez, de forma anónima, sin ningún prólogo ni epílogo, en la ciudad de Amberes, en el verano de 1498, gracias a las gestiones de Alonso Juanes, y fue tal el interés que suscitó que, al año siguiente, apareció una nueva edición, también anónima, en Burgos. A partir de ahí, Rojas, con la ayuda de su amigo, que aparece en el libro como corrector del texto, bajo el nombre de Alonso de Proaza (así se llamaba un maestro de Gramática que ambos habían tenido en las Escuelas Menores), se dedicará a hacer sucesivos cambios y añadidos a la obra, así como ambiguas revelaciones acerca de su autoría. De tal modo que, ya en la edición de Toledo de 1500, todavía anónima, se incluye una carta del «autor a un su amigo» donde confiesa que el primer auto no es suyo, sino de un «primer autor» de nombre desconocido, pero de gran valía, que ya estaba muerto en el momento de encontrar él los «papeles»; después, da algún indicio de su propia persona, como el hecho de ser jurista, y, por último, esconde su nombre y lugar de nacimiento en unas octavas acrósticas con las que remata la carta, tal y como revela, a su vez, el corrector en unas estrofas que aparecen al final de la obra.

No conforme con eso, en 1502, aparece en Salamanca, en la imprenta de Juan de Porras, la misma que acababa de publicar los comentarios de Roa, una edición titulada *Tragicomedia de Calisto y Melibea,* ampliada en cinco nuevos actos y completada con un prólogo y tres estrofas más, puestas al final, donde se piden disculpas por lo escabroso de la obra y se hace hincapié en su intención moralizante; en la carta, se apunta, por otro lado, que el «antiguo autor» podría ser Juan de Mena o Rodrigo Cota, pero sin pronunciarse por ninguno de ellos. Años después, se suceden varias ediciones, entre ellas la de Valencia de 1514, con enmiendas y retoques de Proaza (es decir, Alonso Juanes), hasta que, por último, en 1526, aparece en Toledo una edición en la que se interpola un nuevo acto, denominado «Auto de Traso» y atribuido, sin más, a un tal Sanabria.

Son varias, en fin, las razones que explicarían tanta reticencia, ambigüedad y disimulo por parte de Rojas. En primer lugar, está el hecho de que el primer auto era, en realidad, robado, y pertenecía, además, a alguien que había sido condenado a la hoguera por el Santo Oficio. Pero tampoco habría que descartar la posibilidad de que ese libro tan proteico y escurridizo fuera, en realidad, una obra escrita en clave, y, por lo tanto, llena de trampas, mensajes, avisos, nombres cifrados y alegorías. ¿De qué forma y para quién? Eso, por el momento, es un misterio. En cualquier caso, resulta llamativo que, en vida del autor, la obra no fuera prohibida ni quemada por el Santo Oficio.

A este respecto, resulta también muy significativo que no se sepa nada de los movimientos de Rojas durante el tiempo transcurrido entre 1498, año en el que escribe la primera versión del libro y obtiene, al fin, el grado de bachiller en Leyes, y su regreso a La Puebla de Montalbán, ya sin Sabela, en 1508, para poco después instalarse en Talavera de la Reina. Algunos piensan que, durante esos diez años, siguió trabajando en secreto para Diego de Deza y que, incluso, desempeñó algunas misiones importantes para la Corona, no sólo en Castilla y Aragón, sino también en Portugal y las Indias, donde pudo haberse reunido con fray Antonio. Pero, de ser así, no ha quedado constancia alguna, al menos bajo su nombre. Otros aseguran, sin embargo, que estuvo refugiado con Sabela en casa de Roa y que, en la cueva, daba clases de Leyes y escribía y participaba activamente en las conspiraciones, de lo cual, dicen, hay abundantes testimonios en el manuscrito de piedra. También los hay que creen que pudo llevar una doble o triple vida.

Sea como fuere, en enero de 1509, después de unos meses de estancia en su pueblo natal, se traslada definitivamente a Talavera, para dedicarse a su profesión de jurista. Fiel a sus orígenes, no tardó en casarse con Leonor Álvarez de Montalbán, hija de conversos, que le dio siete hijos; el mayor, llamado Fernando, obtendría el grado —un punto más alto que el de su padre— de licenciado en Leyes por la Universidad de Salamanca. Se sabe también que, en junio de 1525, su suegro, Álvaro de Montalbán, fue detenido por el Santo Oficio, a causa de unos comentarios vertidos delante de unos familiares a los que había ido a visitar en Madrid; lo malo es que, cuarenta años antes, ya había sido acusado y *reconciliado* por judaizar. Naturalmente, le pidió a su yerno que fuera su defensor, pero tal pretensión fue rechazada por el Tribunal, debido a su parentesco con el inculpado. En el juicio, se le condenó a prisión perpetua, con la confiscación de todos sus bienes, entre ellos la mitad de la dote de su hija, unos cuarenta mil maravedís. Al ser parte afectada, Rojas solicitó entonces reabrir la causa y consiguió que se le restituyera tal cantidad; a su suegro, le conmutaron la pena por la de arresto domiciliario.

Fuera de este incidente, su vida transcurrió con acomodo y tranquilidad. Fue alcalde mayor de Talavera, que por entonces tenía unos seis mil habitantes, en diferentes ocasiones, así como letrado municipal, lo que le granjeó el respeto y el aprecio de sus convecinos y le proporcionó una gran prosperidad. Además de su casa, en la calle de Gaspar Duque, adscrita a la parroquia de San Miguel, poseía viñedos, alquerías, molinos, lagares, huertas... Del enorme éxito de *La Celestina,* como ya se conocía popularmente la obra, tan sólo se beneficiaron los impresores de la misma y aquellos que escribieron sus imitaciones y continuaciones.

Además de aficionado a la lectura, era un experto jugador de ajedrez, pero no hay constancia de que, salvo para redactar cartas y otros documentos propios de sus actividades, volviera a coger la pluma; no obstante, algunos sostienen que compuso alguna obra más, publicada de forma anónima. Participaba devotamente, eso sí, en los oficios religiosos y pertenecía a la cofradía de la Concepción de la Madre de Dios. Nadie que lo viera entonces comulgar o desfilar en las procesiones podía imaginar que, tras ese rostro sereno y sosegado, pudieran esconderse tantos y tan terribles secretos. De algunos se ha dado cuenta aquí; los otros aún esperan ser desvelados.

Rojas falleció el 8 de abril de 1541, a los sesenta y siete años de edad. Antes de morir, pidió que su cuerpo fuera amortajado con el hábito de San Francisco, en recuerdo de fray Germán, y enterrado en el convento de la Madre de Dios. Según el testamento, su fortuna ascendía a unos cuatrocientos mil maravedís, si bien un tercio procedía de algunas hipotecas sobre sus propiedades. Entre sus libros, tan sólo se encontró un ejemplar de la *Tragicomedia de Calisto y Melibea.* Como ninguno de sus herederos quiso quedárselo, se vendió por un precio equivalente al de medio pollo.

Deudas y agradecimientos

Mercedes Gómez Blesa, Antonio Sánchez Zamarreño y Philippe Merlo fueron los primeros lectores de *El manuscrito de piedra;* por eso, ocupan un lugar de honor en esta página. También quiero expresar mi agradecimiento a Juan Antonio González Iglesias, que me ayudó con los latines; a Juan Francisco Blanco, que me prestó alguna obra que no encontraba; y a José Antonio Sánchez Paso, por sus sabias indicaciones. Pero este libro no estaría ahora en manos del lector sin la complicidad y la eficacia de mi agente, Antonia Kerrigan; tampoco sin la confianza y el buen hacer de Amaya Elezcano y su excelente equipo editorial. Asimismo, quiero testimoniar mi gratitud a los lectores de mi libro de cuentos *Muertos S. A.* (2005) y, especialmente, a Rosa Navarro Durán, que lo apoyó, y a Ileana Scipione, que lo tradujo al rumano; ellos fueron mi gran estímulo.

Un libro es hijo de la imaginación propia y de algunos libros ajenos; con más razón, una novela en la que aparecen personajes que vivieron hace cinco siglos —y que, en muchos casos, siguen siendo un enigma— y una ambientación histórica más o menos precisa, si bien conviene recordar, una vez más, que se trata de una obra de ficción y que, por tanto, el autor se ha tomado ciertas libertades. He aquí, pues, el inventario de aquellos textos que me ayudaron a viajar a una época tan fascinante y sugestiva:

Ángel Alcalá y Jacobo Sanz Hermida, *Vida y muerte del príncipe don Juan. Historia y Literatura,* Valladolid, Junta de Castilla y León, 1999 (algunos documentos reproducidos en la novela proceden de aquí); Patrizia Botta, «La autoría de *La Celestina*», en http://www.cervantesvirtual.com; Jesús Luis Castillo Vegas, *Política y clases medias. El siglo XV y el maestro salmantino Fernando de Roa,* Valladolid, Universidad de Valladolid, 1987; Luis Cortés Vázquez, *La vida estudiantil en la Salamanca clásica,* Salamanca, Universidad de Salamanca, 1989; Ubaldo de Casanova y Todolí, *Salamanca. Biografía de una ciudad,* Salamanca, Amarú, 2006; Emilio de Miguel Martínez, *La Celestina de Rojas,* Madrid, Gredos, 1996; Gonzalo Fernández de Oviedo, *Libro de la Cámara Real del príncipe don Juan,* ed. de Santiago Fabregat Barrios, Valencia, Universidad de Valencia, 2006; Luciano G. Egido, *La Cueva de Salamanca,* Salamanca, Ayuntamiento de Salamanca, 1994; Stephen Gilman, *La España de Fernando de Rojas. Panorama intelectual y social de «La Celestina»,* Madrid, Taurus, 1978; Manuel González García, *Salamanca: la repoblación y la ciudad en la Baja Edad Media,* Salamanca, Centro de Estudios Salmantinos, 1988; Pedro Martínez de Osma, *Comentario a la Ética de Aristóteles (1496),* ed. de Ana Cebeira, Pamplona, Universidad de Navarra, 2002; José María Martínez Frías, *El cielo de Salamanca,* Salamanca, Universidad de Salamanca, 2006; Félix G. Olmedo, S.I., *Nebrija en Salamanca,* Madrid, Editora Nacional, 1944; Luis E. Rodríguez-San Pedro Bezares (coord.), *Historia de la Universidad de Salamanca,* 3 vols., Salamanca, Universidad de Salamanca, 2002-2006; Fernando de Rojas (y «antiguo autor»), *La Celestina. Tragicomedia de Calisto y Melibea,* ed. de Francisco J. Lobera, Guillermo Serés, Paloma Díaz-Mas, Carlos Mota, Íñigo Ruiz Arzálluz y Francisco Rico, Barcelona, Crítica, 2000; Daniel Sánchez y Sánchez, *La catedral nueva de Salamanca,* Salamanca, Ilustrísimo Cabildo de la Catedral, 1993; Manuel Villar y Macías, *Historia de Salamanca. Libro V,* Salamanca, Librería Cervantes, 1974.

Todos tus libros en
www.puntodelectura.com